少年屠龙传4

一个平凡少年成长为屠龙英雄的热血传奇

管平潮 著

ZHEJIANG UNIVERSITY PRESS
浙江大学出版社

目录

第五十八章

家门泣血

火海翻腾，毁天灭地。

闭目等死的少年，心如止水。

但那血歌剑中的剑灵，却忽然雀跃鼓舞，前所未有地兴奋。

当闪亮的巨型光球升起，血歌剑灵也兴奋到极点。

刹那间，一个绝色美女的光影从剑中倏然扑出，直奔空中那团凝聚海量火晶精华的光球。

一扑上光球，剑灵的光影四肢便将光球牢牢缠绕，紧接着就像沙漠中极其饥渴的旅人，拼命地吮吸光球中的烈焰灵能。

很快，这个炫烈无比的火晶光焰巨球，就被她吸得越来越小，最后竟如同落在沙漠中的一片薄冰，在她口中嘶然而灭。

随着海量火灵晶能被吸噬，本来只是光影的血歌剑灵，最后竟由虚转实！

并且随着火灵晶能越吸越多，血歌姬已经成为实体的身躯开始发光，她的整个娇躯胴体上，都好像覆盖了一层晶莹温润的白玉光泽。

这一切，其实只发生在电光石火之间；此刻还端坐于地的少年，甚至还没来得及看见空中发生的这场剧变。

但本就四处燃烧的大火，依旧将残余的火晶引发了二次爆炸，并且和原先炽热无比的火场相混杂，形成一场声势并不亚于刚才的大范围爆燃。

就在这次爆炸前的一瞬间，剑灵血歌姬口中清啸一声，抱起地上的少年，无翼而飞，带着他穿越烈火。

在烈火中穿行之时，那些鲜红的烈焰裹上了她的胸腹手足，还没等将其焚燃，血歌姬双眸中便是焰光一闪，这些火焰瞬间便化成了一片片、一缕缕华丽无比的血色战甲战裙，包裹住身体的重要部位。

这时候身后那场巨大的爆炸如期而至，血歌姬却是不慌不忙，掐准时机，随手一挥，便发出一道火灵光焰球，直扑前方那道大铁门。

火灵光球虽然不大，却蕴含了巨大的混沌火灵力量；在爆炸最开始的那一刻，混沌火灵球炸开了那道从里面永远打不开的大铁门，血歌姬就这样抱着苏渐飞逃出来。

此后，她带着苏渐一路往地宫外面飞去；在他们身后，整个地道开始坍塌，那爆裂和崩塌的巨大声响连绵不绝。

通往龙境的地道，在巨大的爆炸声中全部崩塌；与此同时，美轮美奂的幻火宫秘境，却也因为地道的崩塌，开始塌陷。

这时候，洛雪穹等人已经安全逃到幻火宫以西的广场上；惊魂甫定之际，他们看着幻火宫连续地崩塌，发出巨大的声响和火光，想起还在地库中的少年，不由得泪流满面。

只是就在这时，他们却见到漫天的火焰尘灰中，竟有一个浑身发光的绝色美女，抱着苏渐飞扑而来！

“啊?！ 他、他逃出来了！”

一时间，包括洛雪穹在内的所有人，根本来不及细究原因，全都欣喜若狂！

飞扑而出的血歌姬，当到了安全的地带，立即放下了苏渐。刚被那一番烟熏火燎，苏渐此时已是灰头土脸。

但和众人想象的不同，苏渐没有立即起身跑向洛雪穹等人，而是忽然双手合掌，竟在幻火宫的边缘盘腿坐了下来。

只是，正当众人要跑上前去迎接少年时，他们却见到了一副今生难忘的景象！

此刻苏渐的身后，正是冲天吞吐的火焰和铺天盖地的烟尘；刚才那个绝色美女，忽然开始在他身边飞速旋舞，身姿旋转时，竟然忽为绝色美女，忽又成翩翩公子！

忽而是女子之姿，那美艳无双的血歌姬曼声吟唱：

磨骨为水粉，
炼血为胭脂。
美我俏容颜，
风姿若倾城。

而变为男子之身时，魅惑狂狷的血歌公子又是狂吼呼啸：

焚心为剑，
飞血成花。
千界万族，
唯我独大！

烈火飞烟的背景下，这样的歌吟狂吼本就显得奇特诡异；而远观的洛雪穹等人灵机过人，这时已从雌雄变幻的血歌剑灵身上，感受到一股冲天的煞气！

事实上，看似闭目打坐的苏渐，这时却正在另一个领域殊死战斗。

刚才误打误撞，血歌剑灵吸取了大部分火妖王抢掠来的火晶能量，获得了实体。

按一般道理来说，她此刻完全可以踏破虚空而去，从此逍遥于千世万界之中。

但很可惜，因为她本来就是被上古诸神联手镇压的太古混沌煞灵，这血歌剑便是上古仙神给她制造的特殊住所。

所以不管如何，她都不可能离开血歌剑，仍要依附其中。

而血歌剑仍由苏渐掌握，所以获得灵胎实体之后，血歌姬还要和苏渐抢夺血歌剑的所有权，只有夺到所有权后才能彻底随心所欲，任意作为。

本来血歌姬觉得，要控制苏渐这么一个肉体凡胎，还不是手到擒来？

但接下来的事态变化，完全出乎了她的意料。

她先是化作血歌公子之形，朝苏渐飞扑，想要攫取他四肢八骸的控制权；没想到这时候，苏渐神魂中的血瞳心眼霎时张开，如同一条血色的太古巨龙张开凶猛的龙眸，在血歌煞灵的魂体中发出一声龙吟巨吼，差点震得她魂飞魄散！

一计不成，她又恢复血歌姬的本体，想要用擅长的幻灵秘技惑乱苏渐的心智；没想到才一开始，苏渐胸膛前的那条星降之链，就又发出柔柔的明光，如同“上善若水”，虽然澄澈空灵，仿若无影，却将她惊人的惑乱之术化解于无形。

于是，本来很可能会被鸠占鹊巢的苏渐，借着血瞳心眼和星降之链，在灵魂的战场上，用光明与血色、冰与火的双重炸裂抨击，暂时逼退了血歌姬。

一时间，血歌姬被苏渐压制驱使，美若天仙的身躯即将隐入血歌剑。

在此过程中，血歌姬对少年嫣然含笑，在冥冥中语带威胁地说道：“苏渐，今日奴家暂且服你。但只要哪一天你功力消退，意志薄弱，我血歌姬便会卷土重来，乘虚而入主宰你。”

在神魂中感知到这句话，苏渐不由得一时惊惧。

他睁开了眼，有心抛弃掉身畔的血歌剑，却忽然惊悟：

“呀！差一点又中了血歌姬种下的心魔攻击！”

于是他豪气满怀，腾身站起，仗剑在手，仰天高呼道：

“君子不器，文武一身！我命由我不由天，又何惧你一把剑器？只要我苏渐在世一天，你就不过是我的剑奴而已！”

仗剑高呼，心念一起，少年那血瞳心眼和星降之链又开始作用；于是灵魂的战场上，它们交相辉映，发出光明与黑暗、冰与火交缠的锁链，将本来还想伺机而动的剑灵，抓回了血歌剑里。

于是此时寒光莹然的血歌剑身，阳面浮现血歌公子的影像，阴面则隐有血歌姬的倩影。

这位世间最奇特的剑灵，一体两面，此刻正如同鱼游浅水，仰面朝上看着苏渐。

当然这剑灵身影，只有剑主苏渐才能看得见。

同样，此刻也只有苏渐才能听得到，空冥中血歌剑正传来低声的剑语：

“我，太古血歌，一体两面，雄为剑侍，雌为剑奴，臣服于你。”

“此事何期？”苏渐在冥冥中与剑灵对视。

“直到你不能再驾驭我的那一天。”血歌姬浅笑轻言。

直到这一刻，陪伴少年好几年的古剑血歌，才对他真正地臣服。

这意味着，至少在接下来的一段时间里，雌雄莫辨的血歌剑灵将供苏渐驱驰。

到这时，苏渐在乱云山梳风林中修得的奇怪星流术——“朱雀血歌”，也终于真正分开，变成了纯正的“神焰朱雀”与“幻灵血歌”。

通过这样诡异曲折的历程，不管功力深浅如何，苏渐已成为神州大陆人族中，同时拥有两种星流术的第一人！

死里逃生，大获全胜，此后大军回归丹丘城，各种庆祝、各种赞颂，自不必表。

第二天晚上，当欢庆的宴席结束，喝得半醉的苏渐回到住处洗漱之后，他在床上倒头便睡。

不知是否刚经历的生死大战的刺激，这一晚，苏渐的怪梦竟又有了新的内容。

圣龙月歌公主，还是他奇幻梦境中的唯一主角。

虽然刚经历了血与火的洗礼，但那一晚少年梦到的公主，神色还是那样无邪，颜容还是那样澄丽。

她幽幽地立在少年幽沉黑暗的梦境之中，如同深渊中一抹来自天国的光辉，那样的清澈明洁。

“我要去了，”月歌一双明眸，深情地看着少年，“你不要挽留……我们都知道，为了你，为了你的族人，也为了我的族人，这件事，我必须做。”

“很可能，我回不来了。”

少女的神色安静，语调平和，仿佛并不是在说一件生死攸关的大事。

她凝视着少年，带着无限的深情：“苏渐，我并不奢望太多，只希望我死的那一天，能在你记忆里留下一点点痕迹。”

“这痕迹，只要一点点，多了我怕影响你。

“比如，我死的那一天，若是下雨，那以后在你的一生中，在某一个下雨天，你能不能想起我……”

少女这一番话，声音越来越轻，到最后只留余音袅袅。

和声音一同渐渐消逝的，还有她清美无比的身影。

在梦中消逝的最后那一刻，苏渐分明看见，少女脸上有无限的不舍和眷恋。

于是当苏渐醒来，发现自己已是泪流满面……

午夜醒来，苏渐拥被独坐，细细体味这只有自己才能体会和承受的悲愁。

当静静地看着窗户里透进来的清白月辉，他忽然发现，虽然今晚也只是一个梦境，但这一回，却真正加深了他对月歌的爱恋……

大事已了，洛雪穹首先告辞。毕竟，她这次只是私下请假来帮忙，并不能离开朱雀军太久。

对她的匆匆离去，苏渐觉得很是愧疚；但对他的歉意，洛雪穹却含笑以对，说了一番少年不太能理解的话：

“苏渐，不要紧。这一次来红焰晶海，雪穹收获很多哦；至少，我已经真正明白了自己的心意。”

看着少女此后消失于陌路烟尘的袅袅身影，苏渐呆呆出了会儿神，想了一阵后，便觉得自己已经理解了少女的这番话。

“也许，这位冰雪一样的女孩儿，终于明白了自己‘忠君爱国’的心意。毕竟，严格说来，她是西北雪山蛮荒之地的化外之民嘛。”

送别了洛雪穹，紧接着就是幽小眉告辞离去。

小女娃的告别理由，很让人哭笑不得。

她跟苏渐说，火妖都灭了，现在红焰晶海地区的治安这么好，她哪儿去找刺杀人的机会？所以还是回京华城外火枫林中的小木屋吧，毕竟离开那么久，都有点担心木屋里的东西被人偷了。

对于手持九幽夺魂镰的魔族少女，苏渐自不会担心她有什么人身安全问题。于是他很爽快地答应了她孤身一人回去的要求，反倒在临别时，郑重地警告她，回去这一路上，不得威胁到他人的人身安全。

此后苏渐就和亚飒、唐求一起，亲自送裴俊的云山军回国。

按他的理解，毕竟别国将士费心来帮你，那作为此刻晶海地区实际上的最高长官，亲自把他们送回云浮城，还是十分应该的。

就在送裴俊大军回去的过程中，苏渐收到了华夏朝廷用八百里加紧送来的嘉奖。

有了百里英在朝中的夸奖，再加上轩辕大统领的大力称赞，这一回朝廷并没有吝啬；嘉奖令中，给了苏渐散骑将军的封号，给了亚飒军师将军的封号，给了唐求四灵校尉的封号。

如果放在以前，得了朝廷封赠的军职勋号，苏渐三人还不乐疯了？

但此刻，苏渐三人勒马岸边，看着霞波万顷的晶海，看着重归安宁的村庄，便觉得这一切世俗的封赏，似乎都已不是最重要的了。

先前，洛雪穹说明白了自己的心意，这一刻，苏渐三人也似乎有些明白，自己真正的心意是什么。

于是他们三人相视一笑，扬鞭催马，往前策马狂奔。

风驰电掣之际，三个少年意气风发，仿佛也正在朝自己心目中的正义和大道奔去。

正是：

天上乌飞兔走，人间古往今来。
沉吟屈指数英才，多少是非成败。
富贵歌楼舞榭，凄凉废冢荒台。
万般回首化尘埃，只有青山不改。

将裴俊统领的云山军送回之后，苏渐本来要立即赶回京华述职。

不过这当儿，亚飒却忽然提议道：

“苏兄，这儿离我家不远，不如去我家看看？”

苏渐一听，有些奇怪地问道：“你家不是在什么神木国吗？怎么会离这里不远？”

“只是听起来远，”亚飒解释道，“我家宁谷村，虽属神木国东疆郡，却在云山、神木、万花三国与龙境的交界处，离此地不过八十里之遥。”

“八十里,那不远。”苏渐立即道,“你也很久没回家了吧？反正回京之事不急,我也很想拜访一下你家。”

“多谢苏兄成全,”亚飒感激道,“其实我自去灵鹫学院求学,至今从未回家,其间虽有书信往来,但心中十分挂念。”

“人之常情,何况自家兄弟,客气啥。”苏渐爽快道。

“对啊,亚飒你别这么客气,”这时唐求也大大咧咧道,“倒是你家好吃的多吗？我可是听说了,那三国交界处有好大的山林,里面好吃的野味一定少不了!”

“哈,你就知道吃!”苏渐笑他道,“也不看看你现在的身材,若是再贪吃,小心回去丁师妹不认识你了。”

“什么嘛!”唐求咧嘴笑道,“难道你们都没看出来？小弟我最近忧心国事,跟着大哥和阮天择、火妖王、步凌空斗智斗勇,日夜辛劳,都瘦脱相了好不好!”

“哈哈!”苏渐和亚飒闻言一齐大笑!

“就你这肥肚,敢说瘦脱相?”苏渐用马鞭指着唐求的肚子,毫不客气道。

“唐求哇,”亚飒笑道,“脱不脱相先另说,你这脸皮可一点都没瘦啊。”

听得二人讥嘲,唐求不以为耻,反以为荣,在马上故意拍着自己的肚子,“嘭嘭”作响,得意非常。

三个兄弟笑闹一阵,就按照亚飒的指点,一齐踏上了去他家宁谷村的道路。

返乡之时,素来沉郁忧闷的亚飒,变得罕有地兴奋。平时他话并不多,这时却变得滔滔不绝,不停地说起童年的趣事,还夸耀他爹娘出色的厨艺。

“还别说,唐求你这回去我家,一定很开心!”嗒嗒的马蹄声中,只听亚飒眉飞色舞道,“你听说的还真没错,我们那边山林繁茂,溪水清澈,野物很多,什么竹鸡、狍子、麋鹿、黄羊就不说了,光山野里的野菜,就够你大开眼界!”

“什么婆婆丁、水芹菜、小根蒜、椿菜、荠菜、苋菜、蕨菜,因为气候温润，一年四季都有！”

“当然我们家乡人最喜欢吃的野菜还是‘刺嫩芽’，你们知道为什么吗？”亚飒卖关子道。

“刺嫩芽？”苏渐和唐求面面相觑，都表示不知道。

“因为它的别名。”亚飒神秘地一笑，“你们不知道吧，刺嫩芽别名‘刺龙芽’，和‘刺杀龙族’寓意相吻合，所以我们当地人最爱吃了。”

“哎呀！亚飒你们那边的人倒爱国！”唐求叫道。

“亚飒……”苏渐却有些迟疑道，“有个事情不知当不当说——以前听你说过，你家宁谷村，不是人龙混血者的聚居地吗？怎么对龙族还这么仇恨？”

听得此言，亚飒的神色忽有些黯然。

“唉，苏渐，连你也这么想，”亚飒叹气道，“可见那些普通老百姓，该怎么看我们混血者。”

“不错，我们身体里或多或少都有龙族的血脉，但你也知道，这是当年人龙大战带来的悲剧，根源就是那些可恶的龙族。

“更何况我们现在安居人族境内，早就把自己当成人族的一分子了，所以对龙族自然是同仇敌忾，十分仇恨的。”

“原来如此。”苏渐有些歉意地说道，“我不该多说的。”

“这有啥？”亚飒洒脱道，“你这样才好，有什么就说出来，这才是好兄弟！”

“快快快！”这时唐求催他们道，“你俩别光顾着说话啊，快专心赶路，我都等不及想早点见到伯父伯母了！”

“哈哈，你是迫不及待想尝到他们的手艺吧？”苏渐毫不留情地揭穿他。

“都有都有！亚飒不是还刚当上军师将军吗？我猜伯父伯母听了一定很开心吧！所以嘛，你们都快点吧！”唐求催道。

听他说起这个，亚飒也不由得抿嘴一笑。他想起多年来父母培养自己，殊为不易，再看看自己现在都已经得了军师将军的封号，虽然只是虚衔，也足慰双亲了。

想到这一点，本来还有些"近乡情更怯"的少年，真的开始归心似箭了。

此后，这三人便专心赶路，直往三国交界处的宁谷村而去。

宁谷村，属神木国东疆郡宁谷县。作为边境地区数个混血者的聚居地之一，其实宁谷村并没有亚飒说的那么好。

这道理很容易想通：混血者现在在人族诸国中，都受到歧视，能有什么好地方给他们定居？

所以这宁谷村其实和泪原类似，正是风暴之墙防线中几个豁口之一，虽说属于神木国，但严格来说算是人龙二族小规模拉锯争夺之地。

对这一点，亚飒在快接近宁谷村时，也就毫不遮掩地把这情况原原本本地告诉了苏渐二人。

毕竟，如果不把此地暗藏的危险告诉兄弟，一旦真发生了变故，可就猝不及防了。

当然，这里的情况还是比泪原好很多；他们这里的对面是岩龙国，并不像兽龙国那样好战。当前的人龙双方也处在一个相对稳定和平的时期，如果没有一方主动挑衅，一般不会发生大规模的冲突。

所以当亚飒说明了宁谷村的情况后，也笑着让大家安心。

单从风景而言，宁谷村是极美的。山野的位置固然偏僻，却带来了一种与世隔绝的静谧安宁。

这里绿树参天，山谷连绵，无数的野花在山坡和道边星星点点，让人不敢相信现在并不是春天。

相比桃源般的美景，这里的人却显得有些特别。越接近宁谷村，苏渐就越发现，这路上遇到的行人，无论气质和相貌，都明显和当年中原来的人族不太相同。

因为龙族血统的影响，苏渐看到，这里的人身材更为高大，五官更加突出鲜明。

和亚飒栗色的眼珠类似，这里人的眼珠颜色也不单纯是黑白，而是有灰、栗、蓝、绿、橙、紫，颜色五花八门，明显是对应了多个龙族种群的特点。

当苏渐打量他们时，他们也在打量苏渐这几人。

当他们看到亚飒时，表情明显柔和；而看到苏渐和唐求时，神色显是变得戒备和警惕。甚至，在某些人眼中，苏渐竟还看到了仇恨。

作为玄武卫的新秀，苏渐对这些微妙的表情极为敏感。

于是，当亚飒说前面三四里地就是宁谷村时，苏渐有些惊讶地看到，有不少匆匆而过的行人，看到亚飒时，先是一愣，转而竟是悲伤和同情的眼神。

“不对……”

苏渐看看这些行人，再扭头看了看一脸开心的灰发少年，心里忽然有些不安起来。

果不其然，当亚飒带着二人，纵马驰入宁静的小村，却发现他家那个竹篱小院前，正围着一圈人。

不仅围着人，当亚飒他们奔近时，还听到院内传来阵阵哭声。

到这时，亚飒自己也觉得不对了！

他立即飞身下马，分开人群，一下子冲进了院子里。

刚冲进院子，亚飒一看到眼前的景象，整个人立即呆住了。

这时苏渐和唐求也冲了进来。看到眼前情景，苏渐也是大吃一惊，心中的不安立即变成了震惊。

原来，就在这小院中，竟并排停了两块用条凳支起的木板；木板上，正并排躺着两具尸体，大部分用草席遮盖着。

一看这情形，苏渐心中一惊：“难道是……”

这时亚飒还怀有一丝希望，强打精神，挣扎着问院里围观的村民道：“不知这里是……”

他这一问话，顿时从人群里冲出一人来，大哭道：“呜呜呜！飒儿，苦命的孩儿啊！”

亚飒一看，正是自己远方的姨娘，此时正泪流满面，眼睛通红，极度悲伤地看着自己。

“姨娘，怎么回事？”虽然开口问了话，亚飒整个脑袋都变成空白了，口中说话时完全是机械的。

“是你爹娘……”毫无侥幸地，亚飒的姨娘哭诉道，“三天前……你爹爹、你爹爹……”

很显然亚飒姨娘想告诉他事情的原委，但因为悲伤过度，泣不成声。

这时旁边邻居一位大伯见这情况，忙让自己婆娘安抚亚飒姨娘，自己上前一步跟亚飒说道：

“飒儿啊，就是三天前，你爹爹去龙境那边的山上采草药。往年这山上很少碰见龙兵的，没想到他那一回，却碰上岩龙兵，立即就被追杀。”

“你也知道，那岩龙兵沾了土就跑得很快，你爹爹没逃过，当场就受重伤。幸好还仗着身子强健，才勉强逃脱，只是回来就死了。”

“那、那我娘呢？”此时亚飒已去门板上掀开草席，看清正是自己爹娘，已是泪流满面。

奇怪的是，邻家大伯刚说亚飒爹爹死因时，语调还算流畅；但当讲述起亚飒娘死因之时，他就变得有些支支吾吾，明显欲言又止了。

这时，反倒是先前泣不成声的姨娘缓过神来，见他似乎说不出口，便立即挺身哭叫道：

“不就是宁谷县那个混蛋捕头罗腾吗？本来你爹爹已经死了，你娘做了寡妇已经很可怜，没想到那罗贼上门来，竟是将你娘挥刀杀死。”

“为什么会这样?!”旁听的苏渐又惊又怒，脱口叫道。

“你……”亚飒姨娘这时才看到苏渐，见他一副纯正人族的模样，本能地一愣。

不过她暂时也管不了这些，继续跟亚飒哭诉道：“那晚邻居们，都说听到那罗贼叫嚷，说你爹娘虽然都是混血者，你爹却人族血脉多一些，你娘龙族血脉多一些。”

“而那荒山多少年没见龙兵出现，现在你爹被龙兵杀死，一定是你娘捣的鬼。所以为给你爹报仇，也为了清除龙族奸细，他立即就将你娘正法了！”

“混蛋！怎么会这样？真是无法无天了！”苏渐听了，一脸震惊，攥拳怒吼。

这时候，他看见亚飒拿手掌扶住门板，手背也是青筋暴露，定是心中的愤怒也到了极点。

“怎么不会这样?”先前说话的邻居大伯，忽然开口接话道。

这时他已看清了苏渐的样貌服饰，不仅神情立即变得悲愤，语调也有了挖苦的意味：

“这位官家，你居然这么问？在你们人族眼里，我们这些混血者不一直如猪似狗？

“我猜你想说，为什么不经过审问就当场杀人。这有什么奇怪的呢？你们对我们混血者，不一直都是这么干的吗？只因我们身体里流着部分龙血，我们就从来都是下等人，甚至你们很多人就把我们当成残暴的龙族!”

“不是这样的——”还没等苏渐辩解，一直默不作声的亚飒忽然摇了摇头道：“大伯，他们不是这样的人。”

“不是这样的人?!”那大伯梗着脖子，还想反驳，但是看了看亚飒带着泪痕的悲伤面容，涌到嘴边的话，最后都化成了一声叹息。

因为看到亚飒回来了，不少村民安慰了他几句，也都各自散去了。

本来还有些亲族和交好的邻居想留下，但亚飒想到他们这几天里帮忙照应，已经足够辛苦，便坚持让他们都先回去了。

当众人散去，这停尸的竹篱院落里，更显得凄清。

这时苏渐和唐求再想到一路来时，亚飒那洋溢着幸福和笑容的脸，便更是心痛如绞。

苏渐看得分明，本就阴郁的少年，这时更是面无表情。

若这时亚飒号啕大哭，苏渐还没这么担心，现在看他这一副面沉似水的样子，心中反而变得忧虑。

他和唐求，此后也努力地安慰几句，却没想到亚飒毫无反应。

见得如此，苏渐叫住还想再劝的唐求，跟亚飒道：“亚飒，我知道这会儿，你只想一个人待着。那你就在这里，陪你爹娘走完最后一程。”

“我和唐求，还有点事情，就先出去了，你不用管我们。”

“嗯。”对伙伴的话，亚飒只是轻轻应了声，并不看他们。

此后他便静静地、专注地看着爹娘的遗容，再也不发一言。

此时正是晌午。

苏渐出得院门，抬头看，正见那苍天上日光倾泻，白云如雪。

他和唐求不再迟疑，各自飞身上马，一齐往村外疾驰。

上马之时，他兄弟二人没有说话，但已从对方的眼神中，读懂了彼此相同的想法。

整个下午，亚飒哪儿都没去，就坐在爹娘的尸体边，一动也不动。

虽然，之前也有哭泣，也有愤怒，但到这会儿，亚飒觉得自己，还是不能接受眼前这个事实。

那个人未至爽朗笑声先到的爹爹，就这样走了？

那个常到处喊他回家吃饭的阿娘，就这样走了？

整个下午，亚飒有多少次使劲掐自己的胳膊，想让自己从无法想象的噩梦中醒来。

可是每次他被锥心的痛苦惊醒，低头看到的，却还是爹娘那宛然如生、苍白如纸的脸。

多少回伤心失望，泪流满面后，亚飒终于站起，就在这西斜的日影中，低沉地发下誓言：

“爹，娘，今日我为你们，流尽此生最后的泪。以后，我不、再、哭！”

许下这誓言不久，亚飒便听到一阵急急的马蹄声由远而近。

很快，门扉一响，一个熟悉的声音传来：

“亚飒，你看，我给你‘请’来了谁？”

随着这一声话语，只听“咕咚”一声，便有个人被猛地扔在了亚飒的面前。

亚飒扭头一看，地上这人被五花大绑，嘴里被塞了一团破布，身上正穿着一身捕快的皂色衣服。

“他是……”悲痛过度，亚飒一时没反应过来。

“他就是罗腾，”苏渐沉声道，“你们宁谷县的捕头。”

“亚飒！”唐求叫道，“这就是你的杀母仇人！我兄弟二人下午去县中找人打听，得知事情属实后，就在街巷中堵了他，将他绑到了这里！”

“你是说，你们暗算了他？”亚飒静静地看着二人。

“当然！”唐求奇怪地看着他，“如果不这样还能怎样？难不成大大咧咧去衙门叫嚷，让他乖乖跟我们回来，让你报仇？他毕竟还是官面的人。”

“哈哈哈！”亚飒猛然发出一阵狂笑，“你们、你们，最后还得用阴暗手段帮我抓仇人！”

“你苏渐不是向来秉公执法吗？”亚飒撇下唐求，转向苏渐叫道，“怎么今天你也干出这种偷鸡摸狗的事？”

“你是怎么做的？打闷棍？用麻袋套？你不是名动京华的屠龙英雄吗？你不是堂堂的玄武铜徽卫吗？怎么今日知法犯法？”

一向谨慎自持的少年，这时候却失了态，发狂地追问和嘲讽苏渐。

面对他这样暴风骤雨般的挖苦嘲弄，苏渐却只是摇了摇头，默然不语。

“亚飒，你够了！”唐求大叫道，“你伤心我们都知道！可苏大哥一心为你，还抓来仇人，你怎么还这么说他？你疯了吗？！”

“我、我……我是疯了。”亚飒惨笑一声，终于住口。

沉默了一阵子，亚飒走到杀母凶手罗腾面前，并不说话，只是盯着他看。

凶手被盯得发毛，无限惊恐，还不知会遭到何种折磨时，亚飒已抽出腰刀，将他一刀杀死。

杀死了仇人，苏渐、唐求便帮着亚飒料理他爹娘的后事。

当一切都处理完，他们便一起离开了这个伤心的地方。

本来，亚飒新获得华夏国“军师将军”的封号，还想这一回衣锦还乡，能够夸耀乡里；但现在，直到离开时，他都没有对任何人提起这事。

而苏渐一直旁观，归程时，他忽觉得自己心中的愤懑，恐怕一点都不比亚飒少。

幸福家庭顷刻破碎，亚飒转眼失去双亲，这事到底应该怨谁？

龙兵？罗腾？对混血者的歧视观念？

所有的可能苏渐都想了一遍，却好像觉得都不太对。

百思不得其解后，他只能归结为，是这狗日的乱世，扭曲了太多事情，才让他们连谁是真正的仇人都拿不准。

这样的想法慢慢发酵，苏渐心中驱除龙族、扭转乱世的想法，越来越炽烈。

最后，他忍不住把心中这想法说与亚飒听，便见到这灰发少年虽然依旧沉默不语，但已是若有所思。

见得如此，苏渐心中也挺欣慰。

他觉得自己的好朋友，应该也是和自己一样的想法。

他不知道，在那不算太遥远的将来，他会发现自己此时对亚飒的判断，大错特错。

他此刻完全没有注意到，当他提及扭转乱世之局时，亚飒那悲伤眼神中，闪过怎样的异样光彩……

当亚飒随着苏渐回华夏京华城述职时，苏渐发现，他好像什么都没变，父母之仇也绝口不提。

这只是表面。当苏渐细心点观察后，便发现亚飒变得比以前更加地沉默。

这样时候，苏渐加倍地安排亚飒的任务，还经常拉上唐求，找亚飒一起去喝酒。他希望通过这样的方式，让亚飒早些从痛苦中走出来。

亚飒重归正常的速度，比苏渐料想的要快。

也就一个多月的样子，亚飒便渐渐恢复了正常的模样。

苏渐以为这全是自己和唐求的努力，却不知道在他们不知情的时候，那鲁王家的灵莺郡主李怜心，起了比他们更大的作用。

久别重逢，那灵莺郡主比往昔更加热情。而这时候，亚飒放眼茫茫天地，发现除了苏渐、唐求这寥寥几个兄弟，真正的亲人只剩下了灵莺郡主。

于是他对郡主、对这份感情，变得格外地珍惜。

一个加倍热情，一个更加珍惜，可想而知他们这段时间里，相处得如何融洽甜蜜。

花前细语，月下抒怀，明月清风中耳鬓厮磨，人间男女最美妙的感觉，也不过如他们此时。

而爱情也许是世间最好的疗伤良药。亚飒暂时刻意地忘记丧亲的伤痛，于是没过太久，他也渐渐恢复了正常。

只是，这当中，也有不甚和谐的插曲。

即使在最旖旎的气氛里，当郡主无心地提起混血者，那天然流露出的轻蔑语气，还会让亚飒的内心瞬间刺痛，继而便是无尽的莫名恐惧……

第五十九章

雪山雄主

到此时，红焰晶海之事已定，各方势力角逐也尘埃落定，现在新的晶海行营大总管、玄武卫晶海观察使，也都由各方认可的新人继任。

本来苏渐是最好的红焰晶海观察使人选，他本人也觉得，自己能有这样的职位已经很好。

没想到当他回京报告时，轩辕鸿却告诉他，红焰晶海那庙太小，以他现在表现出来的才能，一定有更重要的地方用他。

听了轩辕鸿这样的表态，苏渐心中那股子兴奋劲儿就别提了！

要知道，轩辕鸿在他眼里，一直都是可望而不可即的大人物；现在大人物这么评价自己，真的让他有些受宠若惊了。

当大统领的这态度流传出来，包括端木楚、霍修诚在内的大部分同僚，都替少年高兴；只有个别人，比如那个盖英卫，内心十分失望。

本来当初盖英卫听说苏渐被派去红焰晶海那个地方时，他还真的很高兴。

他盖英卫哪还不知，玄武卫的前几任红焰晶海观察使，全都是被人暗害。

所以一听苏渐被派去那地方，他高兴得差点蹦起来，立即就去城里的弥勒禅寺烧了好几炷高香。

很可惜，对坏人而言，新京华城的弥勒禅寺，一如既往地不太灵验。每回盖英卫翘首期盼，听到的都是苏渐大有进展的消息。

直到最后，听到连行营大总管阮天择、青龙府兵折冲都尉步凌空、火妖首领火妖王，一个个都折在苏渐手里，盖英卫终于彻底死心，在没人的地方愤慨悲叹：

“唉！真是好人不长命，祸害活千年，苍天无眼遂使苏渐这小人得志啊！”

本来，盖英卫还会更加郁闷，因为轩辕鸿确实对苏渐另有重用。不过没想到的是，他的重用计划，却被苏渐自己推翻。

原来，回到京华城玄武卫总部，苏渐想起近来这一系列变故，心中那股针对龙族的急迫感，就更加地强烈。

于是除了安慰自己的好兄弟，他整天都在看玄武卫各地的传报。

玄武卫的每月传报，事无巨细，都是日常玄武卫在各地的人手搜集情况。

和想象中不同，在外人眼里神秘的玄武卫，其实平时搜集来的情报，大多是鸡毛蒜皮。

当然也只有外行人，才会觉得这样的鸡毛蒜皮没作用。苏渐可深知，每下愈况，大风起于青蘋之末，正是在这样看似琐碎的信息里，可能隐藏着重大的线索。

当然，有些情报确实没什么信息含量。

比如他就看到，在红焰晶海打过交道的黑水侠客团，因为在攻打叛乱火妖族的行动中协助有功，便被称为义民，树作典型。现在他们已被招安，纳入了新杭州的巡城兵马司中。

要知道，和雷冰梵现在驻守的西幽州一样，这新杭州也是属于人龙大战后人族新疆域的“侨置郡县”。

新杭州的位置，在华夏国中已经比较偏西；从泪原往西，经过残月峡，之后是人烟稠密的青芝原，再越过青芝原西边缘的太庙山，便是新杭州所在的平原。

从这个地理位置也可以看得出，新杭州选址在华夏国新疆土中的最腹地；毕竟，太庙山上不仅有皇家的祖庙，还建有祭拜伏羲、女娲、神农三位人族之祖的庙宇，新杭州却还比这样的山岳更接近东方龙族的边境。

所以，朝廷这次也真是下了血本，“千金买马骨”，真要把黑水侠客团树为典型。

这样的情报，虽然看着挺有内容，但在苏渐眼里，却不算有什么价值，看过也就看过了，只在心中替他们高兴而已。

相比之下，有一则传报，却引起他极大的注意。

原来，潜伏西北雪山一带的玄武卫同僚在最近的一份例行报告中说，一直安分守己的灵山圣门，突然攻击周边的部落。

本来远在几千里之外，这样的事情和华夏国、和苏渐没有半点关系；但“灵山圣门”这个字眼，却刺激了苏渐。因为他立刻想到，洛雪穹正是灵山圣门门主的女儿。

不仅如此，苏渐更加关注的是报告中的一些细节。

报告说，灵山圣门虽然高踞雪山之上，但其西南方向，却邻近晶泊带。

西北的晶泊带，正是由千百个大大小小的晶湖组成；虽然单个晶海拿出来和天下十大晶海相比，简直微不足道，但是成百上千地加在一起，其价值也不可小觑。

尤其和那些属性单一的晶海相比，晶泊带中的晶湖属性多种多样，正可满足多方需要。

当然，因为晶泊带的位置实在太过偏远，不仅邻近最西北的雪山，周围还都是雪原，难以大规模开采，所以八大人类古国都没怎么关注它。

正因如此，晶泊带区域内散布了上百个蛮夷部落。

虽说灵山圣门来历神秘，力量不小，但和上百个部落相比，还不可同日而语。

所以，当苏渐看到灵山圣门竟突然主动攻击那些部落时，不由得有些惊奇。

而最让他惊奇的还不是这攻击行为的本身。他注意到，那报告中说，灵山圣门这回出动的，是一支奇怪的军队。

这支军队怪在人数不多，武器装备也没什么特别，人人都罩在雪白色的盔甲中看不到脸面，但他们实战中发挥出来的力量，竟然出乎意料地强大！

除了悍不畏死，据死里逃生的部落武士讲，这些圣门战士竟好像完全打不死！

“打不死？”看到这个措辞，苏渐不禁心中一动，顿时便想起当年灵鹫学院中的一些往事来。

“西北……教门……不死军团……”

这些字眼，在苏渐的心中串联，最后，他的眼睛逐渐眯了起来……

虽然事情已经过去了很久，但戒律教习狄子默临死前吐露的信息，苏渐可一刻都没有忘记。

神秘的西北教门，在各地掳掠年轻的武学高手，打造不死战士，其中受害者就有灵鹫学院的学生——这样的事苏渐怎么可能忘记？

毕竟，曾有那么多鲜活的青年俊杰下落不明。虽然狄子默已经伏法，但这案子幕后的主使还没找出来，在苏渐心中便是悬案，常让他耿耿于怀。

别看苏渐表面洒脱，骨子里却是一个极为坚忍执着的人。所以当看到这份传报时，苏渐心中那份激动可想而知。

“难道，这逆天行事的西北教门，竟正是灵山圣门？”

心中升起这念头时，洛雪穹那张纯净无瑕的脸，忽然浮现在苏渐的眼前。

真是想什么来什么。

正当苏渐心中动念时，那位本在朱雀军团的洛雪穹，来京华找他了。

这一日，苏渐正在住所庭园那棵梨花树下发呆。看着这新春盛开的雪白梨花，他一直在想西北圣门之事。

正当苏渐从梨花的颜色想到西北的飞雪，忽然听见有人叩响门扉。紧接着一个清灵灵的声音便在门扉处响起：“苏渐，你在家吗？”

“在家在家！”苏渐一听，正是洛雪穹的声音。

虽然心中有些惊讶她怎么会来，但他还是很开心地将少女迎进院里。

此时春光正好，满院梨花如雪，苏渐便让洛雪穹在树下的藤椅上坐下，自己去屋中沏了一壶香茶，然后在院中和女孩儿一起，边喝茶边说话。

“苏渐，”洛雪穹轻轻抿了一口香茶，便开门见山道，“我要回家去了。”

“家？”苏渐一愣，“是西北雪山的那个灵山圣门吗？”

“是啊。”洛雪穹点点头道，“我爹爹来了书信，说教门有大事发生，要我立刻回去帮忙。”

“有大事发生？”苏渐心里一动，面上不动声色地问道，“是什么大事啊？很要紧吗？怎么这么着急叫你回去啊？”

“这个爹爹倒没说。”洛雪穹不以为意地道。

“没说啊……”苏渐有些失望。

看着眼前清丽脱俗的少女，他心中道：“雪穹啊，你爹分明是瞒着你。这次叫你回去，无非现在大举扩张，需要可靠的人手统领。你作为他的大女儿，正是不二人选。”

“对了，”苏渐故意沿着这话题道，“你爹爹是不是叫万山飞寒？你娘叫洛玉心，你们圣门的子女，向来都是跟母亲姓的，对吗？”

“咦？你怎么知道？”洛雪穹惊讶道，“苏渐，你在关注灵山圣门吗？”

“倒没有专门关注，”苏渐看似随意地道，“全因为你是我的朋友嘛。对一个朋友好，不就是要关心她的全部吗？”

苏渐也实在是拼了，为了不让少女起疑心，竟破天荒地对她说出这样暧昧的话。

果不其然，洛雪穹先是一讶，然后两腮飞起红云，微微地低下头去。

“哎呀，这几年你果然变化很大。”苏渐夸张地叫道，“要是放在以前，有人跟你说这样的话，你还不拿出那把月神白虹剑把他给宰了啊！”

“瞎说！”洛雪穹抬起头嗔道，“我有那么残暴吗？真是的——最多卸下一条胳膊而已。而且……对你，不一样的……我们不是朋友吗？”

说出最后这句话时，少女脸上的红晕，加深了。

羞不可抑、双颊滚烫之际，洛雪穹一时都忘了自己想说什么了。

这时，反倒是苏渐心中转念，想到一个可能，便故意有些忧伤地说道：“是啊，我们是朋友，很好的朋友。可是，你现在就要回家了，以后山遥水远，再难相见，哪怕像现在这样梨花小院喝喝茶、说说话，怕也难了。”

听得苏渐此言，洛雪穹顿时神色黯然。

“是啊……”少女仰起脸儿，看着梨花树上飘零如雪的花瓣，幽幽说道，“我宁可不要回圣门，享受一人之下万人之上的地位。我只想在这京华城中，和你……还有亚飒他们，喝喝茶，说说话，不知不觉一下午过去了，那就很好啦。”

“你也觉得这样好？”苏渐看着她。

“当然。”洛雪穹迎着他的目光，“此言发自肺腑。”

“真没想到，我在你心目中，地位这么高啊。”苏渐笑谑道。

“很高。”让苏渐没想到的是，清高冷傲的少女，这时候却毫不掩饰地看着他，“苏渐，你在我的心中，地位一定比你想象的高。”

这样的话语，由一个妙龄少女说出来，那已经等同于表白了。

而洛雪穹是何等完美的女子？按理说苏渐能得到她的青睐，应该感激涕零才对。

只是，先有梦中的月歌女神，现在又看到灵山圣门可疑的迹象，苏渐便觉得洛雪穹的这份青睐和爱慕，竟是无处安放。

于是片刻的恍惚后，他定了定神，依旧按照刚才心中的临时起意，看着一脸期待的少女，温柔说道：“既然，我在你心中地位这么高，其实我们可以不用分开的。”

“啊？”洛雪穹轻声惊呼，不用说脸颊了，此刻整个娇躯的温度都瞬间升高了！

对苏渐类似的话语，她已经期待很久了，这时候得偿所愿，本应该欣喜雀跃才是；但少女的本能，却让她立刻拔脚想逃。

她试着稍微挪了挪脚，却发现双足绵软，竟是寸步都迈动不得。

正羞涩惶恐时，却忽听少年又说道：“雪穹，我们可以不用分开啊。正好我对万山门主敬仰已久，也总想一览西北雪山的风情，那这一回我不如就陪同你回去，省得看你刚才这么伤感。”

“真的？！”虽然发现少年的意思和自己理解的有差别，但听到他竟想陪自己千里迢迢回家去，洛雪穹心中那份惊喜可想而知了。

“当然是真的。”苏渐看着她笑道，“你何曾见我说过瞎话？”

“这倒是啊……”洛雪穹想了想，还别说，虽然苏渐为人活泛，但说话从来说一是一。

“真的可以吗？”虽然洛雪穹很开心，但想到一些事情，还是有些忧虑，“你玄武卫这边怎么办？要知道，你刚立下红焰晶海的功劳，正要被轩辕统领重用吧。”

“没事没事，”没想到苏渐满不在乎地道，“别提红焰晶海，一提我就生气！你也知道，我本来还以为去那边玩玩就算了，谁想到竟然出生入死，不是奸细就是凶妖，最后还差点在幻火宫地道里送了命！”

“所以这一回，我已经跟大统领说过了，我要歇息一段时间。你看，去哪儿都是去，那不正好陪你回家嘛！”

“真的可以啊？”一听苏渐这么说，洛雪穹顿时喜笑颜开。

不过，出于羞涩的少女心，她总觉得苏渐一个人陪她回家太过露了痕迹，如果此时自己一口应允，是不是显得自己有些太不矜持？

于是，她故作随意地说道：“那要不，我也问问亚飒和唐求，有没有空一起去西北看看？”

本来洛雪穹只是出于客套，纯属自我心理安慰；因为按她的理解，苏渐肯定对她有意，那这种情况下，尤其是男子，难道还不乐意形成孤男寡女的局面吗？

但没想到，她话音刚落，那苏渐便立即拍手叫道：“好啊好啊！毕竟红焰晶海之事，他们也和我一样出生入死。哎呀，雪穹，还是你想得周到哇，我怎么就没想到呢？”

听得此言，洛雪穹一脸愣怔，作声不得。

到这时，她忽然深刻理解了什么叫“画蛇添足”。

当苏渐决定借陪洛雪穹回家这个机会打探悬案时，他便写了一封信，寄给了还在红焰晶海的红焰女。

本来他二人约定，红焰女料理完红晶族之事后，便来京城和他会合；毕竟苏渐曾跟她允诺，同意她跟随自己。

不过，现在情况有了变化，他此去灵山圣门，千山万水，再也没法照应到红晶族；而虽然阮天择倒了台，宰相那一方势力可还对红焰晶海虎视眈眈。

于是，面临这样的新情况，苏渐便写信告诉红焰女，让她暂且不要来京，因为他要远行处理一桩极为重要的事情，他劝红焰女还是暂时留在红焰晶海，以防不测之事。

在信中，他明确告知，一旦有事，红焰女可以随时跟玄武卫的端木楚、霍修诚联络；这两人和他交好，这边已打过招呼，应该会对红焰女有求必应。

寄出这样的信后，苏渐有些担心红焰女不乐意，会有什么怨言。没想到几天后收到回信，信中没有长篇大论，只有简单的四个字：

"我全听你。"

这言简意赅的四字边，苏渐还看到了一抹桃红色的吻痕……

红焰女这边很顺利，当苏渐去找大统领请求去雪山公干时，也发现要比想象的顺利得多。

当时，正当他想要长篇大论地阐述此行意义时，没想到轩辕鸿立即打断他，只是简单问他道：

"本座只问你一句：你是不是非去不可？"

苏渐闻言先是一愣，然后坚定地点了点头。

"好！"轩辕鸿立即道，"那你就去吧。若需玄武卫协助，尽管开口，我给你手令一道，如果有谁推三阻四，你就拿本座手令给他看。"

苏渐完全没想到轩辕鸿竟会如此痛快。他忙道："其实也不用多少协助，我只要带亚飒和唐求去就好。只是……大统领为何如此轻易答应属下？"

"这很奇怪？"轩辕鸿看着他，"你苏渐是什么人，现在本座已知道得一清二楚。"

"这样，你将远行，我有几句心里话，不妨也就跟你说明。

"其实我轩辕鸿，一生戎马，什么大风大浪没见过？现在忠君报国之心不减，但却更希望你们这些子侄辈，不仅能出人头地，还要确保自身安全——毕竟，你在我眼里，和承天吾儿是一样重要啊。"

承天自然就是轩辕鸿的儿子轩辕承天了；苏渐完全没想到，自己在大统领的心目中，竟已经能和轩辕承天相提并论了。

这样的厚爱，自然不是一两句就能谢过的。苏渐毫不犹豫，当场跪下，给轩辕鸿真心诚意地磕了三个头。

当苏渐一行人启程后，他们第一站却去了天雪国的幽州城。

幽州城，正是雷冰梵的新封地，虽然这一年来大家并未见面，却时不时互通书信，将各自的情况告知彼此。

想起在幽州的这位老同学，他们便先绕道那里，去看看他。

天雪国的幽州城，繁华程度和京华城不可同日而语。

事实上，作为天雪国面临华夏、龙境的南方边境城池，幽州城本身就像一座大兵营。

当苏渐等人到了幽州城里，便看见城中到处是铁匠炉、兵器铺，街头来来往往的行人也大多是持刀挎剑，不是兵将便是武人。

"雷皇子咋选了这么个地方?"看见幽州城这情景，唐求忍不住咋舌道，"他也不像个傻瓜啊，怎么挑了这个地方当封地？这穷乡僻壤的，一年能收上来多少税啊?"

"胖子，你眼里就只有钱吗?"亚飒对他嗤之以鼻，"真是燕雀安知鸿鹄之志!"

"难道不是吗？这地方显然——"

唐求还想再争，苏渐摇摇手打断他道："唐求，亚飒说得对。你看这幽州城，地处要冲，乃百战之地，若在盛世，自然没什么价值；但现在什么时候，你也不是不知道。"

"上回咱圣上不是说了嘛，冰梵他父皇内蓄异心，不想着抵抗龙族，却在华夏边境囤积重兵。如果所料不差，天雪国迟早都会生事。

"而此地离星降高原不远，那高原向南向北俯瞰华夏、天雪二国，地理位置极为重要。我曾想过，若龙族有所动作，就这附近而言，一是泪原豁口，二就是这星降高原，如果我是龙族统帅，我会选这两处其中之一，作为战争的突破口。"

"啊？那不就是嘛!"唐求叫道，"看看，连咱百战百胜的苏大人都这么说，那这幽州城真的是很容易被攻打了。亚飒，这还不更说明，雷皇子他选这里，脑子真的出了毛病啦。”

“胡说！”亚飒道，“你懂什么？别忘了，雷兄嗜武成痴，胸怀大志，幽州城正是不二选择。若换了你自然不会这么选，他的话，此地再合适不过。”

“吓！”唐求不服道，“别老说我，倒好像如果换了你，也会选这里一样！”

听了他这话，亚飒一时却没有回答。正午的阳光从天顶洒下，阳光中，他仰起脸儿，眯起眼睛，仔细观察城中各处要塞的形制配置，似是若有所思。

见亚飒如此，唐求不免挖苦了几句，但苏渐转脸看了看身边这位熟悉的伙伴，心中却忽然升起一种奇怪的感觉来……

让苏渐几人没想到的是，当他们去城守府中拜见雷冰梵时，这位老同学不仅热情接待，待几人说明此行情况时，竟然还主动要求同行！

“什么？！你说要跟我们一起去灵山圣门？”当苏渐第一次听到雷冰梵这话时，还以为自己听错了。

“是的。”雷冰梵反问道，“很奇怪吗？我来这幽州城，还以为能一展拳脚，没想到近一年来，也没什么大事。”

“倒是听说你们在红焰晶海闹得天翻地覆，还挫败了龙境暗道这样的惊天阴谋，真是羡慕得紧，时时恨不得肋插双翅，飞到你们那边，也好和你们一起并肩作战！”

“咳咳，”听他这么说，苏渐看了旁边洛雪穹一眼，忙笑道，“雷兄误会了，我们这回只是陪雪穹回她雪山家门去，哪会有什么打打杀杀？”

“那也正好啊。”没想到雷冰梵坚持道，“我在这幽州城，整个人待得都快生锈了，早就想出门远行放松放松了。怎么，苏兄，难道你不欢迎吗？”

说到这里，雷冰梵不自觉地流露出皇者之气，双眼直视苏渐。

“苏渐他当然不欢迎了！”这时那最不着调的唐求嚷道，“他和雪穹妹子情投意合，这次正是上女方家见父母，有你这么一个天雪皇族过去，肯定就被你比下去了！”

“啊？唐求你说什么呐！”纵然心中也有此意，但洛雪穹一听此言，也受不住了，霎时蛾眉倒竖，一股冰霜凛冽之气直扑唐求。

被她这无形冰气一激，唐求竟是浑身冷战，打了个喷嚏，顿时不敢再胡说八道了。

这时便听苏渐说道："胖子，你胡说个啥？我和雪穹是普通同学好友关系，根本没什么私情好不好！"

刚说到此处，苏渐也突然觉得一股冷气袭来。"阿嚏"一声，他竟和唐求一样，也觉得遍体生寒！

苏渐顿时一惊，本能地朝寒气来源处看去，却正见到洛雪穹那张含嗔带愤的俏脸。

洛雪穹生气，但雷冰梵听得苏渐此言，却是大喜。

在场其他几人根本没想到，虽然分别这么久，雷冰梵对洛雪穹的爱慕之情，却是丝毫不减。

苏渐完全想不到，这个自己平常对待的女同学，在雷冰梵的心中，却有如女神一样。而且这份思慕之情，随着分别后时间的发酵，反变得越来越浓烈。

所以一看苏渐这话不似作伪，雷冰梵立即畅快大笑道："那就这么定了！本来还以为要坏苏兄好事呢，现在看来是多虑了。"

听得他这话，洛雪穹心中不快，瞪了雷冰梵一眼，便扭过头不再说话了。

此后，这五人在幽州城简单休整一下，便结伴同行，往天雪国西北边陲雪山中的灵山圣门而去了。

直到此时，无论是苏渐、洛雪穹，还是亚飒、唐求，都以为自己已经猜到了雷冰梵坚持同行的原因。

虽然亚飒和唐求不像苏渐和洛雪穹那样，清楚知道雷冰梵对洛雪穹的爱慕之情；但之前大家那么熟悉，亚飒和唐求既不是瞎子也不是傻子，如何看不出雷冰梵这点心思？

所以，他们这四人都认为，雷冰梵坚持同行，不过是想展开对洛雪穹的追求而已。

但就像洛雪穹没想到苏渐此行的真实用意一样，大家对雷冰梵的动机,也完全猜错了方向。

他们忘了,雷冰梵虽然痴情,可不是像高敞那样的花花公子。他这回坚持同行,其真实理由是:他手下有两支力量,都在西北雪山附近神秘失踪了!

其中之一,是他在明面上的幽州城辎重兵。

自从到了幽州城后,他想好好经营这座城市,便需要大量的晶石。

只可惜天雪国虽然地方广大,资源却十分贫乏,因此他只得派了辎重兵,千里迢迢赶往西北雪山附近的晶泊带,想看看从那里能不能找到合适的晶石资源。

本来这事情挺顺利,辎重兵领头的校尉来了信,说和当地部族的谈判很顺利,可以用不多的金钱购买他们常年囤积的晶石。稍后唯一的问题,只是如此长距离的运输,可能要耗费很长的时日和很大的人力。

接到这报告后,还没等雷冰梵安心几天,那里却传来消息:整个幽州辎重兵队伍,竟突然失踪了!

除了这一支明面上的队伍,还有雷冰梵暗中领导的天雪国义军雪杀组,也在雪山附近出了事情。

当然没有人能想到,天雪国中最活跃也最神秘的起义组织,其创始人兼首领竟然是贵为皇长子的雷冰梵!

从这一点看,雷冰梵就不是外人眼中那个好武成痴的鲁莽皇子。不说别的,单单干出这样前无古人、后无来者的奇葩事情,就看得出,可能所有人都低估了他心中真实的志向。

本来雪杀组的各种行动,在他精确筹划操控下,一切都很顺利,确实替天雪国铲除了很多奸佞,但最近他很看重的那个西北分舵,竟也出了事情。

这个西北分舵,很显然是去配合幽州兵行动的,但他们甚至在辎重兵失踪之前,便在雪山附近整个地神秘消失,连一个报信的人都没跑出来。

要不是雷冰梵为了后来失踪的辎重兵之事,主动去联络雪杀组西北分舵,很可能在很长时间里,都没人发现这个变故。

得知这样的事情,雷冰梵是真的吃惊了。

要知道，他这雪杀组，秉持“贵精不贵多”的理念，收人条件极为严苛。别说西北分舵舵主了，就连一般的成员，都个个智勇双全，放到明面上都是独当一面的豪杰。

所以，辎重兵出事他还能理解，但那西北分舵连舵主在内三四十号人，竟然全部失踪，这就让他极为震惊了。

和苏渐类似，雷冰梵很快就把怀疑的目标，聚焦在茫茫雪山中的那个奇特教门身上。

因此别看大家幽州城重逢后，雷冰梵言语正常，特别对洛雪穹，热情有加，爱慕不减，但其实他的内心，对少女的态度已变得矛盾而痛苦。

毕竟，自己深爱的女子，是那个很可能干出诡异血腥之事的教门继承人啊……

雷冰梵很难想象，一旦揭开盖子，发现敌人就是灵山圣门，自己到底该怎么办？而相比这个，他内心更惶恐纠结另外一件事：

作为门主长女，洛雪穹在这些事情中，到底有无遥控参与？

这样的猜测，放在一般人身上，很难想象；但作为从小就耳濡目染各种血腥争斗的皇族子弟，雷冰梵丝毫不会幼稚到以为洛雪穹身居京华，还是和他关系交好的同学，就干不出这种事。

再说苏渐，他还是第一回深入天雪国的腹地。

越往西北走，他越觉得四周景物荒凉。到最后，他发现有时候连路都找不到了。

本就是西域的更西北，这雪山地区的荒莽与苍凉可想而知。一路上，他们时不时遇上北地特有的风暴，那瞬间飞沙走石，不辨景物，让人极为恐惧；至于突然间晴空飘雪，便更是家常便饭了。

这样恶劣的自然环境，很难让人喜欢；不过当苏渐第一眼看到天际线上出现的雪山影子时，心中立刻也充满了感动。

原来，极目远眺，西北方的地平线上，忽然雪山连绵千里，在青空和荒原间有如玉龙舞动，气势极为磅礴，景色十分壮丽。

一行人一路前行，离雪山越来越近。当苏渐看得见雪山之巅特有的“旗云”，不久后他们便踏入了茫茫雪山里。

灵山圣门,坐落于大西北雪山中的圣灵山雪母峰上。

当然,这一带林立着千百座大小雪山,大多荒莽无名,这圣灵山和雪母峰自然是因为灵山圣门选址其上,才有了这样的名字。

本来苏渐他们都以为,灵山圣门历史最多不过两三百年,没想到听洛雪穹细细解说后,才知它已经传承了数千年。

而当苏渐惊讶其历史如此悠久时,洛雪穹更是说道:"可能你们不信,但我圣门典籍记载得很清楚,最初我们甚至可上溯到晶灵时代。"

"晶灵时代!"当别人都把这话当成常见的牵强附会传说时,苏渐却若有所思,把这个看似荒唐的信息,牢牢地记在了心里。

如果说一开始看到雪山,心中只是感叹,那当他们攀上雪母峰,见到灵山圣门的楼台殿阁时,简直可以称得上震惊了!

原来在万仞雪山之巅上,苏渐看到这圣门的所有建筑,竟然都由冰块铸就!

那清寒天风中,它们一块块晶莹剔透,经过能工巧匠之手,雕刻、层叠、粘连,形成雄伟巍峨的殿堂,阳光一照,整个建筑群都熠熠放光、耀人眼目!

苏渐几人看去,满眼楼台,似海底水晶宫,似昆仑白玉楼。"琼楼玉宇"这个词,不约而同地跳入众人的脑海中。

而从雪母峰的半山腰起,便是上千步冰阶;当苏渐等人往上攀登时,一路也遇到不少圣教门人。

他们全都身穿白袍,蓝色镶边,胸口纹有青色剑纹,据洛雪穹介绍,按剑纹的多寡可以区分辈分等级。

他们的面容都十分清爽,神色安详,自冰阶飘飘而下,看着真宛如仙人。

这些仙人一样的门徒,当看到洛雪穹时,全都先是一讶,然后躬身施礼,十分恭敬地问候。这时洛雪穹也十分礼貌地飘飘回礼,气氛极为融洽和谐。

看到此情此景,苏渐有些诧异,忍不住想道:"看这灵山圣门,果然人如其名,个个都风神爽朗,如若世外仙灵。既然这样,他们如何会做出那样悖逆惨烈之事来？”

不得不说，人人都信“眼见为实”。当看到圣教门人如此风采出尘时，苏渐对心中原有的怀疑，忍不住有些动摇。

这时候，却忽听雷冰梵开口问道：“雪穹，我看这雪山周边千里冰封，大多荒野，则贵教门徒，究竟从何而来？”

听得此问，苏渐心中一动，也转脸看向少女，想听她如何回答。

“我们从东边来，确实都是荒原。”只听洛雪穹耐心解释，“不过雪山西侧、西南，分布着大大小小的晶湖，有不少蛮族部落散布其中。所以我教有不少人，便来自这些部族之人的皈依。”

“其他还有不少教友，都来自天南海北，为仰慕教义之人，来历确实颇为复杂。不过经我圣门的努力，凡正式入教者，都已心灵纯净，完全皈依了。”

“哦，原来如此。”雷冰梵应了一声，若有所思。

此后他们没再说话，专心赶路。当拾阶而上，过了大约小半个时辰后，他们便到达了灵山圣门的主殿——“雪母圣殿”。

这时候，早有教徒传报门主大小姐归来，所以当苏渐他们刚刚走近圣殿时，便忽见殿门左右大开，一条红色毡毯从里面飞卷而出，无巧不巧地正延伸到苏渐等人的脚下。

尔后便有两队白衣教徒从殿内鱼贯而出，分列门外台阶左右，然后每人都举起长长的牦牛号角，开始“呜呜”地吹奏。

号角声极为深沉浑厚。虽然乍听声音似乎并不高，但数十人一齐吹来，则如同海涛席卷，声震四谷，那雪山千山万壑间都回荡着这样“呜呜”的号角声。

苏渐等人身处其中，纵然先前有这样那样的念头，这时候面对雄丽奇幻的冰晶宫殿，耳闻庄重威严的声声号角，也一时间身心俱澈，内心充满了敬畏和尊重。

沿红毯而上，缓步走进了大殿里，苏渐很快便看到两边分列着上百个白衣教徒。大殿的深处，则是一座冰晶堆砌的高台宝座。

冰霜宝座上，此时正端坐一位雪色袍服的威严长者。苏渐看去，只见他面目清朗，眼神深邃，看着只是中年，但若仔细观察，便能从五官的细节看出，他年龄应该很大。

在他身后，各种雪白锐利的怪兽长牙，在宝座后纵横交错，几乎让苏渐第一眼看到时有一种错觉，觉得面对的不是一教之主，而是端坐在冰雪王座上傲视天下的雄主。

幽心如梅

不用说，宝座上这人，便是洛雪穹的爹爹、灵山圣门之主万山飞寒。

看到自己的女儿远行归来，纵然以万山飞寒教主之尊，这时也喜不自胜，亲自走下冰霜宝座，快步走到洛雪穹面前，扶住她肩膀端详起来。

“穹儿，你长大了。”万山教主头一句话，便是这般欣慰的感慨。“记得走之前，你还是小女娃呢，现在都已经是大姑娘啦。而且，变得更漂亮啦。”

“爹爹！”在外面高冷的少女，这时候变成贴心的女儿，面对爹爹的笑言，既忸怩又开心地道，“爹爹你就喜欢逗女儿开心！”

“爹爹说的是真话啦。”万山飞寒说完这句，便放开了洛雪穹，转而把目光落在她身后这几人身上。

“穹儿，他们是？”万山飞寒看着苏渐等人，迟疑地问道。

“他们都是女儿的好朋友！”洛雪穹有些撒娇地说道，“女儿在灵鹫学院中就读时，本事没学到多少，却交了几个好朋友。这回听说女儿要回雪山来，他们一来担心女儿路上安全，二来也早就听说西北雪山风光独特，便一起跟着过来啦。”

“这么说，他们都是你的同学？”万山飞寒看着苏渐几人道。

“是啊！”洛雪穹道。

“不错不错，能入华夏灵鹫学院的，应该都是万里挑一的俊杰。”万山飞寒赞道，“那他们现在应该都毕业了吧？都在做什么呢？”

“也没做什么，刚出来的学生，能做什么呢？都在各自历练吧。”洛雪穹有些含糊地答道。

她这么说，倒不是不想详细介绍众人，而是来时路上苏渐千叮咛万嘱咐，说他和唐求、亚飒玄武卫的身份有些吓人，反正这次只是来观光一段时间，没必要多说，免得横生枝节。

听他这么强烈要求，雷冰梵也早有此念，立即也跟洛雪穹说，他这天雪国皇子的身份，也隐瞒一下比较好，省得一个普通的拜访观光，变成了天雪国皇子对治下教门的视察。

这时候的洛雪穹，自然不知道苏渐和雷冰梵心中各自打的算盘。听到他们这些请求，洛雪穹也觉得合情合理，于是在见到自己爹爹时，也就帮他们把身份给瞒下了。

当然，和雷冰梵相比，苏渐这几人，还不算天下闻名，所以洛雪穹具体介绍他们时，就都说了真名。

而雷冰梵显然就不能直接报真名了，当洛雪穹说到他时，便说他叫"雷幽"。

显然，万山门主对女儿略有些含糊的回答并不满意；只是当他还想追问时，洛雪穹便嗔道："爹爹，原来这些年你并不记挂女儿；好不容易回来见第一面，你却对这些外人问东问西的，全不管女儿。"

听得如此，万山飞寒立即大笑道："哈哈，穹儿啊，也别怪你爹爹多问几句。你跟我说他们都是你的同窗好友，因为担心你安全，还想看看风景，才跟着你过来，可依我看，却不是！"

一听此言，无论是苏渐还是雷冰梵，都禁不住眉毛一跳，心中一惊。

正心悸间，却听得万山飞寒继续说道："女儿啊，你毕竟不是男子，怎晓得他们的心思？分明都看上你啦！这才肯追随千里，来到咱这不毛之地的荒山野岭啊。"

"爹爹！"洛雪穹一听，顿时害臊，两颊红云升起，扑上前便是不依。

这时候那雷冰梵却偏偏似乎脱口而出道："啊，万山门主，您看出来了啊？"

"哈哈！怎么样——"万山飞寒得意地看着女儿。

"雷……幽，你怎么这么说？!"洛雪穹回过头，又惊诧又羞恼地看着银发少年。

“为什么不能这么说?”一向淡漠冷峻的皇子，这时候偏偏变得话特别多，“雪穹，我对你的心意，你又不是不知道；门主大人慧眼如炬，被他看出来了，也很正常啊。”

“哈哈，对啊，”一直没说话的苏渐，这时也乐呵呵道，“雷兄他一贯是仰慕你的，没想到今天居然这么坦白，难得难得啊。”

“女儿你看，怎么样，我猜对了吧?”万山飞寒有些得意道，“还别说，追随你来的这帮人里，我看着这银发的小子最帅气，要不你就定下他得了。”

“爹爹，你!”洛雪穹羞恼无比，玉靥涨得通红，两眼瞪着门主爹爹。

不过瞪了一会儿，她转过目光时，第一眼却是偷偷地瞄了苏渐一眼。

洛雪穹一瞥苏渐，却见到这家伙正咧着嘴，明显正乐呵呵地看热闹，顿时她心中不由得暗暗恼火。

不管怎么说，有雷冰梵这一番主动的表白，此刻万山飞寒和殿中一干人等，都把他们这几个陌生人，当成千里随行的追求者。

雷冰梵演的这一出，苏渐稍后反应过来，也觉得有些怪异。不过当雷冰梵这么反常表现时，亚飒当时便已是一愣，看向皇子的表情变得有些复杂了。

再说这时，大殿中又鱼贯走入了几人。一看他们来，万山飞寒便大声道:“你们都过来，看看谁回来了!”

话音刚落，便听得有个少女惊喜地叫道:“姐姐，你回来了?!”

忽然飘来的这少女声音，宛如风吹银铃，脆生生、清灵灵，听得人霎时精神。

苏渐循声看去，只见殿后正有一个黄衫少女飞奔而来，很快扑进了洛雪穹的怀里。

看得出，这少女十四五岁年纪，容颜娇美清丽，姿态活泼俏皮，那眉目间和洛雪穹相似，但却显得更加灵动清奇。

如果说洛雪穹宛如寒梅傲雪，冷香悠远，那这少女便似杏花烟润，粉荷露垂，端的惹人怜爱。

这时别说唐求看得流口水，便连雷冰梵都忍不住多看了她几眼。

本来雪母圣殿中全是白袍教徒，个个肃穆庄严，当娇娜的少女跑来后，便如同给大殿投下一缕明亮的阳光，整个殿堂都显得生动起来。

“这是我妹妹洛雪筝。”洛雪穹抚着怀中小妹的秀发，笑着跟苏渐等人说道。

“我这妹妹，性子活泼，打小儿就喜欢黏着我。你看，现在刚见面，就腻着我不肯分开了。”

“姐姐还说！”洛雪穹怀中的少女嘟着嘴儿不满道，“姐姐你下山那么久，今天才回来，还不肯让小妹多腻你一会儿啊。”

“好好好，就你有理。”洛雪穹宠溺地一笑，便揽着妹妹，向她又介绍了苏渐几人一遍。

刚介绍完，就听得已经回到冰霜宝座上的圣门教主笑道：“穹儿，你们别光顾姐妹相见，来来来，待爹爹也把我门中的豪杰跟远来的贵客介绍一下。”

便见万山飞寒先指着刚来那群人中一位雄健威武的青年，洪声说道：“这是穹儿的大师兄，范清声，也是我圣教‘圣魂神卫’大护法。”

“清声见过诸位贵客。”范清声躬身一礼，对苏渐几人温厚笑道，“多谢几位对雪穹师妹的照顾。”

“不敢。”苏渐等人连忙回礼。

还别说，相由心生这事儿还真有些道理。这不，苏渐第一眼看到范清声，就觉得他沉稳大气，既庄重，又亲切，让自己顿生好感。

不过这时候洛雪穹却扫了范清声一眼，冷冷道：“师兄这话不对，你师妹哪需要他们照顾？”

被她这样一呛，范清声明显有些尴尬；见得如此，苏渐忙笑道：“是啊是啊，其实我才全靠雪穹照顾，这才茁壮成长至今！”

“你……”洛雪穹瞪了他一眼，表情显得有些无奈。

见得如此，那范大师兄立时大笑道：“哈哈，师妹啊，你打小儿便这副脾气，如今也算遇上克星啦。”

“清声，”这时宝座上的万山飞寒清咳一声道，“拉家常的话，稍后再说吧。诸位——”

他一指范清声旁边那个瘦高个的紫袍之人,语气出奇地尊敬,说道:“这位正是我教两年前新任的大长老,名讳‘蟠泽’,乃是我圣教振兴的最大依仗,本教主十分看重。”

“蟠泽?”一听这名字,苏渐心中忽然有些奇怪的感觉。

“爹爹,”这时也听洛雪穹奇怪地问道,“您以前不是说过,我教大长老之职极为重要,跟俗世间的大将军差不多,轻易不会设置,怎么突然就让他当了?而且女儿看这人,只是容貌古怪点,也没什么特别啊。”

“放肆!”刚才一直笑语晏晏的万山教主,没想到这时却突然脸色一沉,厉声说道,“穹儿,你刚回来,对教中很多事情并不知晓,便不可妄语。蟠泽长老他法力渊深,见识广博,乃是世间一等一的强者,你不可无礼!”

“是……是女儿言语不妥。”洛雪穹轻轻地道了声歉,但心中的好奇却更加强烈了。

而这时候,仿佛心有灵犀,苏渐对这位紫袍大长老也十分感兴趣。

此时他觑眼看去,便见这蟠泽全身都裹在深紫的长袍中,和其他身穿白色长袍的圣教门徒的飘逸之风相比,蟠泽却显得深沉幽暗,和整个大殿的风格完全不相合。

而他的样貌,更加奇特。

作为四五十岁的人,他有着这个年龄段之人难得的英俊相貌,并且眼窝深陷,鼻子高挺,非常像是异族人。

最显著的,便是他一双眼睛,竟是紫莹莹的!

初看还好,若一直对视,苏渐便觉得他双眸如同深渊,渊底燃灼紫焰,看得久了,倒好像整个人的神魂都要被吸入其间,最后被深渊的炽焰烧得灰飞烟灭!

看到这样子,苏渐十分吃惊,因为他突然想起来,人龙混血的亚飒,也有着那样一双栗色水晶般的异色眼睛。

就在苏渐打量蟠泽之时,这位神秘的紫袍长老也在打量苏渐。

只看了两三眼,这幽深神秘的蟠泽长老,那紫眸的最深处便闪过一丝异样的神色。很快,他的嘴角浮现出一抹阴狠的笑意……

就在这时,忽听洛雪穹有些奇怪地问道:“爹爹,我娘呢?难道没人通传她我回来了吗?”

“她不在这里。”万山飞寒笑道,“我圣教近来有一项极为重要的使命,你娘身为教门圣女,责无旁贷,已经亲自去执掌处理此事。”

“这样啊……那她什么时候回来?我真的很想娘……”洛雪穹有些郁闷地说道。

“唉,我也想她啊,”万山飞寒道,“只可惜此事极为重大,事关我教振兴,非一时半刻可成。所以穹儿啊,想见你娘,可要耐心等上一时了。快的话,也许三个月就成了。”

“三个月?这么久啊。”洛雪穹十分遗憾。

不过,她心中的遗憾,很快就被一种不安的感觉取代。

“要三个月这么久?”看着宝座上的爹爹,洛雪穹心中暗想,“那看来娘是远行了。可是自我记事起,娘她从来没有远行过啊?”

“而且,别看爹爹对我和筝儿妹妹很疼爱,和娘表面也很恩爱,可是我知道,他们之间的关系总是有点怪怪的。

“虽然爹和娘日常彬彬有礼,但……爱恋结缘的男女之间,真的是这样吗?至少那份牵肠挂肚的情绪,我觉得还没我对苏渐浓啊……”

想到这里,洛雪穹不禁一阵害羞,强迫自己不再往下深想去。

而虽然心中略感不安,她毕竟久离家门,今日归来,心中主要还是重逢的喜悦,于是她很快就把这丝忧虑给按下了。

不过当她环顾四周,头一回仔细打量殿中侍立的这些教徒,她便发现,他们中有不少人的面孔竟是十分陌生。

看到这情形,洛雪穹十分奇怪。因为虽说离家四年多,这四年时间足够使很多事情物是人非,但她很清楚,自家灵山圣门,收人用人极为严苛。

况且,能在此刻雪母圣殿中侍立的,都应该是教中高阶门徒,那怎么可能这么容易增加这么多新人?

所以,暂时放下对母亲的担忧后,她便对门主爹爹说出了这个疑惑。

面对女儿的疑问,万山飞寒丝毫没有隐瞒。他跟女儿解释,这些一部分是近年来归顺的尊龙教徒,还有不少是蟠泽长老带来的好手。毕竟要成大事,要团结一切可以团结的力量。

说这话时，万山飞寒的目光，还特地往蟠泽那边扫了扫。

在这番圣殿会面之后，苏渐几人作为门主长女的贵宾，便被隆重地安排在后山东侧“风来苑”的客舍中。

风来苑是灵山圣门专门安排访客的别院，其名取自“莫放春秋佳日过，最难风雨故人来”，虽然言明好客之意，却天生有一种泠泠之风。

风来苑并不只有客房，在它东侧的边缘，正有着一座七八亩地的大花苑。

雪母峰上，本就高处不胜寒，能在这儿花园中生长开花的，除个别异种花草外，主要就是梅花了。

雪山之巅，长年都是冬季，于是花苑中各色梅花交替开放，倒让这风来苑花苑中，有四时不谢之花。

因为心中有事，苏渐在自己房中稍一安顿，便走了出来。

他的客舍，正东临花苑；出得房门，他看到梅花开得正是绚烂，便忍不住走入梅林中去。

“苏渐，你来了？”走入梅林没多久，苏渐便听到有人喊他。

“咦？雪穹，是你啊。”苏渐循声看去，发现正是洛雪穹，俏立东边一株红梅之下，巧笑嫣然地朝他看来。

“你在赏花吗？”苏渐边走过去边问道。

“是呢。”洛雪穹笑答道。

这时，冰天雪地里，红梅花开正艳，而女孩儿真个是“人比花娇”，人面梅花相映之际，也看得苏渐心动神摇。

“我从小就喜欢在这里赏花，”待少年走近，洛雪穹悠悠说道，“这里花美，味道也香，看着它们，我就会忘了自己是在长年冰雪的高山之巅。”

“是啊，”少女话语中的含义，苏渐立即便听懂了，“雪穹，还别说，虽然你们教门的道场殿堂，不是玉砌便是冰堆，看起来真像琼楼玉宇，跟天上的仙宫一样。但我觉得，如果长年住在这个地方，真的很冷清呢，应该会觉得无聊吧。”

“嗯。”洛雪穹点点头，“所以小时候，我和妹妹最喜欢缠着爹娘。可是爹爹好像每天都很忙，只有娘亲有时间搭理我们。所以现在我和妹妹，都对娘感情更深。我们姐妹也经常一起玩，所以感情也特别好。”

“看出来了，”苏渐笑道，“刚才你的雪筝妹妹飞扑出来的样子，快得我还以为是刺客呢。”

“呀，有你这么说话的吗？”洛雪穹瞪了少年一眼，嗔道。

“我说话一直这样子啦，没办法，”苏渐大大咧咧道，“我从小就是孤儿，最要命的是还失忆了，连自己有没有得到好教养都不知道。”

“所以啊，我真羡慕你，不仅双亲俱在，感情融洽，还有这么个活泼可爱的妹妹，真是羡慕死我啦！”

说完这句话，他的注意力就都被眼前枝头绽开的红梅吸引了。

人常说三春桃花灿烂如锦，但其实上品的梅花盛开起来，那满树皆是鲜红花朵，如同火燃，热烈盛况丝毫不比桃花逊色。

尤其从苏渐这边看去，枝头的红梅花朵，背景是寂寥鲜蓝的青空、白雪皑皑的群山，便更显得鲜明炫烈。本来远方的景物，不是绵长的雪山就是大块的蓝天，虽然浩大却显得寂寥，现在有这些盛开的梅花点缀，宛如红霞坠地，整个视野都显得鲜丽热闹起来。

而不同于桃花，雪山之巅的红梅花瓣上，还常常覆盖晶莹的白雪。于是这些雪里红梅，便似彤红玛瑙上勾嵌着亮银白玉，端的晶莹动人，幽美含蓄。

而相比春日暖阳中的融融桃花，眼前的梅花更添一种清灵冰润的别样情致。

显然，洛雪穹和这些梅花也是久别重逢。

赏看了一阵，她想起刚才和少年的对答，便忍不住幽幽地叹息：“梅花映雪，美则美矣，只是生于雪山之巅，高处不胜寒，平素少了人欣赏……”

刚自怨自艾说到这里，她却忽然听到苏渐惊叫一声：“哇！好美！”

洛雪穹闻声一愣，朝少年看去，却见他正直愣愣地朝自己看来。

“啊？”蓦然间，有一股巨大的幸福感冲击了她，洛雪穹的心乱跳，脸发烫，身子也变得酥软，好像整个人都泡在一池暖洋洋的春水里。

“你、你……你怎么忽然这么说我？”洛雪穹看着少年，含羞说道。

“说你？没啊，”苏渐一愣道，“我说的是这彩虹。雪穹你看，它虽然小，但真的好美啊！”

“啊？”洛雪穹闻言一愣，定睛再看时，却见就在自己咫尺面前，果真有一道小小的绚丽虹霓——原来她刚才自言自语地感叹，那吐出的热气正在身前形成一片淡白的雾岚；于是当天顶的阳光一照，便在眼前形成这道小小的虹霓。

“原来，是彩虹啊……”洛雪穹轻轻地说了一句，语气中透出淡淡的失望。

“嗯？你觉得不好看？”苏渐讶异地看着她。

“好看，”洛雪穹定了定神道，“只是有些感叹，彩虹美丽，却是转瞬即逝，便想起我们这些女孩儿啊，或许有个好容颜，可也抵不住时光的流逝。难免终如天边的虹霓，虽然绚烂一时，却一转眼就轻易消逝了。”

“不要这么伤感嘛，”苏渐笑道，“都怪我不好，提什么彩虹，惹得咱洛女侠伤春悲秋了。别忘了，你才是妙龄少女，红颜易逝这种事，哪轮得到你感怀？倒是认真说来，我对你们教门很好奇呢，能不能带我四处走走？”

“可以啊。”洛雪穹也从刚才的情绪中走出来，仿佛被提醒了一般道，“那我就带你去‘圣女阁’看看吧。你不说我差点忘记，以前我每次出远门回来，都要去圣女阁中，跟那些前辈们报声平安呢。”

“好啊！圣女阁，听起来就不错！”当听到“圣女阁”这三字，也不知道苏渐想起什么，顿时眼睛一亮，忙笑道，“雪穹，那快带我去看看！你看这样多好，多带我到处走走，多了解了解你们门派，这样也能加深对你的了解嘛。”

“这样啊……”已经迈步带路往前走的少女，听到苏渐最后这句话，不由得那步伐也加快了不少。

灵山圣门的圣女阁，在教派中是极为神圣的地方。

而圣女，则是历代圣教的象征，其中很多据说都由门主的妻子担任。她们最后都承担了极为重要的使命，将自己的一切包括生命，都献给了圣教的事业。

圣女阁坐落在雪母峰西边的一座山峰上，那座本来不知名的雪山，也因此被称为“圣女峰”。

苏渐跟着洛雪穹,走过了圣教的主道场,便在雪母峰的西侧踏上一条横贯两山的铁索板桥。

嗖嗖的寒风中,苏渐跟随着前面的少女,胆战心惊地走到了铁索桥上。

在脚下木板和内心的双重颤抖中,苏渐花了很长时间,才从万丈深渊的上空凌空走过,最后到达那座圣女峰的顶端。

只是横穿高空铁索桥,便让苏渐颇为感慨。踏上圣女峰的雪地,他回望已隐入高空云雾的铁索桥,便觉得无论自己身具多少功法,在雄大险峻的天地造化面前,还是显得非常渺小。

圣女峰顶的圣女阁,是一座极为古老的五层木质阁楼,这和雪母峰上的建筑材料大不相同。

不过当苏渐跟着洛雪穹穿过森严的守卫,走进古色古香的阁楼里,却发现里面的陈设几乎都用罕见的上品水晶做成。

看到这样的情形,苏渐不禁目瞪口呆,对少女脱口说道:"雪穹,它们都是真正的水晶啊!难道就不怕人偷吗?"

"怕人偷?"洛雪穹回首嫣然一笑,"让他偷啊,只要他有命下得这雪峰去。"

"这倒是。"想起这些雪峰的险峻,苏渐自嘲地一笑。

总共五层的圣女阁,每一层都陈列着用水晶罩子保护的历代圣女画像。

苏渐从第一层留心数起,便发现这些陈列的圣女数量,总数几乎有百来位之多。

要知道,如果这一切圣女记载都属实,再按四十年约略为一代,则苏渐算了算,前后竟然总共历经五千多年!

如果按这个时间算的话,这灵山圣门最初还真有可能上溯到晶灵时代!

并且,算算还正好在晶灵时代的末期,那正是魔族突然从世界边缘的混乱界域、湮灭地带杀出,攻入神州,取代晶灵族统治神州大陆的时候。

算出了这个结果,苏渐虽然表面依然不动声色,但内心里已经很吃惊了。

除了这个让人无法忽视的历史年份，苏渐还看到，这圣门历代的圣女，事迹都很悲壮，或者直白点说，都没有好下场。

她们横死的原因五花八门，有些是为了宣传教义而被蛮族杀害，有些是抵抗魔族、龙族、人族强者侵攻而战死。

除了这类的，还有的原因就让人有些哭笑不得。

比如，有不小心摔下悬崖而死的，有打猎被猛兽吃掉而死的，有修炼秘术走火入魔而死的，有疗伤时吃错药而死的，甚至还有一位因多日食物匮乏，饿极之后，突然得到大量美味于是狂吃噎死的！

本来参观这种相当于人家祖祠一样的地方，苏渐必须保持心情表情双重悲痛。但很不幸，当他看到这些记录时，实在无法始终保持肃穆的表情。

察觉到他这样，洛雪穹也十分尴尬，完全无法责怪他。

当参观完所有圣女像，苏渐便和洛雪穹走回第一层。

"雪穹，"静谧庄严的厅阁中，苏渐忽道，"有两件事，我觉得挺奇怪，不知当不当说。"

"说吧，"洛雪穹看着他，"我倒觉得，今天你挺奇怪；以前可没见你跟我这么客气过啊。"

"好，那我可就说了，"苏渐道，"贵教这些圣女像，个个都很美貌淑雅，自不必提，但你难道没觉得，她们的脸形很多都有相似之处？甚至……你和她们的样子都有点像！"

"这……"听得这话，洛雪穹也是一时踌躇。

"苏渐，你这疑问，其实我从小就察觉到了。"洛雪穹道，"但总不至于，我和这么多圣女都有亲缘关系吧？"

"这倒是。"苏渐挠挠头道，"其实这点倒也好解释，也许贵教门的历代门主，因为贵教独特的风格，所以挑选跟自己成亲的圣女时，审美口味都比较一致吧。"

"这样啊……"洛雪穹俯首略一沉思，便抬起头来看着少年喜滋滋道，"苏渐，还真要谢谢你，这个疑问我从小都没解开，问爹娘他们也不说。现在听你这么一说，还真可能是这个原因呢！”

“对吧！”苏渐得意道，“你看，我聪明吧！”

“聪明，聪明，”洛雪穹看着他，“可也说明你们这些男人啊，看我们女儿家，都是以貌取人啊！”

“雪穹，你说得对！”苏渐忽然一副沉痛的样子，“我也经常检讨自己，为什么要以貌取人，所以才老是想跟你亲近！”

“去你的，谁跟你亲近！”洛雪穹冷起脸娇叱一声，但心中却充满了甜蜜。

“对了，你说有两件奇怪的事，还有一件呢？”羞赧的少女，忙主动岔开了话题。

“嗯，”苏渐道，“为什么你们这里只有圣女阁？历代门主祠堂呢？”

“这个啊，还真没有。”洛雪穹想了想道，“这倒没什么奇怪的，虽然我们历代以男子门主执掌教门，但地位最尊崇的，还是圣女。这一点和你们中原完全相反，你们那边女子是进不了祖祠的。”

“也对，”苏渐道，“想想我们的习俗，只要反过来就是你们这个。这么一想，还真不奇怪了。”

虽然嘴上这么说，但苏渐想起刚才雪母圣殿中，万山飞寒门主那说一不二的威严场面，苏渐心里便觉得，这个，还真的是很奇怪啊。

这天当他们从圣女阁回来，到了晚上，洛雪穹想起自己这么多时没跟爹爹相处，便特地前去爹爹的住处，想跟他叙叙话。

本来万山门主因为总是很忙，他和洛雪穹之间的父女感情并不算很融洽。但洛雪穹在外面漂泊了这么久，现在刚回来，还是对爹爹充满眷恋之情的。

她并没有想到，正是在即将到来的这一晚会面中，会发生一件让她始料不及的大事！

当洛雪穹往爹爹住所走时，正是掌灯时分。高山之巅纷起的暮雾中，洛雪穹远远地看到爹爹的书房里还亮着灯，便知道爹爹还没睡。

只是，当她走到爹爹书房的门外，刚要推门进去时，却听得父亲正在里面，不知道在跟什么人说话。

本来洛雪穹不以为意，心想着以父女之亲，自己有什么不能进去的？

但只是这片刻之间，无意中飘入她耳中的两三句话，却顿时让她本来举起想敲门的手，霎时凝固住了……

洛雪穹听得分明，书房中在跟父亲说话的正是那位神秘的大长老蟠泽。

在外人面前，蟠泽保持着对万山飞寒的尊重，但这时洛雪穹听了几句后，却发现大长老对父亲的语气并不如何尊敬。

书房中，那蟠泽正说道："万山飞寒，你可要想明白，那些尊龙教徒来历不明，你今日大量吸纳他们，日后恐生不测之变。"

"咦？"万山飞寒奇怪地问道，"尊使何出此言？尊龙教历来宣扬归顺龙族，怎么您好像不太待见他们？"

"哼！"蟠泽冷哼一声道，"归顺龙族，不是本就该如此吗？我家巫龙王大人雄才伟略，摄政龙族，时时攻略天下，何需这等跳梁小丑？你莫非不知，这些人口中尊龙，实际行事诡异，来路不明？"

"巫龙……王？"正在门外偷听的少女，心儿忽然狂跳起来。

这时万山飞寒却打着哈哈说道："龙使大人，您还是多虑了。放心，我会密切注意他们，一有异动，立即消灭。这不是现在大业将举，人手不够吗？否则我也不会用他们。"

"希望你真心如此。"蟠泽的语气，忽然变得有些阴恻恻，"门主大人，想必数千年前雪晶族的光辉，你不会忘了吧？作为雪晶族仅存硕果，你可不要忘本，忘了当初魔族怎么灭绝你们整个晶灵族的！"

"……"本来态度敷衍的万山飞寒，听到蟠泽提起这个，神色蓦然凝重。烛光中，他双目闪动，似有泪光，又如燃怒火。

沉默片刻，万山飞寒铿锵说道："龙使大人请放心，灭族之仇，我万山一刻不敢忘。我更不会忘了，是谁镇压了魔族，结束了黑暗时代！"

"哈哈！"蟠泽仰首狂笑一声道，"算你知趣！你放心，一旦我龙族席卷神州大陆，扫灭人族残余，将来这西域广袤疆土，必有你雪晶族一席之地！"

"多谢龙使大人！"万山飞寒弯腰垂首，真心地行了一个大礼。

书房内两人达成一致，气氛和谐，但房门外的洛雪穹，内心却刮起了风暴！

“蟠泽是龙族的人……我们是雪晶族的后裔……为什么说爹爹是雪晶族仅存的硕果……我们要帮龙族前驱，跟人族打仗吗……”

要知道洛雪穹之前，对所有这些事一无所知；现在这一连串事情，无论哪一件拿出来，都足够让洛雪穹极度震惊了！

而这还没完。

当万山飞寒慨然说自己和魔族不共戴天后，想了想刚才蟠泽的话，便小心翼翼地问道：“龙使大人，是不是贵方查出了什么？”

“你倒识机。”蟠泽赞赏地说道，“我们已发现魔族越来越活跃，并且巫龙王大人感应到，那被封印的魔首魅帝姒，似有不稳迹象。”

“什么?!”万山飞寒倒吸一口冷气，急忙问道，“究竟如何不稳？没事吧？”

“无妨。”看了胆战心惊的万山飞寒，蟠泽摆摆手道，“三百多年前，我圣龙皇镇压恶魔女王之处，十分隐秘，并且封印连环如锁，绝不可能被她逃脱。”

“那巫龙王大人为何还有这样的感应？”万山飞寒不放心地问道，“要知道，巫龙王大人特有预言之术，如果他有感应，此事绝不可小觑。”

“我叫你放心就放心！”蟠泽不耐烦道，“告诉你吧，巫龙王跟我家执政官大人说起时，特地提到，这感应极为微弱，有可能是误差。”

“误差……”万山飞寒嘟囔两声，显然并没有完全信服。

见他如此，蟠泽想了想便决定多说两句：“完全可能是误差。你不知道，天上星海晶河的运行，略有异常，便可能影响巫龙王的感应之术。反正你记着，恶魔女王的封印万无一失，绝不会有任何出问题的可能。”

“那就好那就好！”万山飞寒擦擦额角的冷汗，心有余悸道。其实以他的身份地位，现在这样的表现，已算非常失态。

这也难怪，作为雪晶族的血裔，当年整族灭绝的惨状，已经渗入骨子里；所以这时候一听“什么？那个造成无边血海的恶魔女王，竟然可能破封印而出?!”，哪还会不冷汗淋漓？

“这些事不需要你操心。”蟠泽话锋一转道，“倒是上次我跟你说的事情，你办得怎么样了？”

“这……”万山飞寒有些踌躇，停了停才小心地措辞道，“这事我还没开口，主要是小女尚且年幼，如果不寻个良机说出，恐怕她难以接受。”

“难以接受？”蟠泽勃然大怒，低沉咆哮道，“怎么？让你小女嫁我家执政官大人为妾，难道还委屈她了？！”

“要不是她有丁点雪晶族的血脉，长得又有点像沧雪大人，我家大人才不会要她呢！万山飞寒，你可不要让我多费唇舌，跟你解释这是获得我龙族强援的大好机会！”

“当然当然！”见他动怒，万山飞寒连忙点头哈腰道，“蟠泽大人误会了！我怎么会不知道这是天赐的良机？”

“贵主狂禅大人深得巫龙王的器重，不仅是巫龙国的执政官，还手握晶海神器‘暴风之戒’，威力无边，小女能够送与他为妾，也不知是她几辈子修来的福气。您放心您放心，我一会儿就去跟她说！”

“那就好。”蟠泽冷眼看着他道，“万山飞寒，你可别不识好歹。要不是我体恤你的苦心，说什么你家长女是千年一遇的纯正雪晶族‘太阴灵体’，身负雪晶族繁衍大任，否则依我看，明显这个姐姐洛雪穹才更好嘛。”

第六十一章

心之道标

“不敢不敢!”万山飞寒一听,忙不迭地说道,“多谢龙使大人体谅,要不是事关雪晶族的繁衍振兴,我哪敢藏私? 大人,这里有些水晶石,不成敬意,还望您收下!”

“唔……好,”见他捧出一盒上等的水晶石,蟠泽的语气变得略微柔和,点点头道,“万山啊,我也不是贪图你这点东西,实在是可怜你们雪晶族的悲惨命运。不管怎样,狂禅大人纳妾这件事,你可千万别给我搞砸了!”

门里两人达成一致,门外之人,心却“怦怦怦”地猛跳个不停!

这也就是洛雪穹熟谙风灵法术了,不仅轻身,还能静音,这才能在屋中两个旷世高手的对答中,始终保持绝对安静。

但她的心绝对不安静,“心潮澎湃”,这词简直就是专为描述她此时心理而设。

当蟠泽走出书房,隐在一边的洛雪穹目送他走远,便立即收了轻身术,径直闯进了屋里。

“爹爹!”洛雪穹带着怨气地叫了一声。

“你来了?”对她闯入,万山飞寒好似毫不惊讶。

他甚至有暇去旁边书架上翻了翻书,这才转过脸来,看着女儿道:“刚才,你都听到了?”

“啊?”洛雪穹霎时愣住了。

“你啊，”万山飞寒笑道，“还以为自己轻身术管用？我和蟠泽大人都听到你在外面了。”

“那怎么……”洛雪穹一脸迷茫。

“就因为听出是你，我二人才示意无妨，继续对答。”万山飞寒注目长女说道，“怎么样？刚才那番话，听了有何感想？”

“感想没有，问题一大堆。”洛雪穹急切说道，“爹爹，你快告诉我，我们真是雪晶族？为什么你要跟龙族勾结？他们可是这片大陆的侵略者！还有，为什么要把妹妹送给龙族做妾？您知道妹妹的性子，外柔内刚，性子很倔，又很痛恨龙族，你这分明是要害她啊！”

“放肆！”万山飞寒脸色蓦然一沉，“穹儿，你有疑问可以，可你说话是何态度？真把爹爹当成外面那些俗人了？”

“对……对不起。”洛雪穹低下头，轻轻地道了声歉。

“你有这些疑问，很正常。”见她道歉，万山飞寒放缓了神色说道，“以前，为了你能专心修炼，这些杂事秘闻并没有跟你说。现在，也到了该告诉你的时候了。”

“不错，我灵山圣门一脉，正是雪晶族后裔。五六千年前，正是我晶灵族统治神州之时。那时因晶灵族善于操控晶气形态的星空之力，曾创造出无比辉煌的文明。

“我族时代的整个神州大陆上，矗立无数叹为观止的建筑，流行无数无与伦比的艺术，涌现无数精妙绝伦的灵器。

“可以说，那时候我晶灵族创造的荣光，几乎要盖过失落的太初诸神时代。

“而我们雪晶族，正是其中的佼佼者。到最后，我们甚至可以用冰雪之力，制造世间一切宏大、精微的东西。在我记忆中最后达到的程度，能窥探到万物起源的奥秘，已经接近造物主！

“可惜后来，不知是不是我们晶灵族走得太远，触动了‘物极必反’的天道规条。有一日，恶魔国度的魔族大军，从世界边缘的混乱界域、湮灭地带杀出，铺天盖地而来。

“那一日，无边的碧色魔火蔓延大地，摧毁了晶灵族苦心经营的一切！

“可叹我族空有璀璨辉煌的文明、看似强大的战力，却在凶悍悖乱的魔族大军面前，顷刻化为齑粉飞灰。”

前所未有的上古秘辛，从万山飞寒的口中娓娓道来，配合着书房中摇曳动荡的烛光，只听得洛雪穹心惊胆战、目眩神迷。

不过当听到这里，她心中一动，脱口问道：“爹爹，孩儿不是听说，四千多年前，晶灵族不是已经整个灭绝，一个都不剩了吗？那我们怎么……”

“你说得没错。”万山飞寒的表情变得有点古怪，“确切说，别的晶灵族不知道，我们雪晶族，只剩下我一个活人了。”

“什么？只剩下您一个！”洛雪穹咀嚼着父亲这句话，忽然间不寒而栗。

“您是说、是说……”这一刻，洛雪穹似乎连一句完整话都说不出来了。

“没错。”万山飞寒却是看着她，沉声说道，“今日将此事告诉你，已无妨。我的年纪，已有四千多岁！”

“啊?!”洛雪穹惊呼出声，本能地就想往外逃。

“哈哈！”万山飞寒见状仰天大笑，“穹儿啊，本来以为你心如冰雪、性情冷硬，没想到这么胆小！怎么？把爹爹想成了老妖怪？害怕了?”

“不、不是的……我、我……”洛雪穹想辩解，却只是口角嗫嚅，一句完整的话儿都说不出来。

“我不是老妖怪。”万山飞寒笑声一歇，冷声道，“四千年前，当末日来临，恶魔的碧色火焰扫荡一切，我这个雪晶族的小少年，却被恶魔之火融化的雪山洪水，冲到了一处冰雪山谷。”

“本来，我已受恶魔之火腐蚀，必死无疑，但没想到在那里，我侥幸得到一株‘紫髓玉芝’。

“正是吃了这样世间罕见的奇珍异草，我才得以苟活。我不仅医治好恶魔火伤，还得以固本存神，保命延年。再加上后来寻找到的各种奇术秘方，我才活到了今天。”

听到这里，洛雪穹忽然心中一动。

她想起，就在白天，她带苏渐去圣女阁参观时，少年还说，为什么历代圣女长得如此相像——这一刻，她忽然有些明白原因了：

如果圣女是门主新娶的女子，那还真可能让苏渐说对了，确实是因为门主口味如此——毕竟，这数千年来，灵山圣门，其实只有一个门主啊！

而如果是门主之女当了圣女，那就更好解释，因为她们肯定都和万山飞寒相像嘛。

一想到这个，洛雪穹忍不住遍体生寒。

虽然她现在还没想得十分明白，但天生的女子直觉告诉自己，爹爹活了数千年这种前所未闻之事，一定会触及某些伦常方面的悖乱！

想到这里，洛雪穹又想起一事，便脱口叫道：

“爹爹，这些倒也罢了，权当女儿听了一件奇谈志怪。但您为什么要答应蟠泽，送妹妹给龙族为妾啊？那龙族残暴，离这里又是万里迢迢，雪筝她机灵活泼，命格却弱，若是送去龙族，她会死的！”

说到这里，愤恨不已的少女止不住话头，悲愤说道：“爹爹啊，虽然女儿不懂天下大事，但也知道，虽然龙族势大，但咱灵山圣门却在人族天雪国境内！”

“一旦让他们知道有巫龙王的人在我教门中，一定兴起大军，无情攻来，到那时数千年圣门便毁于一旦啊！爹爹，你怎么会答应这么做啊！”

“幼稚！”万山飞寒蓦然吼道，“这么多年了！我一直待在这穷乡僻壤！不，这雪山不用说人了，连鸟兽都罕见，连穷乡都算不上！”

“我一直想对外扩张，把那些晶泊带的无知蛮族征服，然后立国。你说巧不巧，正巧巫龙王就派人来了，这次机会我一定要抓住！”

“我也不怕天雪国会怎样，只要小心从事，他们不会察觉的。”

“可龙族可不是善茬，万一他们——”洛雪穹刚说到这里，就被万山飞寒打断：

“龙族残暴，我又怎不知？反正这里离龙境还远，中间还隔着天雪国；除非他们能穿过风暴之墙，还打穿天雪国，否则怕他怎的？

“你爹只要跟他们虚与委蛇，利用龙族的力量，打下周边部落，让咱雪晶族后裔正式立国，那就行了。

“更何况，你爹爹难道没有后手？难道真以为我仅仅依赖龙族，还有那什么尊龙教？你以为刚才蟠泽提醒我注意尊龙教，我不知道？

“告诉你，我不仅提防尊龙教，还知道他们背后有魔族的影子呢！但又怎样？我现在有自己的不死战士、不朽军团！

“这狗屁雪山，我算是待够了！这次不管付出什么代价，我都要杀出去，立起雪晶国的大旗！”

“爹……”听到这里，洛雪穹胆战心惊之余，含泪说道，“爹爹，您、您这是在玩火——”

“放肆！你给我闭嘴！”万山飞寒怒吼道，“你个小小丫头，懂个啥？我吃过的盐比你吃过的饭还多！不需要你来教我。我告诉你，如果你敢把这些事情泄露出去，我会杀了你！”

“对了，有件事你说得挺对，就是有关你的妹妹。”

“啊？”洛雪穹惊喜道，“难道爹爹回心转意了？妹妹她——”

“回心转意？哈！”万山飞寒一声冷笑，“这件事，世上没人能阻挡我！我是说，你说得对，筝儿的性子是挺倔，如果强送过去，后果难测。”

“女儿，你不是自幼就很爱护她吗？那你就去帮我劝劝筝儿，让她乖乖地嫁给巫龙国的执政官好了。”

“什么？！”洛雪穹瞪大了眼睛。

“没听懂吗？”万山飞寒不悦地看着她，“我叫你去劝你妹妹，乖乖嫁给狂禅。”

“我、我怎么开口啊……”这一刻，洛雪穹遇上了今生最难的事。

“怎么开口？爹爹帮你。”万山飞寒沉声道，“你可以告诉她，狂禅大人是龙族的传奇人物，他本身龙魔混血，曾是龙族老家龙渊列岛的大寇，后被巫龙之王撒菩勒伯收服，成为他的副手。”

“狂禅大人不仅模样雄俊，现在还是巫龙国的执政官，正是‘一人之下，万人之上’。他还是晶海神器‘暴风之戒’的拥有者，能够催动风暴之力的绝对领域。

“想想吧，这样的大人物，正是天下各族女子梦寐以求之人，筝儿能给他做妾，难道不是她的福分？

“女儿，你放心，哪个少女不希望将来能嫁这样的奇男子？再加上她从小听你的话，你去劝服她，并不难。”

“爹爹，”一直聆听的冰雪少女，听到这里，好像下定一个莫大的决心，忽然直视父亲的眼睛，轻声说道，“爹爹，我愿代妹妹嫁与狂禅为妾。”

“什么？”听她忽然这么说，万山飞寒便是一愣。

他是何等人物？显然看得出，长女此刻绝不是因为刚才他这番宣扬，才自己动了心，想抢这个“好机会”。她实在是爱妹心切，愿意以身代之，承担这个类似人族“昭君出塞”的悲壮命运。

其实有那么一瞬间，他有一丝的动摇。

但很快他就想到更多东西，厉声喝道：“你以为狂禅要你妹妹，是为了什么？蟠泽已明告我内情，是因为狂禅爱慕冰龙巫女沧雪不可得，这些年便到处搜罗容貌与她相像的女子。”

“很幸运，你妹妹和沧雪巫女有些像，这才想纳她为妾。否则你以为咱大雪山这不毛之地，蟠泽为何专门寻来？当然他们也是为了在人族后方弄出乱子，但最初确实是蟠泽看见了你妹妹，才有了后面这些事。

“况且，就算你长得也像沧雪，为父也不会把你交给龙族。刚才你没听见吗？你是数千年来，我好不容易生育出的‘太阴灵体’，拥有最纯正的雪晶族血脉。将来雪晶族繁衍生息的大任，就要交给你了，你是真正的‘雪母’！对了——”

说到这里，万山飞寒盯着长女，忽然问道：“你现在有喜欢的人吗？”

“……”被他这毫无征兆地一问，洛雪穹有些措手不及。

等她反应过来，一张似笑非笑的明俊脸庞，浮现在她的眼前。

“没有。”看着父亲，她说道。

“没有最好。”万山飞寒目露寒光道，“有，也没关系。我会杀了他。”

听得此言，洛雪穹一阵心悸。

而更让她心悸的，却是父亲那句，“将来雪晶族繁衍生息的大任，就要交给你了”。

对这句话，她有心追问详情，但这一晚，她觉得已经承受了太多的苦难。

她的直觉告诉自己，如果这时候要强求弄明白这句话的含义，可能自己就要心神崩溃、死在当场了。

于是她就像逃跑一样，仓促地道了声别，慌慌张张地离开了门主父亲的书房。

此后她一路返回自己的住处，整个人都失魂落魄，完全凭着本能在机械地走路。

凄凄惨惨戚戚之际，她蓦然心里一动："咦？沧雪？这个名字，怎么这么耳熟？"

这个名字，其实她不应该不记得。但现在她被一连串前所未闻的秘事所打击，一时间神沮气丧，整个人都变得麻木，完全没心情去仔细琢磨父亲顺口提到的名字。

从父亲的书房出来，洛雪穹也不知道自己是怎么走回闺房的。

在房中闷坐了一会儿，洛雪穹回想起刚才爹爹的话，那眼角不知不觉就渗出晶莹的泪水来。

寒傲如冰的少女，自懂事后再没有哭过，但这时候，一想起挚爱的妹妹即将遭遇到的悲惨命运，她便再也忍不住自己的泪水。

雪山静夜，万籁俱寂。

静谧中那思绪更加不受束缚地奔流狂舞，让乍然知道太多秘辛的少女难以自抑，满怀悲苦。

伤心之际，她只觉得想将这满腹悲苦的心事，找个人诉说。

要说这灵山圣门中，她熟识的人也不少，但想了半天后，她却发现只有苏渐这个"外人"，才是她唯一能倾诉的对象。

于是，趁着夜色还未深沉，洛雪穹便走去苏渐的客房。

这时候苏渐还没睡，见少女忽然夜来，还眼角含泪，便不敢多言，赶紧将她迎进屋来。

"苏渐，"还没等少年反应过来，洛雪穹便怔怔地看着他道，"如果你明知道一个至亲的亲人，即将面临悲惨的命运，你会怎么办？"

"当然要救他！"苏渐毫不犹豫道。

"如果完全没办法救呢？"洛雪穹紧盯着少年。

"这世上，不存在完全没办法的事。"苏渐沉声说道，"比如，上一回，你失陷兽龙国，所有人都说没救了，可我就不信邪，我去救了。结果怎么样？你，还活着站在这里！”

“苏渐，谢谢你……”听他说起往事，洛雪穹的眼泪忍不住扑簌簌地往下掉。

“可我不是你……而且这事，完全没救……”曾经的冰山少女，此刻却泪眼婆娑，悲声哭诉。

“到底怎么了？”苏渐上前扶住她的肩膀，关切地看着她，“究竟发生什么事了？相信我——”

到这时，他再也不顾什么男女有别，一手托起雪穹的脸庞，一手轻轻拂去她眼角的泪水。

“雪穹，别哭，看着我，”苏渐道，“相信我，只要愿意，这世上没有做不到的事。”

“没用的……”少女依旧泪眼蒙眬，“这次是真的没办法了……”

“不可能！”苏渐不信道，“究竟是什么事？说出来，只要我帮得上忙，义不容辞！”

苏渐这番话，说得斩钉截铁，便似自有一股神奇的魔力，终于让绝望的少女安定了心神。

“是我妹妹……”接下来，洛雪穹便把爹爹要将妹妹献给龙族高官的计划，原原本本地告诉了苏渐。

还没等她讲完，苏渐已是勃然大怒！

不过出乎女孩儿的意料，苏渐第一反应竟是怒声大叫：“沧雪妖女，怎么又是你?！真是个祸水哇！”

“早知道上次我配药，就下点毒，让你当场毙命！便绝了那什么狂禅的念想！

“你到底有多金贵啊？老老实实嫁给狂禅不就得了？还要害这些无辜的好姑娘羊入虎口！”

他这义愤填膺的一连串叫骂，倒让洛雪穹目瞪口呆，一时忘了哭泣。

“苏渐……其实，也不能怪她。”看到少年愤怒成这样，洛雪穹虽然满怀悲愤，但觉得还是要说句公道话，“这件事，还要怪那狂禅好色，也怪我爹爹利迷心窍，这才让妹妹惹祸上身的。和那位龙女倒没什么直接关系。”

“那她也是祸根！”苏渐依旧很光火。

“咦？你这是怎么了？”洛雪穹奇怪地看着他道，“那个沧雪害过你吗？啊！我想起来了，这沧雪就是我上回去龙境，要接近的那个天才冰龙女巫师！而且你从龙境归来，就跟我说差点被‘沧雪’女魔头所害！”

“当然，就是她！”苏渐回想起当初沧雪试验静风之术的场景，不禁打了个寒战，惶然道，“她就是个女魔头！她存在的本身，已经影响到整个人族的生存！”

“啊？先不管她……苏渐，我妹妹的事情，怎么办？”洛雪穹期盼地看着他。不知不觉中，她已经把苏渐视为倚靠。

“待我想想……”苏渐闭目思索片刻，便睁开眼道，“最佳的办法，自然是那沧雪女魔头嫁给狂禅，然后河东狮吼，让狂禅不敢再纳妾——但这个暂时不可能。还有个办法，就看你妹妹愿不愿意。”

“什么办法？她会愿意的！”洛雪穹急道。

“那就是先跟我走。”苏渐沉声道，“我和亚飒他们尽快把她带下山，离开这是非之地，之后就海阔天空了。”

“这个办法好！”洛雪穹喜道，“这么简单，我怎么没想到？”

“你是关心则乱。”苏渐看着她笑道，“我就说吧，总有办法的。你想，只要你妹妹离开雪山，之后无论去华夏国，还是让冰梵在天雪国中安排，都不过是小菜一碟。但你也得走，否则太危险。”

“我也得走？”洛雪穹看着苏渐的脸，沉默了片刻，然后摇了摇头轻轻说道，“我不能走。已经走了一个妹妹，如果我也走了，爹爹会发狂的。到时候他一定不惜一切代价地追杀，一切努力就都前功尽弃了。”

“可是……”苏渐还想再劝，却被少女摇了摇手打断：“苏渐，我已经下定决心了，此事绝无改变。”

“……好吧，那你保重。”苏渐看着烛光中少女脸庞清冷的轮廓，心中升起莫名的痛楚。

而这时候，洛雪穹的心中，其实比他还要痛。

刚才，她只能把妹妹的事告诉苏渐，其他更为骇人听闻的事，却没法说出口。

这样的忍耐，十分难受。

看着少年镇定从容的俊脸，到最后洛雪穹还是忍不住开口："苏渐，你今天说我门中圣女，样子大多相像，现在我可能知道原因了。"

"啊？什么原因？"苏渐好奇地问道。

"是——"洛雪穹刚想说出才得知的原因，但吐出一个字后，却忽然闭口不言。

"雪穹，你怎么了？"苏渐奇怪地追问道，"有什么不能说的吗？到底是什么原因？"

"我……我害怕。"说出这几个字，曾经那样孤傲清冷的少女，竟然浑身发起抖来。

苏渐见状，不再追问。他什么话都不再说，只是张开手臂，将颤抖的少女轻轻地揽入怀中……

当送别了雪穹，苏渐想了想前后的事情，便觉得这表面晶莹圣洁的雪山门派中，竟是暗流涌动。

想了一阵，他也便上床睡觉去了。

雪山之巅的客房，生着暖炉。

后半夜，风雪渐起。

纵横的山风无孔不入，从窗子棱缝中透入时，发出"呜呜"的尖啸，带来了冰冷的寒意。

奇怪的是，无论是刺耳的风啸，还是拂面的寒意，似乎都没对苏渐产生影响，反而还让他很快睡着了。

让他没想到的是，这一晚，他又做了个梦，那梦中雪穹和月歌竟是同时出现。梦中二女的表情，一个冷冷，一个幽幽，都在问他，到底选择谁……

当第二天醒来，苏渐才意识到，自从做这个不断更新的连环怪梦以来，这是第一次，有当下现实中的人和事交织进怪梦中。

洛雪穹与父亲书房对谈的那一晚，真的发生了很多事。

就在苏渐安慰洛雪穹时，那风来苑的梅林中，亚飒却在清冷的月光里，无限地纠结与痛苦。

慈祥的双亲转眼被害，陈尸自己的面前，对这事亚飒至今仍然无法接受，无法忘怀。

虽然表面强自压抑，但他内心的痛苦却随着时间的滋长，变本加厉。

他现在看到一草一木、一花一石，都能想起幼年时与爹娘相处的温馨时刻。

比如，暗夜之中，他来这风来苑梅林里，本意是让寒冷的天风吹散躁动悲苦的心绪，让星月的光辉驱散弥漫心中的阴霾。

但没想到，当他看到天穹的星月晶河，却立即想起那仲夏夜的宁谷村里，自己跟爹娘露天乘凉看星星的场景。

这样难以抑制的联想，让他几乎要发狂。

梅花清幽，月华如水。

此时风雪未起，梅林中玉树琼花，其实宛若仙境。

但就是这样诗意盎然的美景里，亚飒却只能双目木然，对着月光下的千山万壑，低低地倾诉内心的痛苦。

如此自言自语，有如疯狂。

正当到了难以自已时，亚飒却忽听梅林中，有树枝轻轻一响。

“谁?!”亚飒如豹子般机警回头。

“我。”月辉中，一位头戴银斗笠的黑袍道人，正手持拂尘，踏雪分梅，缓缓而来。

本来亚飒还不以为意，但他忽然注意到，这黑袍道人缓缓而行时，竟是踏雪无痕，那飘落的梅花瓣只在身边徊舞，丝毫沾身不得。

一见此景，亚飒眼神蓦然缩紧，手按腰刀，大声喝道：“你是谁?!”

“贫道幽玄。”富有磁性的清亮声音，从银笠道客的口中悠然响起，“年轻人，你应该见过我。”

“见过你?”被他这样一提醒，亚飒蓦地一惊，顿时清醒过来。

“你是那天幻火宫外出现的神秘人!”亚飒叫道。

“正是。”幽玄道人抬起头来，微笑着看着少年。

月光中，亚飒看得分明，这幽玄道人虽然从气质看起来年纪不小，但面容只如同三十岁的青年人。

他身形清瘦修长，面容优雅俊美，皮肤如羊脂玉般白，此刻被星河月辉斜映，竟散发出珠玉一样的晶润光泽。

他的道袍也十分宽大，被天风一吹，飘飘荡荡，再加上灿烂如雪的银斗笠，整个人在星月光辉下，就如同贬谪凡尘的仙人。

不得不说，幽玄如此超凡脱俗的模样，让亚飒的警惕心打消了一大半。

再想起当日幽玄在幻火宫外，一掌击退妖女，救下众人，亚飒心中仅存的那点警惕，也随之烟消云散。

“道长，你怎么会在这里？”亚飒有些疑惑地问道。

“万丈红尘，哪里有烦恼，我就在哪里。”幽玄道人说了句幽幽玄玄的话，便一挥拂尘，反问道，“你叫亚飒，是吧？怎么，刚才本道人听你颇多怨言，是心中有难解之事吗？”

“是。”在幽玄睿智和蔼的目光中，本就沉浸在悲苦之中的混血少年，终于敞开了心怀。

沁人的梅花香气里，他把自己心中难解的结，对幽玄道人原原本本地道了出来。

亚飒为人本就低沉阴郁，现在诉说这样的人间惨事，过程中自然颇多负面情绪。

他这时候只顾诉说，却没注意到，每当自己流露出黑暗的情绪时，那幽玄便目光闪动，分明对他变得更有兴趣。

幽玄这样的表现，总让人觉得和他仙风道骨的丰姿，不太相配。

不过这时候，亚飒哪有余暇注意到这些？

当他把自己遭遇的家门惨变整个地诉说完，对面那幽玄的目光，就变得更加地和蔼温柔。

“亚飒，你不是已经在你兄弟的帮助下杀了个凶手吗？为什么你还觉得苦闷？”幽玄优雅清醇的声音，随着梅林的暗香悠悠飘来。

“我苦闷就苦闷在这里，”亚飒郁闷道，“仇人已经杀掉，我却感觉还是很不舒服。但,我又不知道该怎么做。”

“这样啊……”幽玄转过身去,对着远处月光下的群山,沉默不语。

见他如此,亚飒有些着急道:“道长,您知道的一定很多,恳请给晚辈指一条明路!”

“明路?你说对了。”幽玄飘飘转身,目光灼灼地看着少年,“你之所以烦恼,是因为你还没找到此生最根本的目标!”

“最根本的目标?我不大懂。”亚飒一脸迷茫道,“这事情我还没想过,而且,这和解脱我的苦恼有什么关系?”

“大有关系!”幽玄道,“我问你,你此生的根本目标是什么?”

“我不知道。”亚飒摇了摇头,“我真的没想过。”

“好,不要紧,”幽玄沉声道,“你来回答我一些问题,很快就能找到答案了。”

“真的?”亚飒闻言喜动颜色,忙躬身一礼道,“还请道长示下!”

“我先问你,”幽玄不动声色道,“你此生想赚很多的钱?”

“不是。”亚飒立即摇了摇头,“那是我兄弟唐求的追求。”

“那就是当很大的官?”幽玄问道。

“也不是。”亚飒道,“玄武卫有很多人这么想,好像我的好兄弟苏渐也这么追求。但我不是。”

“那就是娶一个最爱的人,做自己的妻子了。”幽玄笑道。

“娶最爱的人……”和刚才的立即否认不同,当幽玄问出这问题后,亚飒愣了一下,犹豫了半晌,这才摇了摇头。

他苦恼地道:“先生,本来我也这么认为,娶一佳偶,逍遥此生,亦是快活。但……这么多天过去了,我和自己最爱的人多有相处,却发现自己依然很烦恼。”

“这样啊……”幽玄沉吟片刻,突然毫无征兆地道,“那就是争取混血者真正的平等、独立、尊严、自由!”

“啊!”一听此言,一直摇头的亚飒,猛然浑身一震!和刚才不同,这回他只是稍一凝想,便重重地点了点头!

“很好。”幽玄含笑道,“你看,是不是很简单?我问你,现在你的心情,是不是好多了？”

“嗯？”亚飒先是一愣，猛然间仰天放声大笑，“哈哈哈！果然，我知道我这辈子要做什么了！畅快，畅快！”

“对啊，这，就是你的‘心之道标’。”幽玄的话儿，幽幽地传来。

“心之道标？好好好！我亚飒终于找到心之道标了！哈哈哈！”

一直郁结的少年，这时候只觉得心中块垒全消，仰天长笑。就在他的快然笑声中，那些压在梅花枝头的白雪，被震得纷纷落下。

“好好好！”看得眼前此景，亚飒笑声更狂，“雪压梅枝低？这些该死的白雪，通通都该震掉！”

当亚飒长笑声歇，转过头来，便跟幽玄道谢：“先生——”

真诚热烈的话语，到此戛然而止；因为少年看到，刚才还站在梅林雪地中的银笠道人，已是杳然无踪。

“呀！先生您去哪儿了？”亚飒见状大急，忙在梅林中奔走，想将幽玄找出来。

正在这时，他却忽听幽玄清醇的声音，从山外万丈雪崖下传来：“小子，咱们后会有期。”

“啊？”亚飒闻声连忙奔到悬崖边，朝幽幽杳杳的山崖下喊道，“那后会之期是何时？”

“到时候你便知道了。”幽玄的声音从山下传来，“放心，既蒙你叫了几声‘先生’，我会帮你的……”

听得此言，亚飒大喜，朝那无人的悬崖边跪下，虔诚地行了一个大礼。

如此跪拜之时，他在心中已将幽玄视为自己的导师。从此他在苏渐这个“佩服”的人外，又多了一位精神的“导师”。

这时，唐求的声音正从风来苑的客房那边传来：

“亚飒，你在搞什么鬼？深更半夜鬼哭狼嚎的，没什么事吧？”

“没事没事，”一直沉郁的少年，这时候却露出笑模样，远望着客房中亮起的灯火，大声说道，“胖子，快睡你的吧！你养你的膘，我笑我的笑，咱们两不相干！”

“两不相干？好好好，你继续疯你的，我睡了。”话音刚落，唐求房中的灯火便熄灭了。

到了第二天的上午，洛雪穹刚用过早饭，便立即去找妹妹洛雪筝。

洛雪筝的闺房也在后山，离洛雪穹的居处不远，是一座冰雪砌成的小院。

当洛雪穹走近，还没等她叩响院门，那洛雪筝已经在院子里看见她，立即欢笑着跑出来。

她挽住姐姐的胳膊，一边往里拖，一边昵声撒娇道："姐姐，这么早就来找妹妹了，有什么事吗？"

"没什么事。我们屋里说。"洛雪穹机警地看看左右，加快了脚步，挽着妹妹一起进了屋。

"姐姐？你今天怎么了？"姐妹同心，洛雪穹和平日细微的差别，立即便被妹妹察觉到了。

"我没怎么。妹妹，我问你，你愿意嫁给一个龙族的战将高官吗？"洛雪穹盯着妹妹，直截了当地问道。

"什么战将高官？"洛雪筝还没反应过来，怔怔地看着姐姐。

"就是他位高权重，是龙族的传奇人物，还手握晶海神器'暴风之戒'——这样的龙族人，你愿意嫁他为妾吗？"洛雪穹盯着妹妹的眼睛问道。

"不愿意！"洛雪筝斩钉截铁道，"姐姐，你可别把我当小孩子！"

"那龙族残暴，侵略神州，让整个大陆陷入战火，对这样的侵略者妹妹恨之入骨，怎么可能嫁他们？何况还是当妾！姐姐——"

说到这里，娇俏动人的少女，眼中已蒙上一层水雾。她仰起脸儿，楚楚可怜地道："姐姐，到底怎么了？你是要给龙族说媒，要把你最疼的妹妹，推入火坑吗？"

"不是。"洛雪穹心痛说道，"是爹爹。他听信了蟠泽大长老的谗言，要把你献给巫龙国执政官狂禅为妾，来换取龙族的支援。"

"呜、呜呜……"听得此言，洛雪筝忽然捂着脸哭了起来。

哭了没几声，她的身子忽然一软，好似力气被瞬间抽干，像一只没有生气的面口袋一样，软绵绵地挨在桌案边。

“爹爹，你好狠的心……”少女的脸上，写满了痛苦和绝望。

见她如此，洛雪穹心如刀割。

到此她再无迟疑，上前扶住妹妹的肩膀，在她耳边悄声说道：“妹妹，此事并非没有转圜之地。”

“什么？”洛雪筝猛地抬起头，怔怔地看着姐姐。

“嗯。我是说，如果你真不想嫁，那你就逃吧！”洛雪穹干脆说道。

“逃？”少女的眼泪再次流了下来，“怎么逃？我虽然学了些本事，但茫茫雪山，我区区一个弱少女，怎么能逃出去？”

“就算侥幸能逃脱，那雪山外面的世界我一无所知，根本没办法活下来吧……”

“我也知道。”洛雪穹看着妹妹，“所以，姐姐会请那位苏渐苏哥哥，带你一起逃出去。”

第六十二章

血灵穹将

“苏渐？”洛雪筝愣了一下道，“是他啊。你不是说，他只是你的同窗吗？若带我下山去，可是生死逃亡，他会答应吗？”

“会的，”洛雪穹微笑道，“因为这个办法，就是他提出来的。”

“那他真是位大侠……”洛雪筝的眼眸里，充满了感动和崇敬。

不过平静了还没一会儿，她忽然叫道：“不行！姐姐，这个办法不行！”

“怎么了？”洛雪穹惊奇地看着她，“除了这个办法，真的想不出更好的办法了。”

“姐姐，这个办法本身是行的，但姐姐有没有想过，若我逃了，爹爹一定会让你代我嫁龙族的。”洛雪筝焦急地说道。

“他不会的。”洛雪穹轻轻道。

“他会的，姐姐，我也很了解他的。”洛雪筝的语气，就好像在说一个陌生人一样。

“不会的，你要相信姐姐。”洛雪穹看着妹妹道，“对他来说，我还有更大的用处，所以，他不会让我嫁龙族的。”

“真的？”洛雪筝怀疑地看着她。

“相信我。”洛雪穹温柔地一笑，“姐姐什么时候骗过你？”

说此话时，她便想起父亲“太阴灵体”之语，于是在某个瞬间，她的神色忽变得恐惧、凄然，但很快便恢复了温暖的笑容，宠溺地看着妹妹。

“姐姐，你真好！”洛雪筝终于破涕为笑了。那梨花带雨的俏美笑靥，看得洛雪穹无限地爱怜。

"姐姐，"停了一会儿，洛雪筝惆怅地说道，"其实，我也不只是害怕嫁给那样残暴的龙族。我年纪还小，还没体会过爱，所以我才害怕嫁人。"

"嗯。"洛雪穹点了点头。

"姐姐，告诉你个秘密，"这时候的洛雪筝，一脸的娇憨，如同以前一样，跟姐姐神秘地说道，"其实，别看妹妹年纪小，对自己的终身大事已经想过好多次了。"

"哈？"洛雪穹哑然失笑，用手指挑了挑她的小鼻头，取笑道，"你个小丫头，才丁点儿大，就敢说想过终身大事好多次，真不害臊！那你说说，你对'终身大事'，是怎么想的呢？"

"就知道姐姐会取笑我！"洛雪筝噘着嘴，有心不说了，但才沉默了片刻，便忍不住说道，"姐姐，我想，如果有一天，能有一个人奋不顾身地救我，那我就会嫁给她。姐姐，你说我这样想对不对？"

"对！"洛雪穹有些吃惊地看着她，"妹妹，没想到，你竟能想到这种程度！"

"就说嘛，姐姐可不要小看我！"洛雪筝挥了挥小粉拳，兴高采烈地道。

得意了一会儿，她便对洛雪穹真诚地说道："姐姐，妹妹祝愿你早日遇上这样的人！"

"嗯，谢谢我的好妹妹。"洛雪穹应了一声，心中却道："妹妹啊，你不知道，这样的人，姐姐已经遇到了……"

洛雪筝这件事，无论对苏渐还是雷冰梵来说，都是一件意外。

很显然，他们来此灵山圣门，都有各自的目的。现在出了这桩事，即使只需要苏渐一个人带洛雪筝离去，其他人也不可能留下了。

这一来，如果说对苏渐而言，只是放弃了暂时"破案"的机会，那对雷冰梵来说，便直接影响到军国大事——

他可是来这里调查雪杀组精锐失踪之事的！

这时候的雷冰梵，就身份而言，已是杀伐果断的大人物。但当苏渐跟他一说起此事，他想也没想，毫不犹豫地点头答应了。

而亚飒、唐求，向来以苏渐马首是瞻，自然也不会反对。

“侠之大者，为国为民；

侠之小者，为友为邻。”

在这一刻，重新聚首的灵鹫学院四少年，仿佛重又回到那并肩作战、共同进退的同窗年代。

只是，让他们始料未及的是，计划赶不上变化，已经决定的事情，却在这一天晚上，被意外地打乱。

话说这天晚上，洛雪穹便去妹妹的闺房中，按照白天商定的方案，带上行囊，准备出发。苏渐这时隐藏在屋外冰雪小院的梅花树下，随时等待接应。

只是，没想到洛雪穹刚进妹妹的房门，却听得外面一阵脚步声响，回头看时，却见那门主父亲，正沉着脸走进门来。

“穹儿，”万山飞寒一进门便冲长女道，“你把事情都跟妹妹说了吗？”

“是。”洛雪穹按捺住慌张，强作镇定地答道。

“哦。”万山飞寒点了点头，又看向正坐在床边的小女儿，“筝儿，你觉得如何？那可是龙族的传奇大英雄！”

这时候，洛雪穹目视妹妹，朝她使劲使眼色。她的用意很分明，想暗示妹妹让她假意答应，暂时搪塞过这阵便罢。

“我不答应！”没想到洛雪筝毕竟年幼，还性格刚烈，面对爹爹的问询，脱口说不。

“好好好！”万山飞寒冷笑一声，回头看了一眼洛雪穹，然后又把目光移回小女儿的身上。

“真不答应？”他再次问道。

“不答应！”洛雪筝没看见姐姐的眼色，大声说道。

“那我会杀了你！”万山飞寒冷声说道。

“那你杀吧。”洛雪筝脖子一扬，双眼一闭，一副闭目等死的模样。

“唔，连死都不怕啊……”万山飞寒看着少女，目光闪烁，不知道在想着什么。

“爹爹！妹妹她只是——”这时洛雪穹急声相劝，却不料被万山飞寒厉声打断：“出去！”

“爹爹！”洛雪穹叫道。

“放心，我不会杀她。”万山飞寒转过身来，看着洛雪穹，放缓了声音说道，“穹儿，别怕，我只是想解决这个问题——你别这样看着我，放心吧，我不会伤害筝儿的，毕竟她也是我的女儿。你先出去吧，这里你帮不上什么忙了。”

“是。”虽然洛雪穹心中有一万个不愿意，但见爹爹都这么说了，也不好再强求，只能无奈地转身离去。

当她出了门，路过庭园中那株梅树时，便见树影里如同一块山石的少年，也开始悄悄地移动，转眼间潜出小院，消失在茫茫的夜色中。

此后洛雪穹并没有回去，而是直接去了风来苑中。

这时苏渐、雷冰梵、亚飒、唐求四人，都已等在了苏渐的房里。

为确保万全，此时他们并没有掌灯，只借着窗户里透入的星月光辉，在屋中无声端坐。

“怎么回事？”洛雪穹一进屋，苏渐便开口问她。

“我爹爹进来了，妹妹性子又太烈。”洛雪穹把刚才发生的事情，原原本本地说了一遍。

“那不要紧。”苏渐听完后道，“只不过多等一天而已。我们先散了吧。”

“好。”众人没什么异议，悄悄地各自回房去。

事实证明，苏渐他们想得还是太简单了。

第二天，洛雪穹再次去找妹妹时，发现妹妹表面看起来没什么异样，但说了几句话后，便开始觉得有些奇怪：

往日灵动如黄鹂的少女，这时却目光呆滞。虽然依旧美丽如昔，但总觉得缺少了往日的灵气。

这样的差异，其实十分细微，但洛雪穹和她什么关系？那是从小一块儿成长起来，感情还很好的亲姐妹！

如果说这还不算什么，那接下来洛雪穹再次提起昨日商定之事时，洛雪筝立即道：“姐姐，我不想走。”

“为什么？！”洛雪穹吃了一惊，瞪大眼睛看着她。

"因为我爱狂禅啊。"洛雪筝痴痴说道。

"你说什么?"洛雪穹还以为自己听错了。

"我说,我爱狂禅。"洛雪筝清清楚楚地说道,"狂禅是龙族大英雄,狂禅是巫龙执政官,狂禅是'暴风之戒'的拥有者。能给狂禅做妾,是我洛雪筝三生有幸修来的福分。"

"妹妹!你知道自己在说什么吗?"洛雪穹打断妹妹的话,惊诧地看着她,"妹妹,昨天你可不是这么说的啊!"

"昨天?"洛雪筝一愣,一脸奇怪地道,"昨天我说什么了?昨天我没跟姐姐你见面啊。"

"什么!"到这时,洛雪穹终于察觉出不对劲来。

如果换了任何一个非灵山圣门的人,这时候恐怕还没洛雪穹这么惊恐。但这时,她的心已经剧烈跳动起来。

"妹妹,"她努力镇定心神,平静问道,"你真的不记得,我们昨天见面了吗?"

"真的,我不记得。"洛雪筝肯定地回答,还反问道,"姐姐,你好奇怪哦,没见就是没见,你为什么要揪住这个不放?很重要吗?"

"不重要……那,姐姐问你,你爱狂禅吗?"洛雪穹道。

"我爱狂禅,"洛雪筝用一种奇怪的匀速语调说道,"狂禅是龙族大英雄,狂禅是巫龙执政官,狂禅是'暴风之戒'的拥有者。能给狂禅做妾,是我洛雪筝三生有幸修来的福分……"

"唉,我知道了。"洛雪穹见状,叹息一声道,"既然如此,姐姐走了。"

"姐姐走好,姐姐再见。"洛雪筝面无表情地说道。

听得此言,洛雪穹忽然打了个寒战。

于是曾经如此喜爱的妹妹的闺房,对她来说却好像变成了囚牢,让她一刻也不想停留。

她急急地逃出门,一路匆匆地往风来苑而去。

"怎么样?"这时候,苏渐几人已按约定等在梅林中了。

"走不了了。"洛雪穹一脸悲哀地道。

"怎么回事?"苏渐忙道,"是不是那里多了许多守卫?"

“不是。”洛雪穹摇了摇头。

“那到底怎么回事?”唐求着急叫道。

“对啊,怎么一夜之间就走不了了?”亚飒也疑惑道。

面对众人的追问,洛雪穹一时并未作答。

沉默了片刻后,她才在众人焦急的目光中,咬着嘴唇,痛苦地说道:“我妹妹她……已被万山飞寒抽去了一魂一魄。”

“什么?!”这下众人是真的震惊了!

“应该是他做的,”洛雪穹目视远方,眼神空洞地说道,“看我妹妹这样,应该是万山飞寒用门中秘术,抽去了掌管‘主见’的魂魄,这才让妹妹言听计从。这秘术,我知道,很可能来自魔族。”

“这!”苏渐倒吸一口冷气,“抽取魂魄! 如此霸道酷烈的邪术,定会留下后遗症的,将来会不会……”

“会的。”女孩儿哀伤地说道,“少则几年,多则数年,我妹妹的神气会越来越弱,招致邪魔入侵,最后百病缠身死去。”

“这么严重!”唐求惊叫道。

“我懂了。”苏渐心惊道,“看来你爹爹打的主意是,先把女儿嫁过去,至于将来哪天忽然得病死去,已经和他没关系了。”

“那怎么办?!”唐求听得惊心动魄,连忙嚷道,“多好的姑娘,太惨了!有什么办法救她吗?”

“有是有,但很难。”洛雪穹黯然道。

“有多难?”一直没说话的雷冰焚,忽然道,“你说出来,不管多难,我想试试。”

“谢谢你。”洛雪穹看向他,真诚地道了一声谢,“冰焚,各位,这样的秘术作法,已违天道,传说如果不将抽出来的魂魄好好保管,不仅秘术会失效,还会让施术人遭受反噬和天谴。”

“所以,妹妹被抽取出来的魂魄,会放在一种特殊的‘蕴魂瓶’中。只要找到放我妹妹魂魄的蕴魂瓶,我就有办法让妹妹复原。”

“那我们还待在这儿干什么? 赶紧去找啊!”唐求最心急,迈步就要往门外跑。

“我不知道在哪儿。”洛雪穹一句话，如同泼了一盆冷水，“我只知道有这样的事，但他藏匿蕴魂瓶的地方，向来都是机密，我还不知。”

“那就慢慢查访。”雷冰梵说道。这时候，他和苏渐不约而同地对视一眼，顿时明白了对方的心意：

抽取魂魄、让人言听计从，这件事无论从哪个角度来看，都很难不让人联想到灵鹫学院中，那桩至今没找到失踪受害人的悬案。

他二人对视之时，亚飒、唐求看在眼里，如何不明白他们的意思？毕竟当年灵鹫学院的悬案侦破，他们也有参与其中。

相比伙伴们，作为天雪皇子的雷冰梵，这时还有更多的想法：

“有意思，”他想道，“灵山圣门，我天雪国未曾如何关注你们，想不到你们偷偷地玩出这么多的花样。看来，我那雪杀组兄弟失踪之事，你们也难脱干系。”

计议已定，洛雪穹便急着出门去打听蕴魂瓶藏匿之地。

只是就在她快出门的时候，却听身后苏渐忽然说道：“雪穹，你说万山飞寒用的是来自魔族的秘术，那会不会叫‘黑魂术’？”

“黑魂术？”洛雪穹一愣，摇摇头道，“不知道。他有很多事情都瞒着我。不过，你提到这个，是有什么线索吗？”

“也不算线索。”苏渐沉吟道，“曾有一个朋友告诉我这个魔族秘法，听起来和你说的秘术很像。”

“不过这也不重要了。你快去打探蕴魂瓶的下落吧，记得不要太着痕迹，你爹爹他可是……”

“我知道。”洛雪穹一脸的悲伤，“他对自己的女儿，也是完全可以下黑手的。你们以后，也别称他是我爹爹了。”说罢她便转身出门去了。

见得少女如此，房中众人面面相觑，眼中尽是同情神色。

沉默了片刻后，雷冰梵忽然一挥手道：“此间事了，雪穹绝不能再留在此地了。只要她愿意，我在天雪国中，始终给她留有一席之地！”

“对！”苏渐深有同感道，“这灵山圣门实在太诡异，不管去哪里，雪穹是绝不能再留下了！”

就在洛雪穹急着打听蕴魂瓶下落时，万山飞寒却叫她到雪母圣殿中议事。

本来洛雪穹对灵山圣门已经心灰意冷，但为了找到蕴魂瓶，她还不得不虚与委蛇。

到了圣殿中，她发现除了万山飞寒、蟠泽和范清声，还多了一位从没见过的怪人。

说她怪，是因为看得出，她应该是一位身材窈窕的女子，但全身都裹在鲜红的甲胄里，不要说头盔了，连脸上都罩着一张血红色的厉鬼纹面具。

“穹儿，她是‘血灵穹将’。”见她一脸疑惑地打量血甲女子，万山飞寒道，“她是我近年组建的不死军团首领。”

“不死军团？”洛雪穹吃了一惊道，“爹爹，这‘不死’，只是个名字，还是说他们真的不会死？”

“不会死，也不怕死。”万山飞寒傲然道，“这些人本来个个都是高手，现在经我圣门神术，改换躯体，有不死之身，而且他们还不怕死。那世间除了龙族，还有什么军队能挡住他们？”

“这样啊，那恭喜爹爹了。”洛雪穹吃惊之际，违心地恭贺。

“不过，”万山飞寒话锋一转，“世间并无十全十美之事。虽然不死军团战力强大，悍不畏死，但有得必有失，他们大多没什么智力。”

“所以要真正攻城略地，还需要将领驱驰。穹儿，今天爹爹找你来，就是专门议这事的。好了诸位，想必你们应该都知道，那山下晶泊带中有个部落叫‘驼驼族’。”

“知道。”范清声道，“禀门主，那驼驼族居于风晶泊畔，多年积累打造有三百风晶甲，披于三百骆驼上。于是这三百风晶驼来去如风，再加上驼驼族人人一手好箭术，故在晶泊诸部中势力颇强大。”

“就是它。”万山飞寒沉声说道，“我已传檄诸部，让他们臣服圣门，共襄立国盛举，届时我灵山圣门与晶泊诸部合力一处，放眼天下谁人敢小觑？”

“没想到这些部族都不识抬举，除寥寥几个小部族响应外，诸如驼驼族这样的强悍部族，竟仗着有些实力，敢撕毁信函，殴打使者，实在可恶！

“所以，本座今日决定，要拿这态度最恶劣的驼驼族开刀，灭全族，以惩不敬之罪！诸位觉得如何？”

“妙！”范清声头一个叫好，一脸崇敬道，“门主高见！所谓‘杀鸡儆猴’，别看灭族听起来血腥，却是‘以杀止杀’，可以最快打消其他部族的反抗念头，反倒能免除更多杀戮。”

“就是如此。”万山飞寒欣慰道，“清声啊，你果然不愧是我最看重的弟子，还是你看得透、看得远。”

“我也觉得很好。”一直没出声的蟠泽，这时一脸凶狠，阴沉说道，“对付这些不开眼的劣等种族，是该以雷霆之威，打到他们臣服为止！”

“大长老高见！”万山飞寒转过来奉承他一声。

“对了穹儿，你觉得呢？”他看向洛雪穹问道。

“女儿……也觉得很好。”洛雪穹艰难地说出这句违心的话。

“好！”万山飞寒目视她道，“既然你也觉得好，那为父就任命你为‘圣魂神卫’，和范师兄一样。你二人一起协助‘血灵穹将’，驱动不死军团，夷平驼驼族，让那里寸草不留！”

“是。”直到这时，洛雪穹才终于知道大师兄“圣魂神卫”头衔的真正含义。

跟她交代完毕，万山飞寒便冲那一直沉默的血甲女子说道：“来，见过你新的圣魂神卫。”

“是。”随着一声不带感情的女声，那血灵穹将站起，冲洛雪穹躬身一礼道，“血、灵、穹、将，见、过、圣、魂、神、卫。”

听她这样说话，洛雪穹立即联想起昨日妹妹说话的语气。

这是一种匀速的、机械的说话方式，一般只有痴呆的人才可能这么说话。

这样的联想，让洛雪穹立即不舒服起来。

她强作欢颜，跟血灵穹将回礼之时，倒是心中一动，蓦然想到：“难道这所谓的不死军团、血灵穹将，也是用抽取魂魄的办法达成的？”

想到这点，本来对这个任务十分抵触的少女，忽然有了某种动力。

她忖道：“也许，看看这不死军团、血灵穹将怎么回事，对我找到蕴魂瓶很有帮助!”

这时忽听万山飞寒又对她说道:“穹儿,你很好。若是你妹妹,也像你这样,一开始就很听话,我也不用让她变得听话了。”

这句看似寻常的话语,却猛然让洛雪穹打了个冷战。

定了定神,她一脸天真烂漫的欢笑,说道:“爹爹,女儿有您的养育栽培之恩,自然会听话的了。”

“对了爹爹,陪女儿一起回来的那几个同窗,人人武艺不凡;为了确保战事成功,女儿敢问爹爹,可不可以请他们一起去帮忙呀?”

“可以啊。”万山飞寒不疑有他,高兴说道,“穹儿,你懂事了,知道借力了。”

“谢谢爹爹。”洛雪穹躬身行了个礼,大声言谢。

此后殿中众人又商量了一会儿出兵细节,也便各自散去了。

回去后,洛雪穹立即到风来苑中,将今日圣殿所议之事告诉了大家。

那雷冰梵听了,第一反应便是,这灵山圣门图谋不小,竟在天雪国境内的西北蛮荒中意图建国,心中甚是不快。

不过好在他看出,洛雪穹反对如此立国,心中便略感欣慰。

苏渐从洛雪穹的话里,却主要关注到那血灵穹将的异样。

将她和洛雪筝的情状一对比,苏渐忽然觉得,也许灵鹫学院悬案中,让他疑惑至今的事情,马上就能看到答案。

本来雷冰梵还觉得,这小小的雪山教门想立国,简直痴心妄想。但当他看到整齐肃杀的雪甲军团从高山雪谷中鱼贯而出时,便改变了想法。

这一日,斜风细雪,万山飞寒面对着雪谷中的五百雪甲军,做了慷慨激昂的演讲。

不得不说,无论万山飞寒背后弄出多少阴谋,但这一番演讲听下来,苏渐几人都有同一个感觉:

此人虽蛰伏雪山,绝对是天下枭雄。

见识到这点后,雷冰梵完全收起了轻视之心。

主帅枭雄,军卒也不含糊。

当万山飞寒最后下令出征驼驼族时,雪甲军全都高举兵器,用一种同步得可怕的整齐节奏，连声高喊“杀杀杀”。

这时，那位血灵穹将站立雪甲军前，振臂高呼，更好像一团鲜红的火焰燃烧于冰雪之上。

看着这万山飞寒口中的不死军团，苏渐难免不拿它和华夏四灵军比较。

这一比较，苏渐便有些心惊。

除了心惊，苏渐还觉得有些奇怪：此时雪甲军还没出征，完全可以收起面罩，直面自己的门主和主将；但这时，包括为首的血灵穹将在内，他们却仍是面具罩脸，丝毫不露出真容。

看到这一点，苏渐若有所思：

说不定，在某些面罩之下，就是他失踪已久的灵鹫学院学长呢。

出征动员已然让人震撼，接下来去跟驼驼族鏖战时，场面更让人瞠目结舌。

到达战场时，苏渐发现那驼驼族的骆驼骑兵已经严阵以待。不仅如此，晶泊带周边的部族也都前来支援。

在洛雪穹的介绍下，苏渐便知道了些援兵的来历：

灵偶族，居于某个土灵晶泊之畔，善于操控泥土。

他们平时最擅长的其实并不是打仗，而是捏泥人。毕竟，灵偶族出品的泥人，都似有灵性，活灵活现，价格不菲，便让整个部族都以“灵偶”闻名。

戏火族，居于火灵晶泊之畔。和灵偶族类似，他们最爱的还是玩各种火焰杂技戏法，以及烤羊肉串。

藤木族，居于木灵晶泊之畔，特长是制作各种精美藤条用具，正是物美价廉。

而驼驼族，别看有三百风晶驼来去如风，他们最热爱的却还是用驼队在各部族间运送货物。

听完这些介绍，苏渐觉得很是心酸，因为别看对面这些部族武士们虎视眈眈，其实他们都只是热爱和平生活的平常百姓而已。

洛雪穹显然也和苏渐抱着同样的想法，神色也有些黯然。

可惜形势比人强，局势的发展绝不会因为个别人的想法而改变。

很快，那圣魂神卫范清声，在礼节性地询问了洛雪穹的看法后，便举起雪刃弯刀，指向对面战阵。

他的口中，忽然发出一连串奇怪的声响，音调古怪，含义难明。

很快，在他古怪音节的驱使下，本来肃立如林的不死军团雪甲军，瞬间如同山崩海啸，朝对面奔腾冲杀而去！

本来苏渐以为这场战斗，总会你来我往地厮杀几回，没想到接下来的发展，让他瞠目结舌。

只见那敌阵之中，藤木族在最前，已用本族最擅长的技能，在阵前设下无数藤木绊索。

没想到血灵穹将一马当先，烈焰长槊纵横挥舞，所过之处燃起汹涌的血色火焰，转眼就将遍地的藤木一扫而空。

灵偶族则在藤条阵之后，召唤出许多土墙，作为第二道防线。却也没想到这些土墙在身披重甲的雪甲军团冲击下，转眼间就成了一堆烂泥废墟。

戏火族更加不堪。虽然他们紧急扔出无数个特制的火灵弹，结果弹在雪甲军身上开始燃烧时，就好像对他们毫无影响！

很多雪甲军兵，一边身上燃烧着火苗，一边往前冲锋，竟然根本就不怕疼不怕烫！

这一来，本来还存着战意的部族武士们，心理顿时崩溃。

特别是来助战的这些部族，一见这样，大部分都立即转身落荒而逃。

而驼驼族，虽然因为身后就是村庄家园，不能逃跑，但士气已经变得极为低落。

最要命的是，战局的发展和他们的预想相比，发生了巨大的偏差。

本来他们想趁着雪甲军还在跟那些藤条绊索、泥丘土墙纠缠时，驱动风晶驼奔跑冲击。没想到才刚刚拢住阵型想冲锋，灵山圣门的雪甲军已经到了眼前。

对于骑兵来说，最重要的就是缓冲距离，这样才能从容起跑、充分加速，最后达成洪流压顶般的慑人效果。

结果现在别说加速了，还没起跑呢，敌人就到了眼前！

在如此让人绝望的情形下，那驼驼族的风晶驼骑兵们却依旧没有逃跑。

他们的身后，就是自己的家园，那里有自己尊敬的长辈和挚爱的妻儿。

所以即使当战力绝强的雪甲军已经杀到眼前，他们也都一个个浴血奋战，悍不退却。

只可惜，誓死保卫家园的决心，并不能弥补差距太大的战力。

才打了一阵，驼驼族和少数坚持留下来的援军便发现，这些灵山圣门的兵将，就跟传说中的神将一样：他们不怕火、不怕水、不怕落石、不怕藤索，不怕一切对手能实施的攻击。

他们仿佛是钢铁铸造的战士，无论遭遇冰火还是刀斧，都似乎完全感知不到疼痛，依然按照最初的节奏，坚定有力地向前冲杀。

事实上，当个别雪甲军被砍坏甲胄时，他们的敌人赫然发现，那些本应是血肉之躯的手臂或者肩背，竟然真是金铁木石！

“这仗没法打了！”这个可怕的念头，在驼驼族战士间如野火般蔓延。

但遗憾的是，当他们意识到这一点时，已经太晚了。

圣魂神卫范清声，显然充分地利用了这一点。当雪甲军冲近敌阵时，已经在对方醒悟过来前，悄悄地完成了包围。

一面倒的屠杀，开始了！

凄厉的惨叫声此起彼伏，鲜红的热血喷洒如雨。

驼驼族的战士已经到了末路，而更悲惨的事情接踵而至。

村庄中那些老弱妇孺一直观战，这时见自己的丈夫、儿子、父亲被包围着屠杀，顿时哭声震天，不管不顾地从村子中奔跑出来。

见他们冲来，范清声毫无怜悯之情，反而嘴角扬起了残忍的笑容。

另一种音调的古怪声音，从他口中发出，紧接着一队精锐的雪甲军，提着雪亮的刀剑，迈着强劲的步伐，朝那群驼驼族老弱妇孺迎去。

“师兄！”一直面色惨白的洛雪穹，忍不住叫道，“驼驼族已败，我们收兵吧！”

“收兵?”范清声一愣，立即反对道，“雪穹，怎么了? 难道忘了您父亲大人的交代? 这驼驼族抗命不遵、辱我使者，正是要寸草不留，才能立威!”

“寸草不留!”洛雪穹怒道，“真要赶尽杀绝，就算我们能立国，其他部族也不可能真心臣服!”

“是吗，”范清声皮笑肉不笑道，“这或许有些道理，但本神使只知道，门主大人号令如此，我只能遵照执行!”

“好个言听计从的好徒弟!”洛雪穹冷笑一声，不再管他，一催胯下雪驹，便朝战阵冲去。

见她冲出，同来的苏渐几人，也赶忙一齐催动战马，跟在后面朝雪甲军包围圈冲去。

“你们要干什么?”见他们这样，范清声一愣，不过很快就冷笑想道：“就凭你们几个小娃娃，难道还能扭转局势不成?”

在他轻蔑的注视中，洛雪穹他们五人五骑，很快便冲近了包围圈。

对这些雪甲军，现在洛雪穹还只知道最粗浅的控制咒语，但这就已经足够了。

当她一马当先靠近包围圈时，口中发出几声抑扬顿挫的呼啸，顿时原来如同铁桶一般的包围圈，就出现了几个缺口。

洛雪穹几人从最近的缺口中冲进去，相互招呼一声，便各施法术，将那些驼驼族的风晶骆驼臀上打伤。

本来这些风晶驼被雪甲军气势震慑，筋酥腿软，奔跑不得；但现在被伤口的疼痛一激，顿时“嗷”的一声，也不管前面是什么刀林剑雨，不管不顾地就狂跑起来。

而这时候，洛雪穹口中呼啸连连，驱赶那些雪甲军，让包围圈出现了更多的缺口。

本就吃疼的风晶驼，一见如此，求生欲望顿时强烈，很快便驮着它们的主人从缺口中狂奔而出，落荒而逃。

而雪甲军，看起来还只是近战见长。虽然有不少人打出了风火冰雷各系法术，但变起突然，根本不能对奋蹄狂奔的风晶驼产生实质性的阻拦。

于是一场本来毫无悬念的围困屠杀，竟然转眼间瓦解冰消。

见驼驼族战士们逃窜，范清声又惊又怒之下，赶忙唤回那些去攻击妇孺的雪甲军，让他们加入追击。于是刚才老弱妇孺面临的屠杀之危，立时又解。

如此首鼠两端，雪甲军再是强悍，接下来也没真正追杀到多少驼驼族战士。

见得如此，范清声惊怒交加。

这时候，洛雪穹已经回转到他这边来。

“可惜。”她看着范清声，神色淡然如水，“竟让他们逃掉了。”

“是啊是啊，”苏渐在一边叫道，“亏我们还各施法术，准备大杀一场，没想到包围圈不稳固，竟然让他们跑掉了，真是可惜啊！”

他现在的样子跃跃欲试，一脸遗憾，不知道的人还以为他特别好战嗜杀呢。

而刚才人荒马乱，离得又远，范清声确实并没看太清楚包围圈里究竟发生了什么事。

所以虽然他感觉一定是洛雪穹几人搞的鬼，却没有任何证据。

“哼！是很可惜。”范清声冷哼一声，也只得赶紧去归拢军队、收拾残局了。

这时，那位鲜红如火的血灵穹将，在远处一座沙丘旁静静站立着。

她先是偏头看了看满场奔走的范清声，又看了看洛雪穹这群人，然后便静如泥像，再没有了任何声息。

虽然这次因为洛雪穹等人的捣乱，驼驼族死伤并不严重，但万山飞寒想要达到的目的，却还是达到了。

以血灵穹将为首的灵山圣门雪甲军，出山第一战，就如平地一声惊雷，震得晶泊诸部心惊胆战。

通过那些幸存者的口口相传，本就邪乎的雪甲军，被传得越来越夸张，最后简直变得如同龙魔二族合体一样。

很快，就有不少弱小的部族，派人给万山飞寒送来言辞谦卑的归顺书信,连同各式各样的重礼。

看到这些,万山飞寒大喜之下,也就不再深究雪甲军当时为什么没能屠村。

当然,这件事能这么轻易就含混过去,却和那位范清声还很有关系。

让苏渐和洛雪穹几人感觉奇怪的是,范清声在战场上极其飞扬跋扈,明显对洛雪穹的行动极为不满。但在回到灵山圣门后,他却对洛雪穹几人很明显的手脚,闭口不提。

他这样的举动,大出苏渐等人的意料。

不过一时也看不透范清声葫芦里卖的什么药,只能暂时解释为,他只是因为顾及洛雪穹的门主女儿身份,便多一事不如少一事。

对驼驼族的立威之战虽然已经过去几天,但当时血肉横飞、金臂铁背的场面,依旧在苏渐的心中不断震荡重演。

从灵鹭学院奇案开始,他就弄不明白很多事。

什么是不朽军团?什么是不死战士?为什么要掺和进魔族的黑魂术?为什么受害者都是那些身具功法之人?

这一切疑问,并没有因为揪出绑架者狄子默而得到解答。

不过,当苏渐看到那些雪甲军战士金铁木石的手臂和肩背时,顿时就明白了一切。

现在他终于明白了,万山飞寒口中的“不朽”“不死”“永恒”,究竟寓意为何。

第六十三章

碧玉美人

“气化清风肉化泥”，凡人之躯总有终时。那如果保留灵魂，身体换成金铁之躯呢？

这个念头并不出奇，但出奇的是，还真有人敢这么实践了！

想通的这一刻，苏渐浑身直冒寒气。

而他除了震惊、恐惧，竟却还有对万山飞寒的一丝“敬佩”——能做出这种事情的人，光骂他是“疯子”，恐怕并不公平。

带着这样复杂的念头，在接下来的时间里，苏渐还是主要帮洛雪穹留意那“蕴魂瓶”的藏匿地点。

这一日，天气正好，苏渐便在灵山圣门中闲逛。

逛着逛着，他便来到了一座名为“冰笈楼”的地方。

开始他还没意识到这里是什么地方，但当他走进之后，看见一排排的书架和典籍，便明白这里原来是灵山圣门的藏书楼。

自从上了灵鹫学院之后，不管对那些课程感不感兴趣，潜移默化之下，苏渐至少还是变得爱看书了。

而这冰笈楼，阅读环境实在太好，不仅书架整洁、藏书丰富，还有着高大的穹顶和良好的采光。

事实上，和大部分圣门建筑一样，冰笈楼也由巨冰和水晶混合铸成。所以无论苏渐走到哪个方位，窗外蓝天和雪山带来的明耀光亮，都能洒满全身。

而冰笈楼的顶部，更是一块巨大的水晶；那高天的阳光从冰晶穹顶照下，折射成千万道晶莹的光线，让整个冰笈楼都笼罩在柔和圣洁的光辉中。

这样的阅读环境，苏渐觉得已经超过灵鹫学院中任何一座藏书楼。

不仅如此，当心情很好地在林立的书架中翻书时，苏渐还惊讶地发现，这里不仅有人类王国流行的书籍，还有不少历史很久远的典籍。

因为时间仓促，苏渐来不及翻看很多，但有一点他非常确定——灵山圣门最值钱的地方，就是这冰笈楼。

要知道，这里随便一本古籍，拿到华夏国古玩书市上去，都会被抢疯了！

发现这里有许多古籍后，苏渐心里忽然一动，想道："咦？那万山飞寒，居然敢给活人换金石之躯，是不是也因为饱览了古今藏书？"

随着越往书架深处走，苏渐对这想法就越肯定。因为他发现，只是在这冰笈楼随便开放的一楼书架深处，就赫然陈列着一些明显是晶灵时代的书册！

"晶灵时代的古籍！"苏渐蓦然沉浸在巨大的惊喜和幸福中。

只是，正当他刚想仔细翻阅发现的第一本晶灵古籍时，却忽听得身后有人低声说道：

"苏渐，果然是你。"

苏渐一惊，浑身紧绷，霍然转身，正见是蟠泽不知何时竟到了自己身后。

见是他，苏渐不动声色，但内里却已是灵力流转，蓄势待发。

按说他这反应速度和运转灵力的效率，在同龄人中已算十分高明，但没想到巫龙使者瞥了他一眼，却是冷笑一声："真弱！"

听得此言，苏渐一惊，还没反应过来，蟠泽忽然幻动身形，整个紫袍包裹的身体腾空而起，散发着黑色烟雾，围绕着苏渐游动流转，就好似一条紫鳞恶龙！

苏渐大惊，忙伸手去抓血歌剑；没想到手刚一动，那蟠泽就好似感知到一样，那双深渊紫焰一般的眼眸，忽然奇光一闪！

霎时间，苏渐神魂摇动，再反应过来时，却发现自己原本想去拔剑的手，只抓住了衣角。

“呀！”苏渐这一惊非同小可！

别看蟠泽这紫眸奇光，好像只是让苏渐的手抓错了几寸的距离，但这里面蕴含的意义，苏渐却再明白不过了。

毕竟，一个人这辈子最熟练的技能，还不是后来苦练多少年的新技艺，而还是类似伸手拿东西这样的本能举动——

这可是从出生开始就反复练习实践的“技能”啊！

只是一瞬间，苏渐就感受到死亡的恐惧。

求生的本能，让他浑身的潜力提到了最高点。

“血瞳心眼”瞬间张开，腰间的血歌剑也仿佛感应到他强烈的拔剑意愿，开始蠢蠢欲动，要自行飞到他手中。

一切“救生手段”就绪，苏渐浑身紧绷如一头濒临绝境的豹子。

但就在他要出手的最后那一刻，笼罩在身周的威压忽然瞬间消失。

苏渐所有的求生手段，顿时失去了目标。于是从外表看不出有丝毫动作的少年，在这一瞬间忽然往前一个踉跄，差点摔倒！

“啧啧，真弱！”蟠泽傲然伫立，斜眼看着少年，还是一脸的轻蔑。

如果说之前听他这么说时，苏渐还有些愤怒和不服气，但这一刻，他却没有了任何想法。

努力地稳定住了身形，苏渐再看眼前此人时，额头的冷汗却不争气地冒了出来。

这样时刻，有个想法充斥了他整个脑海：“人外有人，天外有天，我，还差得远！”

虽然暂时没了死亡威胁，但有个疑问，却也很快浮现在苏渐的心头。

“你为什么不杀我？”他看着眼前的巫龙使者，带着怒气地问道。

“杀你？嘿！”安静的冰笈楼中，蟠泽一声蔑笑，“看来你不仅弱，还很笨。”

“这是个问题吗？第一，你这样的人物，还值得本座出手？

“第二，如果不是因为你的老师，就算你不值得我杀，光你这么跟我说话的口气，也足够你死一百回了。”

“我的老师？”苏渐有些茫然，忙问道，“难道你也认识秦玉？”

“秦玉？”蟠泽莫名其妙道，“这是什么东西？苏渐……难道你真的连你的老师都不记得了？”

“啊？！”蓦然间，苏渐的心情紧张到极点，“你、你知道我还有什么老师？他是哪位啊？”

“混账！”蟠泽没回答他的问题，却蓦然大骂一声，眸中紫光一闪，苏渐立即觉得自己嘴唇如同被什么雷电击了一下。

而接下来蟠泽的话语，却让他更似遭到天雷的轰击：

“摄政王大人，是容得你用这样轻率口气说的吗？

“苏渐，看来你真的忘了！

“你的导师，就是圣龙皇的好兄弟、龙之帝国的摄政王、巫龙王国的主人，号称‘千古第一智慧之龙’的巫龙之王撒菩勒伯大人啊！”

“什么？！”如果说刚才苏渐感受到的是死亡的恐惧，那这一刻，他整个人都滑入了最阴冷的绝望深渊！

“不可能！”苏渐失态地大叫道，“我是人族！我与龙族不共戴天！我、我只是个平凡普通的小人物，连你都不愿出手杀，怎么可能是巫龙王的弟子？”

是啊，撇去两族的仇恨不谈，苏渐这样的身份地位，怎么可能高攀上撒菩勒伯这样当世传说级的人物？

对他这样的惊疑和质问，蟠泽却没有直接回答。

他只是阴恻恻一笑，顿时苏渐的耳边，就响起毒蛇吐信般的嘶嘶低语声：

“你以为，我刚才不杀你，是因为什么？你忘了，你这小子，人族称你为什么？纯正的龙血者，哈哈哈……笑话！既然血脉都和龙族类似，就算你是人族又如何？

“机缘巧合，你这小子竟然成了巫龙王大人最宠爱的弟子。

“却也是最短暂的弟子。

“你这个背叛者，皈依我伟大的龙族有何不好？

“没想到不仅背叛了巫龙王大人，还引诱蛊惑了我族最耀眼的明珠。

“所以，如果不是巫龙王大人严令，暂时不得杀死你，就冲你这两条‘背叛’和‘蛊惑’之罪，你就该被沉入最黑暗的深渊，被那里的恶魔和邪龙撕碎千百遍——不，那都不够！”

“不得杀死我？哈！”听到这里，一直很压抑的苏渐，忽然间挺起胸膛来。

“蟠泽，”他的声音恢复了正常，“虽然我不知道是怎么回事，但既然那谁说不准杀我，那我就放心了。”

“你！”看见他这样子，刚才如毒蛇一样的蟠泽，竟一下子噎住，说不出话来。

“既然没有生命危险，那我有两个问题想问你。”苏渐心也真大，大大咧咧地问蟠泽道，“为啥你那什么巫龙王，严令不准杀我？还有谁是你们族最耀眼的明珠？是不是月——”

刚说到这里，蟠泽却发狂般叫道：“住口！不准你提她的名字！无论她怎样，她都是咱圣龙皇朝的公主、伟大的龙族女战神、九大王国的公主！”

“哦，对不起。”苏渐笑嘻嘻道，“谢谢你回答我的问题。”

“呃？”狂怒中的蟠泽，忽然一愣，然后便怒火中烧，简直想杀人！

“我问了两个问题呐，”这时苏渐还不依不饶地追问道，“为啥那巫龙王不让你们杀我？”

“嘿嘿！”听到这问题，蟠泽不知道为什么心情大好。

他睥睨地看着少年，阴恻恻说道：“想知道？那估计你把你老师最杰出的才能给忘了。”

“是啥？”看他这样子，苏渐头皮发麻，直觉不太好。

“那就是‘预言’！”蟠泽叫道，“伟大的巫龙王大人，是我巫龙族数千年来，预言最准确的巫师！”

“所以，当你背叛他老人家之后，他就跟我家狂禅大人说，不要追杀你，因为你将来会承受更大的痛苦！”

“啊！”苏渐一听，这一下真的吃惊了。

“蟠泽，你还别说，巫龙王预言还真准，”苏渐一脸认真，由衷地说道，“怪不得我自打开始上学、工作，就不停地有人跟我作对，本来还以为我流年不利招小人，现在看来，根子还在这里！”

“哈哈！”蟠泽却用同情和可怜的目光看着他，“苏渐，你想得太简单了。这些根本不算巫龙王大人预言的苦难！”

“很好，我现在终于理解巫龙王命令的深意了。”

“不杀你、不杀你！哈哈哈！”

狂笑声中，一身紫袍的蟠泽平地偏移，转眼间便如鬼魅般飘到了冰笈楼的大门那里。

只是，当他刚要出门，却听到身后传来少年最后一句话语：“蟠泽，帮我一个忙吧，等你回龙境，万一能见到月歌的话，请帮我告诉她——”

“啥？”蟠泽本能地接了一句。

“我、爱、她！”

“呃？！”本来潇洒出门的巫龙使者，“咣当”一下，差点没绊到门槛摔倒在地！

“巫龙王大人！”好不容易稳住身形的蟠泽，忍不住咬牙切齿想道，“您老人家颁下的这道‘不杀之令’，真的好难执行啊！”

目送走气咻咻的蟠泽，刚被恐吓的苏渐，反而心情大好。

他到现在都不敢相信，只是为了解决悬案来到西北大雪山，竟然将他难明的失落记忆，拼上了非常重要的一块碎片。

自己竟是巫龙之王的弟子！

自己引诱了圣龙公主月歌！

不过更多的疑问又浮现在心头：

自己怎么能成为巫龙王弟子的？

自己蛊惑月歌公主做什么了？

现在她……怎么样了？

这些问题，沉甸甸地压在苏渐心头，反而显得那个巫龙王的“苦难”预言，并没有那么沉重了。

只是，他现在根本无法意识到，以巫龙之王撒菩勒伯的雄才伟略，怎么可能仅仅因为一点苦难，就留他一条性命？那简直也太儿戏了。

不管怎样，现在对苏渐来说，这种以天地为棋盘、以诸族为棋子的大格局大手笔，还不需要他这样的“小人物”去参详透。

当苏渐走出了冰笈楼外，看到的正是雪山如画，晴空如海。

雪山之巅，琼楼之前，他想了想刚才蟠泽的话，便抬起头，看着远近静默无言的巍巍雪峰，哂然一笑：

“哈，来此世上，谁人不苦？我苏渐纵有奇遇，终究还是小人物。就算有什么苦难，来吧，我、不、怕！”

怀着这些念头，他便往风来苑而回。

还未走到，他就发现洛雪穹正在门口徘徊，一脸的焦急。

“怎么了？”苏渐心中不安，忙迎上去问道。

“是好消息。”洛雪穹低声说道，“我找到蕴魂瓶藏匿处了。”

“啊？！”苏渐猛一抬头，看看四处无人，忙低声问道，“在哪里？”

“在翡月谷。”洛雪穹道，“它是晶灵时代的秘境，还在圣女峰西北十多里的雪谷里。估计万山飞寒他……一直在使用。”

“太好了！不过，你确定在那里？”苏渐道。

“确定。”洛雪穹笃定说道，“我在门中还有些相熟的姐妹，问了一圈，大致便知道。”

“何况我也想过，”洛雪穹道，“能长久贮藏蕴魂瓶的地方，并不多。那翡月谷遮蔽日光，自成天地，还有着晶灵秘术守护，在这附近应该算仅有的一处。”

“那就好！”苏渐道，“事不宜迟，今晚我们就去吧。”

“好！”洛雪穹点了点头。

当天晚上，月黑风高，苏渐便和洛雪穹、雷冰梵、亚飒、唐求，趁着夜色，顶着风雪，来到雪山秘境翡月谷。

到得近前，苏渐才忽然明白，为什么洛雪穹说翡月谷“自成天地”。

他看到，周围都是皑皑白雪、巍巍雪丘，但到了翡月谷的入口，便看到整个秘境都好像笼罩着一层翡翠光芒的明色薄膜。

等到了翡月谷里，更看到这里到处是翡翠晶石，充斥着无数翠绿的光线；那阵势，就好像全世界的绿光都汇聚于此，什么苍青、墨绿、青翠、淡碧，纵横衍射，交相辉映，让人眼花缭乱、满目迷离。

不仅是天然的晶石，这里生长的奇花异草，一株株一朵朵，都仿佛由色泽深浅不一的碧玉雕琢，有不少还自己发出碧莹莹的光辉。

半空中也不时飞过禽鸟，看过去都是翠翎碧羽，荧光熠熠，十分神奇。

还别说，暗夜而来，看到翡月谷这样的景色，不仅新奇，还很让人赏心悦目。

在碧玉琼林中走了一阵，苏渐忽然意识到一个问题，忙问道："雪穹，如果这里藏着蕴魂瓶，应该是十分重要的地方啊。怎么走了这一阵，没见到什么看守的人？"

"我也不知道。"雪穹看着前面道，"虽然从小就知道这里有个秘境，父亲却从来不让我来玩。按理说，这里不该无人看守，是有些奇怪。"

刚说到这里，唐求忽然叫起来："你们看，有美女呀！"

"美女？"众人闻声一瞧，果然看见前面不远处的路两边，正有不少美女身姿的婀娜轮廓，从暗影中逐渐浮现。

从秘境的幽光中，虽然还看不太清，但苏渐他们可以肯定，这些女子容貌极美，姿态优雅，再加上衣带飘飘，便宛如仙子。

"美女哇！"唐求流着口水再次叫了一声，一马当先就冲上前去。

"胖子，小心点！"苏渐忙在后面大叫道。

"我会小心的，"唐求的声音从前面回荡着传来，"我只是帮你们先鉴别下有没有古怪之处。"

"这家伙……"苏渐和亚飒面面相觑，洛雪穹一脸鄙视，雷冰梵却神色凝重，目光紧盯着唐求奔走的方向。

当唐求跑到近前，也没怎么细看，便用自认最好听的声音道："各位姐姐，请问——"

一句话还没说完，他却猛然觉得一股劲风袭来！

"哇呀！"唐求也甚机敏，一察觉风声，立即往后一纵。

好不容易立定脚再看时，他却发现刚才光影中所见美女，竟然都是碧玉雕像！

不仅如此，本来应该连动都不能动的碧玉美人像，这时候却忽然间奔走起来。

它们的眼中闪烁起瘆人的幽绿光芒，如同看见了猎物的暗夜猛兽，一个个挥剑朝他杀来！

“快、快来帮忙！”唐求一边忙不迭地往回逃，一边大声呼救。

“不要怕，我们来了！”苏渐等人见状，哪还会待在原地？全都各擎兵刃，朝汹涌而来的碧玉美人像迎击。

交手了几个回合，苏渐他们终于算是明白了，翡月谷中有这样武力高强的碧玉美人像镇守，哪还要浪费活的人工？

才打了几个回合，苏渐便发现，别看这些美女像都是死物，但不知道被下了什么秘术，一个个竟然动作敏捷、判断迅速，举手抬足的攻击并不弱于正常的高手。

更要命的是，这些美女像善使剑术之余，竟然还通晓各系法术！

要知道，在这年代能魔武双修的，一般来说至少也得像苏渐这些上了顶级灵鹫学院的人。没想到在茫茫大雪山里，竟还有这么一群死物雕塑也能魔武双修！

并且，看这些美女像出剑和召唤法术的时机，配合得极为精妙，其水准放在人类王国，简直可以称得上大师。

这一来，苏渐他们便吃重了。

打了一阵，苏渐忽然苦笑一声，大叫道：“别等了，大伙儿都用星流术吧！”

此言一出，他率先全速运转灵力，转瞬激发出“神焰朱雀”的鲜丽光影。

当他开始舒展焰羽，翱翔于碧玉美人阵的上空时，雷冰梵化身“寒冰奔狼”，带着凄厉的嚎啸，一头撞入人群，一路所到之处，地面瞬间突起“绝地冰狼刺”，闪耀着冰蓝的寒芒。

冷艳的洛雪穹，则腾空而起，化作凌虚御风的“驭风青鸾”，羽翼舒展，口中发出慑人的啸鸣，一路泼洒下飞速旋转的“千刃万风旋”。

亚飒和唐求，一个“幽路天蝎”，一个“撞山野猪”，这两个林泽和山野的无冕之王，相互配合着，在碧玉美人阵中纵横冲突，所向披靡。

不得不说，其实翡月谷的碧玉美人阵，源自上古晶灵族的能工巧匠，灵智过人、战力绝强。但毕竟现在遇上了五位星流术高手，而且他们只求脱身前行，并不恋战，于是没多久，这些碧玉美人像就被杀得东倒西歪、缺胳膊断腿。

即使这样，苏渐五人也损耗极大。

当他们冲出重围的一刹那，他们的星流术光辉也差不多到了极限，几乎在同一时间熄灭。

这时他们一齐回头观望，心中恐惧着如果这时碧玉像再杀上来，怎么办？

幸运的是，当他们回首看时，却发现一待他们脱离了阵型，这些碧玉美人像便又回归原位；甚至刚才散落一地的断膊断腿，也自动飞回原处，完美复原。

“太神奇了！”见得如此，唐求惧意才消，贪心又起，一脸贼笑地说道，“你们看，这些碧玉美人不仅雕刻得跟真人一样，坏了还能自动复原！”

“想想吧，如果我们每人背一个翡月谷美人像回去卖，是不是这辈子吃喝都不用愁了？就算不卖，放家里也养眼啊！”

“又来了！”苏渐哭笑不得道，“胖子，真有你的，刚才差点被打死，这会儿又想把它们背回去？”

“就是，”亚飒也附和道，“这样的美人像是好，但胖子你真敢放在房里？小心你半夜做美梦时，它活过来一剑把你戳死！”

“倒不一定。”他们俩泼冷水时，雷冰梵却忽然开口，若有所思道，“这碧玉像，还真是好东西，拿回去放在练武场，是不错的剑术练习对象。至少，她们肯定不会累。”

“哈！”唐求闻言惊喜叫道，“还是雷皇子见多识广，要不咱——”

“够了！”洛雪穹终于听不下去了，冷脸叱道，“都说什么呐？别忘了，这些，都是我家的！”

好不容易从碧玉美人阵中成功脱出，再往前走就是一段长长的青玉台阶。

翡月谷的青玉阶顺着谷中地势,上下起伏。作为一处山谷秘境中的连接道路,青玉阶却几乎有五六里长,走得人几乎要绝望。

不过稍感安慰的是,当苏渐等人走在上面时,落足处竟能震荡起一圈圈的青碧光波,向四外层层叠叠地扩散,煞是好看。

好不容易快走完青玉阶,苏渐便看见前面有一座翡翠砌成的楼阁。

这楼阁并非孤零零地矗立,而是镶嵌在山体里,向四周幽幽地散发出梦幻一般的碧色光辉。

苏渐稍一打量,便回头跟众人说道:“这翡翠楼两边都是山体,万山飞寒要藏东西,肯定就放在这翡翠楼里。”

“应该就是。”洛雪穹想了想道,“小时候听娘讲过,说‘翡月禁地里,有座翡翠砌成的楼台,里面是夫君的藏宝阁’。”

“那时娘还打趣,说不用楼里藏的宝了,只要从翡翠楼顶打下几块瓦片,就可以当我的嫁妆呢。”

说到这里,雪穹有些黯然道:“几年未回家门,还以为这次回来,能立即见到娘亲呢。谁知她却远行……”

“远行也好。”见她如此,苏渐忙安慰道,“你看灵山圣门里,风诡云谲,你娘远离是非,未尝不是一件好事。”

“那也是。”听他此言,洛雪穹愁容散去,露出浅浅的笑颜。

“哈,要我说啊,”这时唐求在旁边笑着道,“都说洛雪穹是冰霜冷面,依我看也得看对什么人。这不,苏大哥一说话,立马雪人就融化咯。”

“你说什么呐!”听了他这样的笑谑之言,洛雪穹习惯性地便要对他怒目而视。

不过,她想了想唐求刚才的话,偷偷地瞥了少年一眼,便收了怒容,心情竟是有些欣然。

她这情态变化,旁边的雷冰梵看在眼里,不由得心中一叹:“唉,还需努力。这,简直比提升剑技境界还难。”

正在这时,却忽听亚飒低声道:“大伙儿别出声。翡翠楼那边有人。”

原来刚才亚飒没掺和几人的对谈,自己一个人走在最前,第一个爬上了青玉阶。这时他便看到,对面那翡翠楼的门口,竟是仗剑立着两个人。

一看见有守卫，亚飒立即低伏身形，趴在青玉阶最高点之后掩藏身形，回头示警。

听他示警，苏渐几人立即噤声，紧接着放缓动作，爬上青玉阶，趴伏在亚飒的身旁。

借着翡月谷中永恒的绿光，苏渐看得分明，在翡翠楼前看守的，乃是两位灵山圣门的带剑女弟子。

“如何?”苏渐转脸看看洛雪穹，轻声询问。

“她俩是八级剑女。”洛雪穹看着前面，神色凝重道，“你看她们月白袍服的左胸前，文着八道剑纹，正是我门十级剑士中的第八级。”

“八级算高还是低?”苏渐怀着一丝希望问道。

“入门一级，八级剑术绝高，整个灵山圣门中不过寥寥数人而已。而且，我刚看她们剑纹徽章之侧的右胸前，还有几朵冰蓝雪花，那说明她们竟然水灵法技级别也不低!”

“竟又是魔武双修!”亚飒倒吸了一口冷气。

其实要放在以往，碰上这两个硬茬，他们五人未必没有一拼之力;但现在刚刚施展星流术，已将几乎全部灵力在碧玉美人阵中耗光，一时半会儿根本无法复原。

更要命的是，和刚才那些碧玉像死物不同，这俩八级剑女有血有肉，闹将起来还不知道有没有什么通知外界的特殊办法。

所以别说现在没力量打了，就算有力量打，他们也得首选智取。

本来苏渐想着，洛雪穹乃门主之女，如果她编个话儿走进去，那俩灵山剑女应该会给个面子。

但很快洛雪穹就给他这想法浇了一盆冷水：

没想到这翡月谷，竟是灵山圣门中最高级别的禁地，没有门主亲临，任何人都不得进去!

听到这信息，苏渐他们变得更加无计可施。

不过，现在他们心中也更坚定地认为，蕴魂瓶这样重要的物品，应该就藏在这最高等级的翡翠楼禁地里。

“怎么办?”苏渐看向众人。

“休息片刻，跟她们打过。”雷冰梵冷然说道。

“不妥。”亚飒反对道，“要不先回风来苑，从长计议？”

听得这建议，其他几人，立即露出不愿的神色。

毕竟刚才那碧玉美人阵，凶险非常，大家费得好大一番劲才通过。这种情况下，一想到下次还要再打一回，就连最好战的雷冰梵，都面露犹豫之色。

当然他们更郁闷的是，就连众人之中公认的智多星亚飒，都只能提出这样打退堂鼓的主意，那看来今天真要无功而返了。

犹豫了片刻，他们只得撤下青玉阶，便要往回走。

只是正在这时，他们却听到一个醇厚幽沉的声音，忽然在身畔响起：

“此事何难？看本公子便是！”

“谁？”苏渐吃了一惊，转脸四下张望，发现虽然声音近在咫尺，却根本没什么人影。

正在愣怔时，只见手中血歌剑红光一闪，转眼间便有一个人影从剑中脱出，站立在众人眼前。

“谁？！”苏渐等人急忙看去，却见这倏然出现之人，周身红焰腾舞，本身却是一个白袍公子。

旁边雷冰梵几人看得分明：鲜红光影中，倏然出现的白袍公子长发飘飘，面如冷玉，英俊无比。

奇的是，他双眉正中跳动着一朵奇异的猩红焰纹，神光游离，并非静态。他的眼眸也为异色，宛如深红水晶，最深沉处如燃苍穹霞焰。

正因如此，不同于一般的俊俏后生，白袍公子在绝美容颜外，更具备一种慑人的冷厉酷烈气质。

一见到他，雷冰梵等人立即确认，他是自己平生见过的最帅气、最英俊之人。

尤其让他们感到震撼的是，这白衣公子明明焰光环舞，眼神慑人，满身的冷厉酷烈，但站在近前时，却又让人感觉倍加亲切，宛如春风拂面。

感受到这样对比强烈的矛盾气质，众人心中惊异莫名，这时只有苏渐手按血歌剑，看着白衣公子冷冷说道：

“‘焚心为剑，飞血成花；千界万族，唯我独大’，你，是血歌公子。”

“是我，”翩翩佳公子的声音宛如吟唱，“焚心剑，飞血花，忒余事耳。”

“可惜此楼无法硬闯。”苏渐道。

“那便智取。”血歌公子邪魅一笑。

“如你所愿。”苏渐掌控血歌剑灵，可谓心意相通，无须与血歌公子多言，便知道他要干什么。

而因为上回幻火宫前被苏渐征服，这血歌公子再是魅惑狂狷，行动前却也要得到剑主苏渐的首肯。

见苏渐并无异议，血歌公子眸中火光一闪，瞬间那飘逸潇洒的身形，便已经出现在翡翠楼守门剑女的面前。

“什么人！这里是——”一察觉动静，那两位守门剑女，立即拔剑转身，朝血歌公子怒喝。

只是，这严厉的呵斥声刚到一半，女子的声音，忽然就变得柔和动听起来。

“是我。”血歌公子嫣然一笑——

没错，就是嫣然一笑！

但这会儿配合着他那张天上有、地上无的俊脸，看在守门女弟子的眼里，正恍若天上凌霄殿前的神君仙将降临！

“公、公子……”本来心高气傲的圣门八级剑女，这会儿却仿佛连话都不知道怎么说了。

不仅口不能言，当她们对上血歌公子那张“艳光四射”的脸，连目光也不知道何处安放了。

现在，她们发现自己正面临人生最大的困境：

举世无双的俊颜就在眼前，自己少看一眼都觉得亏大了；但真的去看吧，又被其灼灼的神光所刺激，目光不由自主地就偏开。

这时候，苏渐等人藏在青玉阶后，一动不动地注视翡翠楼前发生的事情。

刚才苏渐和血歌公子的对答，十分晦涩，除他两人之外，其他人都面面相觑，不知道他们想干什么。

不过当血歌公子翩然而去，跟守门剑女开始搭话时，唐求顿时就小声叫起来：

“哎呀，什么智取啊，不就是‘色诱’嘛！

“哇呀呀，这种计谋为什么不让我去？难道我的容貌气质比他差吗？真是的！”

“你？”亚飒听得他这番话，看了看他，再看看翡翠幽光中的血歌公子，便强忍住笑，偏着头跟苏渐道，“唉，今天吃得不多的，怎么现在都觉得想吐了呢。”

“不行。”一直沉默的洛雪穹，却忽然摇头道，“非常时行非常事，色诱，我不反对。但你们都不知，我灵山圣门女弟子，大多是收养的孤儿，她们从小遵照极严格的灵山圣规长大，别说跟男子调笑了，就连说两句话都很戒备的。”

“这么说，他会失败？”苏渐忧心忡忡地问道。

“对！”洛雪穹点点头。

“咦？你们快看——”唐求忽然叫道，“你们看，那两个女人，怎么就跟白袍红眼怪走了？”

“什么？！”洛雪穹猛吃一惊，抬头一看，却见才一小会儿工夫，自己口中极守清规的俩师姐，就跟在血歌公子后面往旁边走去了。

不仅如此，她凝目观瞧，这两位师姐跟人走时，两眼汪汪，如蕴春水，两颊飞红，如染桃花，那神魂颠倒的模样，分明就是春心大动，被血歌公子迷住了！

“怎么会这样！”少女又羞又气。

“这样不好吗？”苏渐奇怪地看着她道，欣喜道，“守门剑女被引开，我们就可以溜进去了！没想到这血歌公子，还真——哎呀，混蛋！”

本来笑着说话的少年，中途忽然气急败坏地叫起来！

“怎么啦？！”唐求顿时惊叫道，“你钱丢了？”

“不是钱丢，”苏渐哭笑不得道，“你知道他刚才跟那俩女子怎么说的吗？”

“怎么说的？”唐求好奇地问道。

“他说,自己可以陪二位姐姐去玩,但无奈自己有个可恶的主人,极其无耻残暴,一定会阻止自己成行。于是那俩女子问,他主人究竟是谁。他说,叫‘苏渐’。”

“哈哈哈!”这下不仅是唐求,其他人包括洛雪穹在内,都忍不住开怀笑起来。

“咦?苏渐,你怎么知道的?”亚飒笑声一歇,有些好奇地问道。

“他是我驾驭的剑灵,自然心意相通。”苏渐道,“不多说了,既然守门剑女已经引开,我们赶紧进去找蕴魂瓶吧!”

等他们几人潜进翡翠楼里,便发现这翡月谷的防卫乃是“外紧内松”。

空灵翠碧的一楼大厅里,空无一人,也没什么机关。

而这里的陈设,却和冰笈楼中很像,除了书架做成环形,书籍也不如冰笈楼多,看在不知情的人眼里,简直就如同冰笈楼的分馆。

到了这里,苏渐等人立即分头寻找。没一会儿工夫,洛雪穹就在东北方的角落里小声呼道:“找到了,在这里!”

众人闻声赶去,便见在大厅的东北角墙壁上,有一个青玉雕成的壁龛。壁龛中的两侧,点着两支蜡烛,正中央放着一只修长的羊脂玉瓶。

稍一观察,洛雪穹便伸手轻轻地取出羊脂玉瓶。

“你确定在这里?”苏渐问道。

“就在这里。”洛雪穹手抚瓶体,闭目凝神,轻轻说道。

“那赶紧把这瓶子拿走吧。”唐求着急说道。

“不行。”没想到洛雪穹摇了摇头道。

第六十四章

醋海翻波

“咦?”这下众人就奇了。

雷冰梵看着她道:“为何不拿走?我等来这里,不就是为了此瓶吗?”

“不必拿走,把妹妹失落的魂魄装走就行。”洛雪穹从容道,“如果拿走此瓶,父亲很快就会知道妹妹的魂魄被偷。”

“有道理!”苏渐赞同道,“那你有办法装走魂魄吗?”

“小事一桩。”洛雪穹手一扬,便有一只白玉小盒漂浮半空中。

“魂魄最清,须以白玉盛之。”洛雪穹解释一句,便轻轻揭开羊脂玉瓶的瓶塞。

很快,便有红黄两道光影,如雾如岚,从羊脂玉瓶中悠悠然然地漂浮出来。

一看魂魄飞出,洛雪穹立即作法,在一阵犹如雪山神女的吟唱咒语中,红黄二缕清魂,全数敛入白玉小盒中。

“好了,走吧!”洛雪穹把羊脂玉瓶放归原处,便立即招呼众人从翡翠楼中撤出。

临走前,苏渐无意中一转脸,却发现这一楼的大厅再往内,还有更深的厅堂。

也难怪,这翡翠楼依山壁而建,看结构基本就是个洞府,翡翠一样的楼台只是它的门脸而已。

这偶然一瞥,苏渐恍恍惚惚看到一些景象,当时就觉得有些古怪。

不过身处险地之中，事情已了，不宜多逗留，他便一时也没细想，跟着众人就出了翡翠楼。

此后他们一路返回，下了青玉阶后，才发现如果从里面往外走，有一条隐秘的通路可以绕过碧玉美人阵。

沿着这道路走出去，苏渐他们回头望望，想记住来路的位置时，却发现已是烟云四合，小径路迷，刚才的坦途不复见，只余光影幢幢中碧玉美人像按剑肃立，气象森严。

他们不再迟疑，很快就出了翡月谷，直往雪母主峰而回。

几乎就在他们走出秘境的同时，一直带着守门剑女兜圈的血歌公子，忽然心有所感。

冥冥中苏渐的信息传来，刚才还如春风拂柳、热情似火的风流公子，倏然化作一团细碎的血色火影，转眼消失在茫茫的虚空光暗之间……

这时候，两个女弟子还如梦如迷，痴痴迷迷地四下寻找；等她们猛然清醒过来，低头一看，却发现自己已经回到了翡翠楼的门口。

“怎么回事？”她二人相视一看，顿觉不好，立即飞身进楼。

不过等四下仔细查看一番后，她们便长舒了一口气道：“还好，所幸没有任何遗失。”

心才放下，她俩却又立即进入了迷醉的状态：“刚才那位俊俏的公子，去哪儿了呢？”

一回到雪母峰，洛雪穹找了个时机，便进了妹妹的闺房。这时候，洛雪筝正坐在窗前，呆呆地看窗外盛开的红梅。

以往这时，看见红梅绽放，活泼的少女定会雀跃着跑到门外，直接立在梅花树前拈花欢笑，或是努力伸着小鼻子，去嗅梅花蕊中的幽幽香气。

就算在房里发呆观看，洛雪筝也会转着灵动的眼珠，浮想联翩，神游万里。

但现在洛雪穹看到的，却是自己妹妹真的就“呆呆”地望着，眼神空洞，双眸发直，仔细看甚至会发现瞳孔有些发散，也不知到底看没看到什么。

见她变得如此，洛雪穹心里真真如同刀绞。

推开门，她轻轻地走到妹妹的身畔，轻唤一声："妹妹。"

听她相唤，洛雪筝却似受了惊的小鹿，猛地跳起来。

看见是洛雪穹后，洛雪筝略显安心，不过很快嘴里就喃喃念道："我爱狂禅，狂禅是龙族大英雄，狂禅是巫龙执政官……"

见得如此，洛雪穹心中更痛，只是一时并不说话，而是托起那只白玉小盒，轻轻地揭开。

顿时，先前收纳的两道红黄魂魄光影，倏然飞出，如同云岚归岫，悉数从洛雪筝的胸口飞入。

于是转瞬间，刚才还在喃喃诉说倾慕之情的少女，忽然间痛哭失声，扑进洛雪穹的怀中，痛哭叫道："姐姐，我不愿嫁那龙族！我、我怕！"

"不用怕！"洛雪穹紧紧地搂住妹妹，含泪道，"妹妹，姐姐在这里，你不用怕。"

"可、可爹爹他还是要把我嫁给龙族……"洛雪筝呜咽哭道。

面对少女的悲情，洛雪穹沉默一阵，忽然开口说道："妹妹，你还记得小时候，我跟你说'红梅枝头雪'吗？"

"记得。可这……"少女一脸的迷惑，不过很快她便好像忽然想起什么，那迷蒙的眼神立即变得清明起来。

"姐姐，我懂了，谢谢你。"洛雪筝看着姐姐，轻轻地道谢，那泪痕婉然的笑靥，犹若带雨的梅蕊。

"红梅枝头雪"，看起来像个哑谜，但却是她们姐妹间的一段童年往事。

因为雪山的红梅常常覆雪，妹妹洛雪筝小时候就憨憨地认为，梅花长出来就是红白二色的。最后，还是姐姐洛雪穹告诉她，那白色并非花色，只是天上落下的雪，压着梅枝，待太阳出来后，总会消融的。

于是，当这会儿洛雪穹说出这个童年的典故时，洛雪筝顿时会意，想了想便扫却愁容，露出久违的笑颜。

"姐姐，妹妹全听你的。"小轩窗前，少女天真地说道。

"好。"洛雪穹看着她，"现在咱们这位父亲，还不知道你魂魄已全，你便继续装傻，让他麻痹，守卫也不会那么森严。"

“到时候,我和你的苏哥哥他们,一定找到机会带你逃跑。”

“好！那,姐姐走好,姐姐再见。”洛雪筝的语气,再次恢复成那种没什么生气的木木的状态。

“小丫头,还真有你的。”洛雪穹见她如此,笑嗔一句,便转身离去。

不过,当她正跨过门槛时,却听身后小少女忽道:“姐姐,那苏渐苏哥哥,将来是不是就是我姐夫啊?”

“啊?!”本来正从容出门的少女,差点没绊倒在门槛上!

“臭丫头!”好不容易稳住身形,洛雪穹回头笑骂道,“现在你还有心情想这个？什么姐夫不姐夫的？先管好你自己吧!”

第二天一大早,洛雪穹便去找苏渐。

不过让她没想到的是,在苏渐房中她却扑了个空。

想了想,洛雪穹便往梅花园而去,果真在那里看到了苏渐。

此时天高云淡,细雪斜风。

明亮的阳光洒满雪峰,十八岁的少年正在阳光中长身而立,站在雪崖边的一株老梅之下,看着远山静静地出神。

“苏渐。”洛雪穹喊了一声。

“嗯?”苏渐回过头,正看到洛雪穹在梅花间袅袅而来。

今日的少女,一身淡黄裙衫,踏雪分梅之际,俏靥如玉,皓腕如雪,衣带飘风,宛如广寒月宫的仙子。

相比平日那一身素冷的白裙,今日的黄衫让洛雪穹更添了几分亲切的灵气,不由得让苏渐眼睛一亮。

而这时的少年,一袭青衫,静立梅花树下,以万里云空和皑皑雪山为背景,本身就似一峰独秀,在少女的眼里何尝不是分外地潇洒英俊?

于是寒傲如冰的少女,芳心宛如融化了一般,脸上泛起如花的笑颜,快步朝少年走去。

待她走到近前,苏渐便问道:“你妹妹的魂魄已全?”

“嗯。”洛雪穹点点头道,“已经复原。我嘱她继续装傻,免得父亲起疑心。”

“那就好。”苏渐欣慰道,“事不宜迟,一有合适机会,我们便走。不过……”

“怎么了?”洛雪穹疑惑地看着欲言又止的少年。

“我想说,你本来是灵山圣门的长女,地位尊崇,如果跟我们走了,不啻从云端降落凡尘,可能会吃很多苦,你真的愿意吗?”苏渐认真地看着她,问出了心中想了很久的问题。

“当然愿意!”洛雪穹斩钉截铁说道,“这些天你也看到了,这灵山圣门已入邪道。父亲为了他所谓的立国大业,竟连亲生女儿的魂魄都能抽取。”

“如果说在这样的地方地位尊崇,那我宁愿愿去民间当一个普通的村女!”

“是啊!”苏渐鼓掌赞道,“来之前,我本以为灵山圣门偏居西北雪山中,能是一方净土;没想到来之后,却发现完全不是如此。”

“不说别的,前日一同去征伐驼驼族,那些灵山军简直如同邪魔,滥杀无辜,满手鲜血,和凶恶残忍的龙族又有什么不同?!”

“对了雪穹,”说到这里,苏渐忽然很认真地看着她,“有一件事,本来觉得不适合跟你说,但刚才看到你的真实心意,我觉得也到了该跟你说的时候了。”

“什么事?”洛雪穹看着少年认真的模样,忽然有些紧张。

“我此次和你来,一方面是陪你回家,另一方面,却也是为了一桩让我苦恼了很久的悬案。”苏渐道。

“悬案?”少女有些吃惊。

“对。雪穹,你还记得灵鹫学院中那个学生连环失踪案吗?”苏渐问道。

“记得……啊? 难道,”洛雪穹变得有些吃惊,“难道你认为,那些失踪的学长学弟们,来了灵山圣门——”

“没错。”苏渐点头道,“而且,就在雪甲军中。”

“这怎么可能!”洛雪穹惊奇叫道。

“听起来是不太可能。”苏渐冷静道,“谁能想到,人族王国中枢的最高学府,学生失踪竟和万里之外的一个世外教门有关。”

“不过,当我看到雪甲军好似没有人类的情感,有些雪甲军的手臂和肩背全由金铁木石构成，特别是看到不少人出手的武技和法术，竟似源自灵鹫学院，我便知道，那些失踪的同窗们，很可能在这茫茫大西北的雪地里，为万山门主的野心厮杀呢。

“不仅如此，我还从某种渠道知道，这些操控神魂的法术，很可能就是源自魔族的‘黑魂术’。

“本来魔族已在神州大陆销声匿迹，但我却得知，表面鼓吹投降龙族的尊龙教，背地里却由魔族操控。而雪母圣殿的玉阶之下，可是立着许多尊龙教徒的！”

“这、这……”听着少年这一连串分析，洛雪穹目瞪口呆，好似一尊雪雕冰像般呆立当场。

她纵然现在对灵山圣门已经没多少好感，但毕竟多年的情感在那里，所以第一回听到苏渐如此分析时，她是不愿相信的。

但很可惜，她不是一个单纯感性的无知少女。

她没法欺骗自己，说苏渐讲的都是单凭想象。

更重要的是，这么多事情一起经历下来，她知道，别看眼前的少年没什么显赫的出身，也并不身居高位，但他的判断就从来没错过——只除了在自己对他的感情这件事上，显得很是迟钝。

如此一来，她便想到，即使自己毫不知情，毕竟也是害人组织的一员了。

一想到此节，本来来时有些欣然的少女，变得脸色苍白。

“你也不用太在意。”见得如此，苏渐忙安慰她道，“此事和你又无关。而且，目前还只是推测，并没有最终认定。”

“那你要继续调查此事、抓凶手吗？”洛雪穹追问道。

“已经不用我出手了。”苏渐悠然道，“我已跟冰梵讨论过此事，得知他手下有一支重要精锐，也失陷在雪山之中。”

“这几天里，他已确认，出事地点离此不远，就是在灵山圣门领地之内。”

“既然如此，我们就先带着你妹妹一起安全离开，之后冰梵他自会挥起大军，攻山擒凶，解救他的部下、我们的同学。”

"雪穹,毕竟灵山圣门是在天雪国辖内;他以天雪皇子、幽州城主的身份来解决,正是名正言顺。"

"这样也好。"听他说到这里,洛雪穹神色稍缓,点了点头道,"不过要知道,我圣门中也不都是坏人,到时候一定要仔细甄别善恶,不要让整个教门玉石俱焚。"

"这是自然。"苏渐笑道,"别的不说,你们姐妹俩,就是好人嘛。再说了,不说别的,就因为你的缘故,冰梵这小子也会手下留情的。"

听得这话,洛雪穹一愣,竟是恼道:"你说什么呐!"

"呃?"苏渐诧异道,"怎么了?我说错什么了?"

"哼!"见他这样子,少女神色更恼,哼了一声,便转过身侧过脸,不再看他了。

"唉!"苏渐心中郁闷道,"这女孩儿的心思啊,猜也猜不透。刚才不明明已经安慰好了吗?怎么说翻脸就翻脸……"

在几乎所有事上都有明智判断的少年,这时却如同"灯下黑"一样,对眼前少女的一腔情思,始终缺乏足够的敏感和准确的判断。

气氛如此僵持了一阵,转过身去的洛雪穹,却有些后悔了。

她想起少年一直以来为她做的事,刚才那些气恼便霎时烟消云散了。

她有心想转回身,再和少年说话,但毕竟女孩儿脸皮薄,有些不好意思,也不甘心。

她想着,怎么说也要苏渐这个臭家伙先道两句歉吧——不,一句半句就足够了。

只是她已经在心中如此退让,过得片刻,身后却动静全无。

她敏锐的听觉,甚至听到了雪压梅枝、梅花飘落的细微声响,却始终没听到少年的只言片语。

这一下,她可真恼了!

她心说,人家毕竟是女孩子呀!你苏渐一个堂堂男子汉,就算不明白我为什么生气,这会儿随便哄我两句,不行吗?很难吗?

想到此处,女孩儿只觉气苦,鼻子一酸,眼眶中已经有泪花儿开始打转。

只是就在泪水快溢出眼眶时，她却忽然听得身后一声清越的笛音悠然而起。

“咦？”洛雪穹一回头，却看见少年的手中不知何时多了根芦笛，正凑在嘴边吹响。

吹笛的少年，脸上正挂着明亮的笑容，双眼满含温煦的目光，在飘摇的笛音中看向自己。

被他这样的目光一看，刚才如雪山冰川一样的少女，瞬间就被融化了。

她的脸有些发烫，身子有些发软，她在心中本能地岔开话题。

“哪来的芦笛？”她在心中想，“哦……看笛身绿莹莹的样子，应该是翡月谷中的绀碧芦制成的。”

“唉，都说唐求心大，我看这家伙心比他还大！翡月谷危机四伏，他竟然还有心情顺手掰根芦苇，出来做芦笛！”

正嗔怪地想时，那少年芦笛的音符已如泉水潺潺地流泻。

清风细细，飞雪翩翩。

阳光正明，梅花正美。

伴随着婉转的笛声，梅林中原本就随风旋转的花瓣儿，落下的姿态也仿佛变得更轻盈了。

笛歌的旋律，也如同枝头的红梅，孕育，绽放，低回，舒展，一切都显得幽雅清丽，展现着无尽的幽思和怀想。

笛声悠悠，岁月静好。

少年的笛歌，梅花的馨香，交织成一张温柔美妙的网。

洛雪穹所有的神思，都好像化作一朵轻飘飘的雪花，伴随着笛音高飞、徊舞，最后还是落在了这张网上，和它一起沉坠，安睡在柔弱的梅蕊中。

这一刻，时光仿佛静止。

神思飘忽的洛雪穹，在刹那间体会了永恒。她很想永远地立在如此的梅花细雪中，听着少年的笛歌，慢慢变老……

正是：

一曲雪中声，
百年倾耳听。
云收花落处，
执手看天清。

一曲奏罢，苏渐见少女依旧悄然伫立，便折下梅花一枝递去。

雪风梅香里，伊人独立，少年拈花赠予，此情此景，正是无比地浪漫唯美。

只是如此美好的时刻，从那最外侧的雪崖边缘，却忽然传来一声阴森无比的冷哼！

听得这声音，苏渐很随意地回头一看——

这不看不要紧，一看他竟顿时吓得魂飞魄散！

要说他也是贼大胆，很少有什么人能真正吓得住他；但这时一回头，看清楚来人，他却跟见了鬼似的，别说手中梅枝瞬间掉地，连芦笛也吓得随手一甩，不知道甩到哪儿去了！

“沧、沧雪？”看着来人，苏渐结结巴巴，一时好像都不会说话了。

“是我！”天才冰龙巫女冷笑一声，“渐奴，没想到在这里看见我吧！”

“是、是没想到……”就这片刻的工夫，苏渐已经冷静下来。

“对了沧雪，你不是已经答应叫我苏渐了吗？怎么又叫起渐奴来了？”苏渐眨巴眨巴眼睛，力图把话题往这些琐碎的事情上引。

“你还有脸说？”银发蓝眸的龙女，破口大骂道，“骗子！渣男！说，你当日为什么给我下药，还偷走了我全部的东西?!”

“我不是骗子，更不是渣男！”到这时，苏渐已经完全冷静下来。

刚才这片刻之间，他脑中已是急速旋转，思索着一切可能的对策。

本来他见到沧雪再临，心中恐惧万分，不过现在沧雪破口骂他，却让他安下心来——

毕竟，他最怕的，是这个狠毒可怕的龙巫女，一见面什么话都不说，抬手就把他打成冰碴！

这时候，洛雪穹忽然叫道：“你、你是沧雪？”

虽然洛雪穹没对不起过沧雪，但这时候的反应，却和苏渐别无二致。

毕竟，对这个名字，她已是耳熟能详，当年失陷龙境，就是为了去接近传说中研究平息风暴之术的天才龙巫女。

这时候她看到沧雪真身降临，真是既恐惧又惊艳。

从理智上而言，这沧雪自然是危及整个人族生存的恐怖大魔头，她应该痛恨万分；但现在当她亲眼看到时，却发现这个传说中的女魔头，长得就好似神话里美貌无双的仙灵神女一样。

此刻沧雪正飘飘荡荡地站在万丈雪崖的最边缘。她发似千山雪，眸如蓝水晶，五官面容精美得如同顶级的艺术品。

洛雪穹郁闷地发现，光看到沧雪的绝世容颜，就能给人一种无边的压迫感。

所以，她现在的心情极为矛盾复杂。

不仅因为面对敌族魔头而产生恐惧感，更是觉得作为一个女子，她竟然非常非常欣赏同为女性的沧雪的美。

再联想到沧雪是龙族千年罕见的天才女巫师时，洛雪穹心里还产生了一个奇怪的想法：

她已经可以靠容貌征服世界，为什么还要在法术上压倒世人？

这时候，听她惊呼出声，沧雪也瞥眼朝这边看过来。

这一瞧，从来目空一切的天才龙巫女，也忍不住在心中喝了声彩："好个美丽的少女！"

不过她很快还是把目光转回到苏渐身上。

"说，上次为什么骗我！"沧雪愤怒地叫道。

"什么？我骗你？"苏渐一脸的无辜。

见他如此，为此事愤怒已久的沧雪，竟不由得一愣，那汹汹而来的气势无形中一弱。

"你是说，我离开你，独自一人回到华夏吗？"苏渐眼神天真地主动问道。

"是啊……不对！是你药晕我，还偷走我所有东西，把我一个人扔在乌浒河边！"提起往事，沧雪的怒气又大起来。

“冤枉!”苏渐叫道,“难道你还不知道那次是怎么回事?”

“怎么回事?”沧雪怒叱道,“不就是你欺骗我感情,调药酒把我弄晕,然后偷了所有东西逃走?”

“没有啊!”苏渐悲屈地叫道,“冤枉啊,上次是这样的,我确实调了一碗药酒给你喝,但完全是因为看你整日作法辛劳,心中不忍,便按照祖创的秘方给你调了药酒,想让你静气安神。”

“没想到,也不知道哪里出了问题,你喝了之后,却怎么也叫不醒了。我一害怕,就拿了你的通关令牌,跑掉了。”

“胡扯!”沧雪叫道,“哪有这样的药酒? 除非……难道是你们人族的药方不适合我们龙族体质?”

“对对对!”苏渐欣喜若狂,没想到沧雪还会主动帮自己弥补漏洞。

“不对!”没想到沧雪又怒气冲冲道,“你害怕逃走就算了,为什么把我的东西席卷一空?”

“没有啊,”苏渐眨眨眼道,“我只拿走了令牌和水囊干粮,其他一概没动啊? 啊——”

他忽地恍然大悟般叫起来:“难道你后来遭了贼? 衣服有没有被扒光?”

“混蛋! 你胡说什么!”沧雪生气喝道。

“那你到底丢了什么啊?”苏渐装作好奇地问道。

“也、也没什么……”沧雪遮遮掩掩道,“就是些金银钱粮,都是身外之物吧。”

气势汹汹而来的天才龙巫女,被少年花言巧语、连消带打,到这一刻,那滔天的怒火基本已经熄灭成了小火苗。

别看咱们的沧雪龙女在法术上是天才,却正因为整天沉溺于灵法研究,难免疏于人情世故,结果这会儿被苏渐一番花言巧语,不仅糊弄过去了,最后反而她还要遮遮掩掩,十分被动。

对这一点,苏渐看得明白,便有些洋洋得意,心说道:

“唉,本来不该再骗你;但如果不这么做,按你这龙族女魔头的脾性,还不得把我冻成冰碴、撕成碎片? 别傻了,你对我来说可是不共戴天的敌族,骗你,就是爱国!”

正心情轻松时，却忽然听到沧雪蓦地又叫了起来："不对！就算你刚才说的都对，那为什么你走之前，还要再给我留下一张纸笺？"

"纸笺？"苏渐有点莫名其妙。

"对啊！呵呵，看来你已经忘了，我可没忘！"沧雪冷笑道，"那上面每一个字，我都背得清清楚楚！你写的是：'虽然骗了你，莫要太难过；毕竟所有上当的人当中，你是长得最好看的那一位。'"

"晦气！"苏渐闻言，心中叫苦道，"我干吗要画蛇添足？就真这么爱写字吗？！"

心里叫苦，不过表面他却眨眨眼，从容说道："我写得有错吗？难道你长得不是最好看吗？"

"那当然——哎呀，我是说，你明明写了是骗我！"沧雪愤怒叫道。

"当然要这么写啊。"苏渐一副理所当然的样子。

"为什么？"看他这样子，沧雪又有点吃不准起来。

"你还是不懂我的心意……"苏渐的神色忽变得委屈而深情，"沧雪，你难道还想不明白吗？"

"那回我已经准备远走，回到人国之中。我不像你这般法力强大，来去自如，只知道此后水远山遥，风暴墙高，你我再难相见。

"而我之前已跟你倾诉衷肠，你也对我也一往情深。所以我想，此番永别，你之后定然伤心万分，那与其让你日夜伤怀，还不如让我做个坏人。

"临行前，我便留了张纸条跟你说，是我骗了你。这样，只让你恨我，不让你想我，如此天长日久过去，你便不会伤心吧。"

"唉……"说到此处，苏渐喟然长叹，一副伤心欲绝的模样，"'知我者谓我心忧，不知我者谓我何求'，没想到当日一番苦心，今日却成了你吼我的理由。"

说到这里，他停了一下，已换成心如死灰的神色，看着沧雪，无比落寞地道："对，是我骗了你，我做的所有一切，包括刚才的话，都在骗你。你杀了我，快动手吧！"

"这……"这一刻，沧雪已然被他打动。

本来她是铁了心要来杀他的，结果现在他主动求杀时，却不知道如何是好了。

这时苏渐又叫道:“就算不杀我,我俩也没有可能了!因为你太傻、太傻了!我不会喜欢一个傻姑娘的!”

“你——”沧雪闻言,神色古怪,很想跟他说:

你知不知道你在跟谁说话?圣龙帝国公认的天才女巫师啊,你竟然说她傻!

不过她又想道:“正是这样,才知道你是真伤心了;你现在说的这一切,就是为了激我,让我一时冲动出手,铸下终身大错,一辈子惩罚我!嗯,我才没那么傻呢。”

于是,苏渐虽然出言不逊,沧雪却是嫣然一笑,露出如花的笑靥,对苏渐柔声说道:“苏渐,要听了你,我才真傻呢。别激我了,我不会上当的。”

“哼!”苏渐一脸怒气,但又流露出几分尴尬。

这样的表情,实在拿捏得恰到好处,便让沧雪更加笃信自己的判断。

当长久以来的怨恨一朝解开,沧雪的心情也变得好起来了。

心情放松之下,她便有了余暇,朝少年仔细观看。

这时,暗香浮动里,白雪红梅前,英俊的少年长身而立,风姿神俊,潇洒万分。

本就情浓,再看到少年郎玉树临风,便让她更是怦然心动……

这一切情景,都落在洛雪穹的眼中。

虽然同样芳心暗系苏渐,洛雪穹对苏渐刚才那番言行,却没有丝毫不满。

她何等冰雪聪明?别看沧雪被少年骗得七荤八素,洛雪穹一对照两人所说的话,立即就知道了事情的真相。

于是,洛雪穹不仅不生气,反而还觉得沧雪有些可怜:

谁知道名震神州的天才冰龙巫女,却会被一个小小的华夏少年骗得晕头转向?

别人不知道,她洛雪穹最了解苏渐。这少年家国情怀最深,对龙族侵略者恨之入骨,即使之前做过什么,一切都只为脱身保命,如何会对你这个可怕的冰龙巫女动真情?

想到这里,她心里倒是一动:“唉,现在看来,当初那些朝堂的大人物都动错了念头:要接近沧雪,何须找我去?派个苏渐过去不就手到擒来了?”

她倒想得挺开心,却未曾想过苏渐如果知道了这念头,还不气得七窍生烟:

“什么?!要我去主动接近沧雪女魔头??你不知道哪一次不是我使尽浑身解数,才死里逃生的?!”

如果洛雪穹真这么说,苏渐还真有可能和她绝交……

这时候,苏渐忽然问道:“沧雪,你怎么来这里了?这可是茫茫大雪山呀。”

“为什么我不能来?”痴情状态的女子,思维异于常人,沧雪没有正面回答问题,第一反应却是少年是不是讨厌她,不想她来。

不过很快她自己笑了起来,也觉得自己多心了。

“苏渐,你知道我在研究静风之术,需用到大量水灵之力,便想来你们天雪国的沧水晶海看看。”沧雪柔声说道。

听她此语,苏渐和洛雪穹暗自心惊。

定了定神,苏渐又问道:“那你怎么会来雪山?”

“还不是因为那个讨厌的家伙!”沧雪没好气道。

“讨厌的家伙?”苏渐脱口道,“你说我?难道还有谁让你讨厌?”

“不是说你啦!”沧雪嗔道,“我说的是狂禅。这个人真的很讨厌,自高自大,好色之徒,他听说我要来天雪国,便缠着我,让我帮他看看未来的小妾姿色如何。”

“原来如此。”苏渐和洛雪穹对视一眼,顿时明白了此事的来龙去脉。

看来,那个巫龙执政官晓得“眼见为实”的道理,生怕洛雪筝的画像用了什么美图之术,把他欺骗了。

不过他俩也只想到了第一层原因。

狂禅之所以拜托沧雪此事,还有借机接近她的意思。

蟠泽说得没错,狂禅正是疯狂地迷恋和追求沧雪,但不幸的是沧雪对他毫无兴趣。

事实上沧雪对法术研究之外的事情,都毫无兴趣——直到碰到苏渐这样的奇葩人族。

所以见沧雪不假辞色，狂禅只得利用各种机会接近她。

这回他听说沧雪要潜入天雪国，改进静风之术，便立即前去拜访，请沧雪帮他亲眼看一看将纳之妾品貌究竟如何。

这么做，除了多一次机会跟沧雪说话，狂禅也存着幻想，想着沧雪会不会因为有了洛雪筝这个“竞争者”而吃醋，从而产生危机感。

很可惜，事实证明他想多了。

再说沧雪。被苏渐问起此事，她忽然想起，根据这几天的了解，苏渐旁边这位美丽的少女，正是那洛雪筝的姐姐洛雪穹。

而刚才因为和少年初相见，有太多的事情要弄清，一时都忘了洛雪穹这茬；这回被一提醒，沧雪顿时就想起，自己刚才来时，少年为洛雪穹吹响柔情百转的笛歌，一曲终了时还拈花相赠，正是你侬我侬——

于是，狂禅本意让沧雪为他吃醋，现在沧雪倒是真吃醋了，但却是为了另外一人。

刹那间，沧雪怒气勃发，毫无征兆地出手了！

只见她手一挥，一条寒光灿烂的冰蛇从指间倏然生发，转眼便朝洛雪穹迅猛扑去！

冰蛇如此之速，洛雪穹又毫无防备，那尖牙利齿的冰蛇很快就要咬上她的面颊。

眼看惨剧即将发生，说时迟那时快，苏渐闪电般拔剑，一道寒光闪过，瞬间就将冰蛇斩成几段，掉在地上。

“你疯了?!”虽然苏渐一直戒备，但刚才这一剑也差点没赶上，便惊怒交加地朝沧雪大吼。

“我疯了?”见他如此，沧雪气急道，“你刚才不是还说对我满怀深情吗？怎么现在却出手维护这个小贱人？还吼我！”

苏渐一愣，但立即毫不犹豫地道：“这是两码事！她是我的好友，为友，虽死不悔！”

听他这么说，沧雪更加气恼，霎时间她一头冰晶银发漫天飞舞，两只纤纤玉手高举空中，便要对苏渐和洛雪穹下狠手！

无论现在苏渐和洛雪穹的武技法术有多高强，在这号称第一天才冰龙巫女的沧雪面前，却连一两个回合都走不过。

感受到压顶而来的漫天杀意，苏渐和洛雪穹紧张防御；他二人相视一眼，便发现对方的眼里，和自己一样只有坦然，没有畏惧。

已经做好了心理准备，但沧雪的杀招却一直没有出手。

见得如此，苏渐和洛雪穹面面相觑，也不知道两人该抢先出手，还是立即逃走。

他们却不知道，此刻冰龙巫女的心中，却是柔肠百转。

她看到苏渐维护另一个女子，心里自然不快；但就在快出手之际，她忽然转念一想，便想到了另一层意思。

她想到，苏渐这人，为了一个朋友，竟能豁出自己的性命，那岂不是证明他是这世间最难得、最重情重义的好男子？

就这一点，已比那自大好色的狂禅不知好了多少倍！

本来，沧雪对苏渐哄她的那一番言辞，还不完全相信，但这下她真的信了。

虽然沧雪心中已经改变了主意，但双方依然紧张对峙。

就在这时候，忽听梅苑外有人惊叫道："什么人?!"紧接着雷冰梵、亚飒和唐求便冲了过来！

三个好友的到来，虽然让苏渐心中感到安慰，但他却也深知，如果沧雪立即出手，依然有足够的时间杀死自己。

甚至，他还想到一种更可怕的结局：雷冰梵他们冲过来，只是让沧雪多杀死几个人而已。

想到这种可能，刚才还不太害怕的少年，这时候却额头冒出冷汗来。

正无比煎熬时，他却忽见沧雪收起姿势，竟对自己嫣然一笑，说道："苏渐，你朋友来了，你招呼他们吧。我走了。下回见！"

说话当中，沧雪已如一只雪羽仙鹤般翩然而起，看也不看，往后一翻，竟是飘身翻下身后的万丈悬崖去！

第六十五章

人间惨剧

“好可怕!”看到沧雪翻下悬崖前看他的最后一眼,苏渐心惊胆战地想道,“这龙巫女,行事诡异,心肠歹毒,最后那笑容一定是怒极反笑,想着下次要用极惨烈的手段对付我!”

顿时他心中便充满了危机感。

而这时飞下万丈悬崖的沧雪,也突然意识到,虽然自己一直都很讨厌、很蔑视人族,但现在终于明白了,她最讨厌的,还是像洛雪穹这样美丽的被苏渐维护的女人族……

“怎么回事?”雪崖上,雷冰梵等人一来便惊疑地问道。

“是沧雪。”苏渐神色凝重道,“她已潜入天雪国,刚才竟翻身跳上这里,意图对雪穹不利。”

“沧雪!”雷冰梵几人不约而同地倒吸了一口冷气。

现在这冰龙巫女的凶名,已是尽人皆知。

“竟然潜入我国!”雷冰梵冷声道,“我这就安排下去,不惜代价,层层截杀!”

“好!”苏渐立即说道,“此事要快,因为不除此女,我人族将永无宁日!”

对待沧雪的态度,大家自然毫无异议。只是当众人散去,只剩下苏渐和洛雪穹走在后面时,少女却有些奇怪地问道:

“苏渐,平时看你,侠义正直,怎么刚才对待那冰龙巫女,却这么、这么……”

“怎么?”苏渐停下脚步看着她。

“简直……简直太坏了！苏渐,你真的对她虚情假意、满嘴谎话、非常无耻啊!”洛雪穹终于把心中憋着的话一口气给说了出来。

“这有啥,”苏渐不屑道,“对付她,我还可以更坏呢!”

“雪穹你可别忘了,她可是威胁风暴之墙防线的头号大敌人呢！唉,可恨我实力不及,否则真想把她就地正法!”

“噢。”洛雪穹想了想道,“你这么想,是因为她是龙族之人吗?”

“当然。”苏渐斩钉截铁道,“她是敌国龙族之人,自然要和她斗智斗勇了。”

“可是……”洛雪穹欲言又止,踌躇了一阵后,忍不住道,“那,苏渐,上回在灵鹫学院,雨宿湖中,你可跟我说过,你有个背生双翼的梦中情人,你对她十分爱慕。但听起来,她很可能也是龙族……”

“她就是龙族。”苏渐毫不迟疑地肯定道。

“啊?!”洛雪穹十分惊讶,没想到少年会直截了当地承认。

“她是不一样的,”苏渐认真地说道,“虽然她是龙族,但我这一年多来回忆起的点点滴滴,表明她站在了正义的一边。”

“哦。”洛雪穹有些不置可否。

“雪穹,”苏渐认真地看着她,“你相信我吗?”

“我……”洛雪穹迎着他的目光,柔肠百转,犹豫了片刻后,还是点了点头,“我相信你,也许,她是好的吧。”

这天傍晚,洛雪穹又去妹妹房中。

虽然妹妹魂魄已全,但洛雪穹还是有种奇怪的担心,担心半天没看见妹妹,妹妹就被蟠泽给带走了。

事实证明,她这样的担心不是没有道理的。

就在她和妹妹刚说了会儿话,却听得院门响动,紧接着万山飞寒高大的身形,就出现在门口。

“穹儿,你果然在这里。”万山飞寒一进门便道。

“是啊,我来看看妹妹。”洛雪穹镇定道,“怎么,爹爹在找我吗?”

“是找你。”万山飞寒道,“你跟我来。”

说着话他便要往外面走。

这时候，洛雪穹忽然意识到，父亲的表情有些古怪，在烛光的映照下，好像显得既紧张又兴奋。

没来由的，洛雪穹忽然感觉到一丝恐惧。

“爹爹，”她努力保持着正常的语调道，“究竟是什么事找我？妹妹这里我才刚来，看她好像有点闷闷的，不知道是不是一个人有点害怕，便想陪她多说说话。”

“她啊，”万山飞寒回转身，看了看坐在床边的二女儿，不动声色道，“穹儿你这几年出去，不知道妹妹的性情有些变化。很正常啊，她长大了，现在也跟你一样，不会整天跑来跑去像个疯丫头了。”

“这样啊。”洛雪穹心中跟明镜似的，但却假作不知地道，“那爹爹究竟何事找我？能不能明日再谈？我真的想跟妹妹多说会儿话。”

“事情很紧急。”万山飞寒看着她，“但你放心，这绝对是大好事！”

“大好事？”心中恐惧的少女，听了这句话略微有些安心。

“好吧，”这时万山飞寒看了看旁边“木愣愣”的洛雪筝，想了想便道，“我就在这里跟你说清楚吧。”

说着话，他拉过一把椅子坐下来，便看着洛雪穹道：“穹儿啊，你记不记得上回，我跟你说过，爹爹我是雪晶族仅存的纯正族裔？”

“是啊，怎么了？”洛雪穹有些奇怪地看着他。

“问题就出在这里。”万山飞寒仿佛陷入久远的回忆，“这几千年来，我与无数女子成亲，但因为她们并不是雪晶族人，我始终无法生下能繁衍雪晶族后代的合适子女。”

“本来爹爹想着，非常时行非常事，为了雪晶族存续大业，如果我的子女中有男有女，便暂且把伦常放在一边，不妨让他们兄妹婚配。

“这样代代提纯，总有一天能生出最接近纯净雪晶族血脉的子女。

“只可惜，不知道是不是因为我不该苟活下来，上天便惩罚了我，让我生下来的后代清一色全是女子。

“本来我倒是男子，但我曾在雪母圣殿中，得到神明的喻示，喻示我如果与后代交合，必遭雷殛天谴。”

万山飞寒说这些话时，语气悠然，倒好像不是在说一个灭绝种族的存续秘事，而是在讲述一个古老的传说故事。

但这样悠然的语气，依旧让洛雪穹听得惊心动魄。

仿佛为了排解这种恐惧，她忍不住问道："那，是不是我们雪晶族，永远不可能再现当年的盛况？"

"我本来也这么以为，"万山飞寒话锋一转道，"但女儿你知道吗？我数千年来的努力，就在今天，终于看到成功的希望了！"

说到这里时，原本神态幽沉的万山飞寒，忽然间满脸放光，整个人都变得十分亢奋！

"什么……成功的希望？"洛雪穹有些不安地问道。

"你知道'寒光洞'吗？"万山飞寒牛头不对马嘴地反问道。

"寒光洞？女儿知道啊，"洛雪穹低头想了想道，"这寒光洞在圣女峰的西北，还在翡月谷更北面，向来也是我灵山圣门中的禁地。这寒光洞大部分洞壁覆盖冰雪，但洞最深处却有一处阳热温泉，终年沸水翻腾，热气如雾。怎么，爹爹难道在寒光洞那里……"

"对！没错！"万山飞寒兴奋叫道，"我在寒光洞里，藏了一个对我族复兴的关键之物。"

"关键之物？"洛雪穹一脸茫然地看着父亲。

"你现在知道了，"万山飞寒道，"当年为父侥幸食得紫髓玉芝，才能在无边魔火中存活下来；当时那紫髓玉芝还剩一点，你知道为父拿它干了什么？"

"干什么了？"洛雪穹心中的不安感越来越强烈。

"我用它救'活'了一具雪晶族男子的尸体！"万山飞寒激动叫道。

"救活了尸体……"洛雪穹苦涩地咀嚼着这几个字，心中的不安开始变成恐惧。

"对！"万山飞寒叫道，"等为父吃完紫髓玉芝的时候，整个雪晶族除我之外，全都死光了！但你爹爹多聪明？刚能活命，就想到了日后种种可能，便把即将失效的紫髓玉芝残渣，喂给了一个刚刚死去的雪晶族人。"

"我叫他'阳尸'。他保持着男子应有的'活力'。后来我把他放在冰封洞穴‘寒光洞’里，泡在特殊的冰晶水液里。

“这个阳尸，为父可不是随便找一个来保存的；当时我就看出，他竟是罕见的‘纯阳正体’！

“和为父不同，他这样的纯阳正体，只要和太阴灵体结合，便能繁衍出无数雪晶族子孙，而且子女之间相互结合，还不会受到近亲婚配的不良影响！”

说到这里时，万山飞寒心情亢奋、语气急速，根本没有让洛雪穹插话的机会。

“女儿啊，上次你应该已经听到了，你就是那个千百年难得一见的‘太阴灵体’啊！

“哈哈！不枉我费尽千辛万苦选出你的母亲生下你。要知道你母亲可是数千年来，血脉中雪晶族成分最多的女子！

“为父还要告诉你，那个纯阳正体的‘阳尸’，经过数千年的培育，今天去看了，已到了状态最佳之时！

“所以女儿哇，今夜就到了你和他大婚洞房的日子！”

“什么？！”这一下，洛雪穹大惊失色，如堕冰窟！

“要女儿和一具尸体婚配？我不要！”那么刚强的少女，这会儿立时便哭出声来。

“那可由不得你！”万山飞寒脸色一变，狰狞说道，“我知道这事你听起来很难接受，爹爹懂！”

“但没办法，事关雪晶族繁衍再造，可由不得你。

“我再问你一句，你是否愿意乖乖地跟我走？”

“不愿意！”洛雪穹哭着叫道。

“由不得你了！”万山飞寒蓦然翻脸，突然出手，霎时间冰光闪耀，一张由冰绳雪索组成的罗网应手生发，朝洛雪穹当头笼罩！

洛雪穹大吃一惊，本能地想拔剑相抗，但她的功力和万山飞寒相比差得何啻万里？

更何况万山飞寒说翻脸就翻脸，洛雪穹指尖还没碰到剑柄时，整个人就已经被冰雪罗网当头罩住了。

紧接着万山飞寒口中急速念咒，很快罗网的冰绳雪索上伸出无数尖细的冰刺，十分精准地扎入洛雪穹的关节穴位中。

被冰刺一扎，洛雪穹瞬时昏迷，再也没了任何抵抗的可能。

“起！”

随着万山飞寒一声大喝，这张寒气森森的冰雪罗网，便裹着洛雪穹，离了地，跟在万山飞寒的后面朝门外飞速移去。

不过，就在出门的一刹那，万山飞寒心中一动，蓦然停了下来，回头跟屋里那个呆呆愣愣的女儿说道：

“筝儿，三天后，蟠泽叔叔就要带你去嫁给狂禅了。你高兴吗？”

“嫁给狂禅……”坐在榻边的少女，神色毫无变化，依旧呆呆愣愣，机械说道，“三天后，去嫁给狂禅，筝儿高兴，筝儿高兴……”

“嘿嘿！”见得如此，万山飞寒放下心来，便懒得再多说一句话，操控着冰雪罗网就把洛雪穹带出门去。

夜色茫茫，万山飞寒和冰网中的少女，一前一后，飞速移动，很快就下了山，消失在西北方的莽莽雪山里。

万山飞寒出门了许久，洛雪筝都保持着木雕泥塑的样子。不过半晌后，她忽然间浑身毫无征兆地颤抖起来。

她抖得如此厉害，就跟打摆子一样，不仅浑身发抖，连牙齿都嘚嘚嘚地上下敲击个不停。

剧烈的颤抖，来自极度的恐惧。

而她甚至连颤抖都没来得及平息，便霍然站起身，飞快地跑出门外去……

西北大雪山的寒光洞，本就是晶灵族传说中雪晶族分支诞生的地方。

在雪晶族古老的神话中，太古诸神时代，神州西北大雪山中，有最精髓的冰雪灵气，历经十万年后，凝成雪晶族的祖先“雪母”。

女体雪母游荡雪山之中，来到这寒光洞时，在冰洞的最深处，发现了一处散发热气的温泉。

雪母与温泉阳热之气相交融，便诞生了后来的雪晶族。

所以万山飞寒将阳尸贮藏寒光洞中，不是没有道理的。

一来他这是应了雪晶族由寒光洞诞生的传说，起码有个好兆头，多点心理安慰；二来阳尸在冰晶水液池中保存时，也能同时受到阳热温泉之气的熏陶，保持他的纯阳之体。

当万山飞寒把洛雪穹带入寒光洞时，洞中早已阵列了三十六名灵山圣门的精锐弟子。

三十六为天罡之数，灵山弟子便按天罡星宿之位站立，人手一把雪亮利剑，组成了威力强大的守护剑阵。

在剑阵的后面，还有一道防线，便是那个甲胄如火的血灵穹将。

战力强大的神秘不死战将，此刻默然伫立，手提一根烈火熊熊的长槊，冷冷地看着这一切。

当万山飞寒入洞，剑阵立即分向两边，待其通过后，又向中间一合，发一声喊，再次组成了冷厉肃杀的天罡剑阵。

在寒光冰洞的最深处，阳热温泉前正有两个高台。

左侧那个高台上，有着用水晶石凿成的水池，其中盛着明晃晃的冰晶水液。

右边的高台和它高度相同，台子边缘有汉白玉雕成的围栏，地上有冰雪花纹环绕的八卦图，明显便是年代久远的祭台。

左侧高台的冰晶池中，此刻正有一个雪晶族的男子，整个人囫囵地泡在池水中。

他的样貌，很"年轻"，有着纯正雪晶族特有的雪白长发，长发飘散于水液里，如同散落的水草。

不仅是发色，那略微尖耸的双耳，还有在大陆诸族中极其俊美的容颜，都在昭示着他是冰雪般纯净轻灵的雪晶族。

作为"阳尸"，于冰晶水池中保存，按理说此处应该保持极寒，事实上现在水晶之液中，也浮着无数闪亮的碎冰，昭示着水池寒冷的温度。

但奇就奇在，在这样冰雪环绕的水池里，却有热气从他耳、鼻、口五窍中冒出，永不停歇，让他头颅所在的地方"咕噜噜"不断冒着热气泡，形成了类似冰与火交织的罕见奇景。

本来寒光洞乃是天然的冰晶溶洞，但这时候无论洞壁、洞顶还是那两座高台，全都张灯结彩，挂着无数红灯笼，贴着大红的“囍”字。

虽然鲜红与雪白、冰蓝底色搭配，还算好看，但如此反常的陈设，却还是让人觉得好生诡异。

不过万山飞寒显然不这么想。

当他来到洞穴深处，看到满眼的红灯笼和红囍字，便对着冰雪罗网中闭目昏迷的洛雪穹叫道：

“穹儿，你看，爹爹对你有多好？这里多喜庆、多热闹啊！”

“当然，红灯囍字，也不仅为你一人所设；若你们今天交合成功，便是我雪晶族二次重生之日！”

“如此大喜之日，普天同庆，本门主自然要好好布置！哈哈哈！”

狂笑数声后，万山飞寒不再迟疑，一挥手，冰雪罗网便裹着洛雪穹，飞向寒光洞最深处的阳热温泉上。

被温泉热气一冲，冰雪罗网倏然融化。

就在它们彻底融化前，又有一团雪白的光芒从万山飞寒掌中发出，化作一朵白云，飞到洛雪穹下坠的身下。

这朵白云稳稳地托住少女的身形。

当她下降到温泉水面时，白云便向四面铺开，如同一条覆盖在温泉表面的雪色毛毯，让洛雪穹轻轻地躺在了上面。

热气不断从温泉中冲出，便让云光托举的少女，微微地上下动荡。

很快，温泉的热气和周边的寒气相融合，形成了迷蒙的云雾，逐渐笼罩住洛雪穹的身形。

这时候，只见万山飞寒又念了几声咒语，便有无数冰雪应手生发，转眼飘到温泉上的迷雾中上下飞舞。

在万山飞寒令人震惊的精妙操控中，云雾中的少女身上衣物，已被全数割成碎片，如蝴蝶般散碎飘落温泉里。

美妙的少女胴体，再没有一丝衣物遮挡。这时便幸亏周身笼罩的迷蒙云雾，否则真是春光大泄了。

这之后，万山飞寒朝外面大喝一声：“护法！”

霎时间，天罡剑阵寒光一闪，所有人都举剑向外，满心戒备；血灵穹将的烈焰长槊，也高举直刺天空。

喝令之后，万山飞寒便在祭台盘腿而坐，开始念咒作法。

随着他佶屈聱牙的咒语声，渐渐有无数雪线冰丝从他身上生发，如细密的蛛网一样飞向高台冰池中的阳尸。

很快，雪线冰丝便从各个方向扎入阳尸身体中。

被冰丝雪线一扎，本来一动不动的数千年古尸，竟好像被刺激得有了生气，忽然间四肢开始展动，眼珠开始转动，只是眼皮还没能睁开。

万山飞寒激发的冰丝雪线，也不仅仅如针灸一样刺激阳尸的生气，还如同提线木偶一样，将他从冰晶水液中提起，慢慢地移向洛雪穹所在的位置。

很显然，这样的操作十分精妙细微，不能有任何的差错。

于是不仅阳尸移动得极为缓慢，那驱动作法之人万山飞寒，以他功力之高，脸颊额头也渗出了黄豆大的汗珠。

就在阳尸慢慢移向洛雪穹的过程中，这浸泡冰晶水液数千年的怪物，竟慢慢地睁开了眼睛。

这时候便看出，他的眼睛竟是血红色，还闪耀着奇异的血光，如同猛兽恶魔，十分瘆人。

很显然，万山飞寒用秘术作法，正是想驱动阳尸与洛雪穹交合。

人间惨剧，即将发生。

这时离他们最近的护法者血灵穹将，相比平时，忽然有了些变化。

她似乎不再冷漠木讷，这时候一会儿看看外面的剑阵，一会儿又看看高台和温泉这边的变化，好似对正在发生的事情，有着直觉的关注，但一时也弄不太清楚。

而为了接下来"繁衍大业"更好的效果，这时候万山飞寒也逐渐撤去了让洛雪穹昏迷的法术。

于是，仍被束缚在温泉上方的少女，转脸看到那千年阳尸朝自己飞来，而且一双血目直勾勾地看着自己，便惊得花容失色！

虽然刚才昏迷，但洛雪穹何等冰雪聪明，这一清醒，哪还不知道正发生着什么事？

如果不出意外，接下来这可怕的千年阳尸，就要扑到她赤裸的胴体上，破了她的身了！

一想到这，洛雪穹的心情简直比死还要难受！

片刻间她便泪流满面，凄厉地呼喊道："爹爹，爹爹，你不能这样！女儿不愿意！"

"嘿嘿。"万山飞寒只是冷笑一声。

要说起来，洛雪穹确实是万山飞寒的亲生女儿；但此刻他的心中，满腔都是光复雪晶族旧日荣光的心思，哪还有一丁点心情听洛雪穹的求情？

听她哭叫，他反而一皱眉，手中还加紧了作法。

于是那阳尸移动的速度越来越快，眼中迸出的血光也越来越炽烈。

见得如此，洛雪穹心如死灰。

洛雪穹想到自己被爹爹掳来，苏渐那些伙伴并不知情；这灵山圣门上下也都是父亲的人，今晚自己看来在劫难逃。

这一刻，预感到自己惨绝人寰的命运，冰清玉洁的少女虽然哭声渐轻，但双眸中却流出血泪来！

冰雪震而色变，骨肉悲而心死！

泣之以泪，加之以血！

就在这千钧一发之间，忽然间外面那天罡剑阵中，竟是一阵骚动！

"怎么回事？"手中保持作法的同时，万山飞寒往外面一看，却见是和女儿一同上山的那几个年轻人，正冲了进来。

"吓！"万山飞寒还没真正见过苏渐等人出手，一看是他们，不由得一声蔑笑，"呵，几个乳臭未干的小娃娃，就凭你们，也想捣乱！"

他的心情丝毫没受影响，就当苏渐他们不存在，继续专心自己的作法。

只是，随着一声清唳，幽暗洞穴却忽然被照得灿烂辉煌；阵列如林的剑阵上方，蓦然有一只神焰朱雀翱翔！

圣门的精锐弟子们，正惊恐地看到，传说中的南方不死神鸟，正焰羽缤纷，神光四射，在他们头顶往来翱翔。

鲜红的光焰驱散了无边的黑暗，转眼间无数流光火焰如暴雨般坠落，朝他们当头笼罩！

许多毫无防备的灵山弟子，霎时间被火焰击中，顿时惨呼连连。

炽烈汹涌的朱雀怒火，让灵山圣门的人惊慌恐惧，但这光辉让洞穴深处已经绝望的少女看见，却如同久旱终逢甘霖，立时流下了喜悦的泪水。

“他终于来了……就知道他一定不会丢下我……”

苏渐陡然发难的星流术攻击，的确让灵山弟子手忙脚乱；不过这些人毕竟训练有素，虽然刚开始有些慌张，但很快便稳住阵脚，展开反击。

源自雪晶族一脉的御剑术，瞬间发动。无数利剑的光影腾空而起，环绕着锋锐呼啸的冰霜雪轮，朝展翅翱翔的不死火鸟飞去。

原本安心施展“炽焰光羽”的苏渐，一见冰雪剑阵袭来，不得不操控着神焰朱雀星流术特有的“千羽幻光翼”，在无边剑雨中上下翩飞，躲避致命的攻击。

本来万山飞寒看到冲天而起的神焰朱雀，有些心惊，但很快感知到这样的情形，便蔑笑一声，继续专心施术。

只是，剑气纵横的寒光洞里，忽然间又响起一声凄厉的狼嚎！

还没等众人反应过来，又听见野猪的怒吼、毒蝎的嘶叫！

寒冰奔狼、撞山野猪、幽路天蝎，加上神焰朱雀，这些放眼整个神州都难得一见的星流绝技，这一刻在茫茫大西北的荒山洞穴中，一齐绽放灿烂的光芒！

恍惚间，洞穴深处的洛雪穹，已觉察到这些熟悉的声响和光辉。

本已彻底绝望的少女，这时候不由得泪水汹涌而出。

泪流满面之际，她忽然想起那少年曾跟别人说过的一句话：

“我，和你不同；因为，我有朋友……”

因为这一句话，万年冰洞中冰与火、绝望与恐惧交织煎熬中的少女，感受到一丝难得的安宁和温暖。

天罡剑阵，固然威力无穷，但又如何能和神州顶级的星流术抗衡？

冰雪交织成的罗网，在短暂的僵持之后，便被闪耀星辉的星流化身打破。

这时对苏渐他们而言，最重要的是时间。因此突破天罡剑阵之际，他们只求速度，不求杀伤；以快打慢之时，那些灵山剑士最多被他们撞到一边，很少有人受伤。

神州顶级的绝技，若只用来突击，效率可想而知。

一时间，朱雀翱翔，冰狼纵跃，猛猪奔腾，天蝎甩尾，苏渐、雷冰梵、唐求、亚飒转眼摆脱天罡剑阵，呈四象星宿之形，朝万山飞寒这边猛扑过来。

万山飞寒作法之际，察觉到天罡剑阵已破，却不慌不忙，依旧专心作法。

“能破得天罡剑阵，也算得天下英豪。只是就算这样又如何？血灵穹将就是你们勾魂夺命的阎王！”

心念动时，一直沉默的血灵穹将果然猛地一振手中烈火长槊，厉啸一声后，将长槊猛然一荡，便立即激发出一道两三丈高的烈火之墙，朝苏渐等人汹涌而去。

任何战技，到了最高境界，并不在于形式如何华丽。

对现在的雷冰梵等人来说，如果只是普通的火灵法术，根本不能拿他们怎么样；但世间之事，最怕量变变成质变——

当酷烈无比的火墙汹涌而来时，他们立即感受到滔天火焰中炽烈无比的焚心之意！

法术与其属性相克的雷冰梵，一见这火势，心说不好，立即收了寒冰奔狼的星流术，往旁边就地一滚，以狼狈无比的姿势躲到了一角。

只有远离了火气熏人的火墙，来到这冰冷潮湿的寒光洞角落，雷冰梵才稍稍觉得舒适。

而法术为阴冷幽暗冥系属性的亚飒，更是不堪；眼见火浪焰墙压顶而至，不用自己主动收功，那幽路天蝎的化形如同冰雪一样，被蓬勃的火意一烤，顿时消融不见。

失了星流术光甲保护的少年，“啊”的一声惨叫，那手臂脖颈裸露的皮肤已被烤得火红，剧烈的疼痛瞬间直入骨髓。

这时，倒是撞山野猪唐求，别看平时亚飒对他多有看不起，这时却毫不犹豫，仗着野猪化形的皮糙肉厚，强忍着炽烈火意，“嗷”一声嚎叫，猛地往旁边一冲——

他拼着后背被吞吐的火苗不断舔舐，抱住受伤的亚飒拼命往远处逃。

直等脱离了危险，唐求这才收起星流术化形，将手中抱着的阴冷少年放在一边，哇哇地喊疼，嘶嘶地抽气。

见得如此，平时对他挺看不上眼的亚飒，也忍不住低低道了声："唐兄，多谢……"

当他们暂时脱离了危险，再回头看向战场时，却大吃一惊！

原来，面对滔天的焚心杀意，苏渐却没有和他们一样选择暂时逃离；熊熊吞吐的火焰里，本来能逃得最快的苏渐，却拼尽所有残存的灵力，将神焰朱雀的光焰激发到最大的喷吐距离！

面对无边的火海，苏渐也不是没有过犹豫。

死亡降临，这丝犹豫，完全值得谅解，因为无论是谁，都有着天生的逃生本能。

但这样完全值得谅解和支持的迟疑，却只持续了一瞬。

少年眼角的余光，正看到可怕的阳尸，悠悠朝雪穹压迫而去。

只是这一眼，就让他已经本能要选择退缩的身体，刹那间充满了无穷的勇气。

勇气压倒了恐惧，猛然间神焰朱雀的光焰冲天吞吐，在无边的火海中扬起了它骄傲的头颅。

朱雀不死！

凤凰涅槃！

当勇气战胜了恐惧，情意消退了惧意，少年的朱雀化形仿佛化身烈火中涅槃的凤凰，在死亡的火海上凌风狂舞、笑傲自雄！

见此情景，本来傲视敌手的血灵穹将，却忽然产生了一丝惧意。

这惧意就好似瓷器上的裂纹，不诞生还好，一旦出现，立即不断扩大，在平静的表面下消解本来浓烈无比的战意。

万山飞寒恐怕死也想不到，自己用恶魔秘法邪术铸就的不死战将，其绝强的战力，到头来却逼得苏渐在生死一线之间，悟得极品星流术"神焰朱雀"的真义：

无所畏惧，浴火重生！

于是即使带着焚心杀意的火墙依旧汹涌而来，苏渐却借朱雀化形从容飞舞，然后在漫天璀丽绚烂的神羽焰光中，轻轻地伸出一支冰蓝雪亮的剑锋——

这场景，十分诡异，本身已是美学的至高境界，因为它竟将世间画师终生求之不得的“绚烂归于平淡”的至高境界，竟在同一个时空中一齐显现。

最华丽的神焰朱雀光影中，血歌剑就这样简单无比地刺出，却如同挟着山河之势，逼得血灵穹将不得不拼尽全力举槊抗击。

“叮”，清越低微的金铁交鸣声中，天界神将一般的血灵穹将，瞬间被击退好几大步，扑通一声坐地不起！

虽然击败了血灵穹将，苏渐却也消耗不小。

无论星流术还是血歌剑技，都在迅速抽干他的灵力。

即使如此，苏渐还保持着清醒，给自己对万山飞寒的最后一击，留下了足够的灵力。

这时雷冰梵三人也冲了上来。

灵鹫学院中并肩作战的四人组，再次聚齐，朝万山飞寒作最后的突击。

炫丽的法术剑光，汹涌而至，即使万山飞寒这样力量渊深之人，也不得不分神抵抗。

本来全力操控阳尸的雪线冰丝，忽然分出数十缕，掉头朝苏渐等人的攻击卷去。

这时阳尸的去势，不由得一滞。

抵挡攻击的雪线冰丝，看起来柔弱，虽然尽力组成一张冰雪罗网，但总感觉在苏渐他们冰火风雷的攻击下，不堪一击。

但很快他们就发现这种想法大错特错！

万山飞寒的冰雪之网，看起来单薄软弱，但众人的攻击一旦接触，却发现如同泥牛入海，势头在冰雪罗网中很快消逝无踪。

刚开始他们还没反应过来，拼尽全力继续攻击；但很快他们便发现了万山飞寒的用意：

他此刻不仅要挡住他们，还要消耗掉他们所有的力量，以待他之后的反扑。

察觉到这一点，苏渐几人非常震惊。

这时候，不能再容得半分的留手。苏渐和雷冰梵、亚飒、唐求相视一眼，各自心中会意。

于是他们全都搜集凝聚起身体中最后残存的灵力，用各自法系中的最强招，打出了最强力的一击。

刹那间，寒光洞中烈火奔腾、冰雪狂舞、冥火流窜、乱石凌空，一齐朝冰雪罗网猛击。

“砰”，在一声不符合想象的闷响声中，冰雪罗网终被打破，瞬间消融无形。

只是这时候，苏渐几人也十分心惊地发现，自己身体里的灵力，已经所剩无几。

不过，万山飞寒其实也好不到哪儿去。

刚才一直操控阳尸，灵力已经消耗颇多；现在用心魂操控罗织的冰雪之网，又被打破，对他也造成了一定的反噬冲击。

因此，别看表面他依旧不动声色，但看到苏渐几人提着刀剑冲过来时，也忍不住暗暗心惊。

之前打得那么热闹，万山飞寒对阳尸的操控一直没有停止。但这时，一直在朝洛雪穹移动压迫的千年怪物，速度已经变得很慢。

所有这一切，其实发生的时间极短；从苏渐他们冲进寒光洞到这时，也只不过片刻的工夫。

就在这样极短的时间里，整个寒光洞里最煎熬的人，却非洛雪穹莫属。

从彻底的绝望，到看到一线生机，再极力捕捉到苏渐那边突进的动静，为其顺畅或阻滞，或喜或悲，这片刻的工夫对洛雪穹而言，真有如一生那么长。

而且，这样的过程绝不能称得上愉快；这时那阳尸已经快移动到她的上方，已经开始在横移的同时，向她不断地压迫——那双眼血红，喷射着炽烈的欲望之火！

见得如此，冰清玉洁的少女，简直生不如死！

但不管如何，她现在已经看到了希望。

虽然惊人的灵觉让她感应到苏渐他们也接近油干灯尽，但毕竟万山飞寒消耗也颇大。

这样，四人对一人，总还是有些胜算。

很显然万山飞寒也意识到这一点，脸色变得有些苍白。

很快，苏渐几人就各执兵刃，逼近到万山飞寒近前。

谁知道，就在这最紧要的关头，却听寒光洞门口一阵大乱，紧接着脚步凌乱，有无数人涌进洞来！

察觉到这样的剧变，苏渐一回头，却见竟是范清声、蟠泽带着一大帮人，越过东倒西歪的天罡剑阵弟子，朝这边冲来。

“哈哈哈！”万山飞寒忽然仰天狂笑，“几个乳臭未干的中原小贼，还想坏本门主的大业？清声吾徒、蟠泽长老，你们来得正好！”

他恶狠狠地盯着苏渐四人，咬牙切齿地吼道：“替我杀了他们！”

“是！”范清声自一进洞，跑得最快，这时已第一个奔到他们这几人近前。

听得这命令，他立即举起那柄沉重的梅花锤，猛地横扫而去！

“砰！”一声沉闷的巨响霎时响起，紧接着就是“啊”的一声惨叫，凄厉非常。

第六十六章

狼骑天降

"你、你怎么会——"

没有人能想到，从容端坐祭台的万山门主，这时却被范清声一锤横扫，打落祭台，重重地摔在地上，一句整话都说不出，口中只是不住地吐血！

而失了他的操控，那阳尸往旁边一歪，"扑通"一声掉进温泉池里，顿时被热水烫得"嗷嗷"怪叫。

洛雪穹身上的束缚也随之解脱，她立即飞身一跃，跳出温泉池。但她此刻体力极为虚弱，刚一落地，便"哎呀"一声，歪倒在地。

这时她的所有神智和体力，只能让她做一件事：用水灵法术给自己编织一条冰雪的裙衫，在遮蔽胴体的同时，也让刚才被温泉熏热的心神降温。

"怎么会这样?!"看到眼前这突如其来的乱局，别说别人了，就连苏渐也没弄明白这究竟是怎么一回事。

争斗之中，完全没有解释的空闲。那万山飞寒被击倒之后，虽然满脑子都是疑惑和愤怒，却根本无暇质问，立即运起残存的功力，升起一面护身的冰盾。

也不用他多说什么，整个寒光洞里，这时候已经打成了一锅粥。

让人吃惊的是，那些一起涌进洞来的尊龙教徒，竟然也倒向了范清声；随着他一锤横扫万山飞寒，他们立即开始攻击那些灵山门徒。

蟠泽有心站在万山飞寒这一边,没想到刚一展动身形,早就重点盯着他的范清声,竟然双眼霎时变得碧绿,手中的梅花锤泛起碧莹莹的火焰,脱手朝他猛击!

变起突然,蟠泽哪避得过早有预谋的范清声?而稍一接触,蟠泽吃惊地发现,范清声铜锤上此刻爆燃的绿焰,竟是恶魔之火!

如果说神州大陆上,有什么法术最能克制龙族,认真说起来,主要还数魔族的秘术。

而范清声不知从哪儿获得的恶魔火焰,还恰好专门克蟠泽这样的巫龙族。

当然,明眼人一看就知道,这绝不是巧合。

蟠泽的臂膀顿时就被魔火炙伤,但还有件事情比锥心的疼痛更让他惊恐。

“是谁在背后指使操控范清声?

“魔族不是早就被我族镇压封印了吗?

“范贼这恶魔之火,绝不是普通魔族能掌握的。难道、难道……”

一时间蟠泽满心惊恐,根本无心恋战,立即幻动身形,朝寒光洞外飞速逃去了。

见他跑掉,范清声只是冷哼一声,并未追赶。

眼见寒光洞中生此剧变,就连最先进来“闹事”的苏渐几人,也禁不住目瞪口呆。

苏渐来不及看清场上局势,一见洛雪穹挣脱倒地,立即几个箭步纵跃过去,将她扶起,靠在了自己的身上。

这时雷冰梵和亚飒、唐求,也立即奔到近前,在他二人身前立定,各执兵刃向外防御戒备。

就在他们救下洛雪穹这会儿工夫,骤起发难的范清声已经掌控了洞中局势。

尊龙教徒早就暗中倒向范清声,而在场的灵山圣门本门弟子,包括洞中原有的三十六位天罡剑阵弟子,一时看不清形势,便没什么士气。

毕竟,虽然范清声暴起发难,但他也是威望颇高的圣门大弟子,在教中人脉基础不可小觑。而最近万山飞寒种种行事颇为诡异，也让在场的圣门弟子们浮想联翩。

因此，范清声如此犯上作乱，却并没有激发圣门弟子多少战意。

见得如此，重伤倒地的万山飞寒，心寒之余，也不禁有些后悔。

他想到，自己所做的一切，都为了五六千年前的雪晶族东山再起；本来想着，这事情听起来匪夷所思，便想先自己做着事情，等到了合适的时候再向全体门徒宣布解释。

没想到，这决定却让范清声有了可乘之机。

到这时，万山飞寒还以为，只是范清声犯上作乱而已。苏渐几人稳住了阵脚，看清了场上局势，也和他持同样的观点。

“真走运！”看着洞中局势，苏渐心中充满庆幸，“幸亏遇上他们教门内讧，否则今日之事，还不知道是凶是吉。”

正在心中想时，他便感觉到，本来扶着靠在自己肩上的少女，忽然螓首一滑，倚靠到他胸前怀里。

本来苏渐还以为洛雪穹是力竭昏晕，不过很快他就发现不是，因为少女在自己胸膛前的倚靠，明明非常有力。

见得如此，苏渐微微有些脸红，不过手臂却环绕过去，将少女更好地挽在怀里。

“雪穹是筋疲力尽，心中也十分害怕吧。”对少女的行为，他心里这样解释。

他却不知，洛雪穹刚才经了那一遭，心情已如同在炼狱中走过一回。

不知死，焉知生？此刻她更清楚了自己想要的究竟是什么。

于是她用力地倚靠在苏渐的胸前，宛如绕树的藤萝，将这个充满活力、正义善良的少年，当成此生不变的大树和靠山。

当乱局已定，万山飞寒已成困兽之时，忽然从那寒光洞的暗影中，又轻轻地走出一人。

“筝儿！”

看到黑影中轻轻巧巧走出的少女，万山飞寒先是一惊，再看看少女脸上生动的神色，他心中忽然不安，甚至开始恐惧。

当洛雪筝走出，刚才心狠手辣的范清声，却回身向她拱手一礼，朗声说道："少主，范清声不负所托。"

"有劳范师兄。"洛雪筝微微屈膝，一个万福，十分得当地回了个礼。

见二人如此，万山飞寒对发生了什么，心里还不跟明镜似的？

不过他这时还不死心，朝洛雪筝叫道："筝儿，怎么不乖乖地待在自己房里？过不了几天，爹爹便把你嫁给龙族的大英雄！"

"呸！"洛雪筝啐了一口，一开口便打碎万山飞寒的幻想，"万山飞寒，你不配为人父！"

平素活泼纯真的少女，这时候却一脸愤怒，说话毫不留情！

当看到万山飞寒还面露犹疑，洛雪筝一指苏渐几人道："还想不明白？你竟然为了一己之私，舍得抽取亲生女儿的魂魄，操纵女儿嫁给残暴的龙族。你却不知道，姐姐的朋友们，已帮我找回魂魄了！"

"而且今日你在我房中，当我的面掳走姐姐，欲行这人间惨事，我洛雪筝可是听得一清二楚！我便去找范师兄帮忙，阻止你的暴行！"

"好好好！"到得此时，万山飞寒别无他言，只是惨笑一声道，"筝儿啊，你为了自保，为了救姐姐，行行行，都说得通；那范清声——"

他转脸看向自己向来倚重的宝贝徒儿，不甘地问道："我的好徒儿，为师可曾薄待于你？为什么你也要背叛我？为什么！"

"只为胸中正义。"范清声傲然说道。

"哈？"万山飞寒看着他，摇了摇头，"就你？"

"真是知徒莫若师父。"范清声忽松弛了表情，哂然一笑，"那就告诉你真正原因吧。师父啊，这很难想得到吗？毕竟，她们代表未来啊！"

说此话时，范清声并没指着任何人，但万山飞寒对这个"她们"，已经完全理解了。

"好，很好。"至此万山飞寒已经心死。于是刚才勉力维持的冰雪护盾，也顿时烟消云散了。

"我的好穹儿、好筝儿，"他用一种古怪的语调说道，"不愧是我的好女儿啊，你们的心机好深啊。"

"嗯？"无论洛雪筝还是洛雪穹，都对他这话莫名其妙。

“别装了。筝儿，看来你不惜以美色诱惑，让我最忠心的大弟子为你所用。”

“穹儿啊，你更了不起啦，才出去三四年，便勾搭了四个一等一的中原才俊，回来帮你夺权。”

“唉，原来他们都是星流术高手啊，我、我早该想明白的……”

“爹爹……”如果说刚才洛雪穹姐妹，都对万山飞寒充满了仇恨，但这会儿，却是满心的悲哀。

洛雪穹这时候也终于恢复得差不多了，便站起身，面朝着万山飞寒，既是同情又是悲伤地说道：“你，真的想错了。我们没什么心机，也没什么预谋。”

“如果要说有什么理由，那真的不过‘自保’二字而已。

“你怎么到现在还不明白？今天这所有的一切一切，都是你逼我们的啊。”

“呸！”万山飞寒猛地喷出一口血水，怒叫道，“还想骗我？始终记住，你们吃过的米，还不如我吃过的盐多！”

“再说了，你以为我恨你们？大错而特错！我万山飞寒乃是不世之雄，能看到俩女儿把阴谋诡计耍得这么顺溜，哪会生气，高兴还来不及！

“只是你们，要小心范清声这人。我看着他长大的，他那点心胸肚肠，我看得一清二楚。”

“老门主！”范清声叫道，“没有你这么当面说人坏话的。”

“我说错了吗？”万山飞寒斜着眼睛看着他。

按理说这时候，他已到穷途末路，毕竟刚才范清声打他的那一锤，蓄谋已久，里面已经带上了恶魔的秘术。但这时候，当他头一昂，眼一横，范清声却忍不住激灵了一下，打了个冷战。

“好好好！”范清声定了定神，反而笑了起来，“老门主啊，本来我还想留你一条命，但现在看来，你这老家伙不死，总是我的心病。”

“范师兄，你要干什么？”洛雪筝吃惊地看着他。

“小师妹，不是要杀了他吗？”范清声看着她，温柔地说道。

“不不不！”洛雪筝连连摆手道，“别杀他，毕竟他是我和姐姐的父亲！”

“可不是我的!”刚才温润如玉的大师兄，猛然翻脸，厉声大叫道，“来人，把万山老贼给我杀了!”

话音刚落，那些尊龙教徒便蜂拥向前，要将万山飞寒乱刀砍死。

“范清声!”这时洛雪筝已经惊得说不出话来，却是洛雪穹厉声大叫道，“你真想造反吗?!”

“就是造反了!”范清声神色狰狞，恶狠狠叫道，“小的们，斩草除根，凡是万山家的人，一个不留!”

这句话刚说完，他就斜身扑向已经惊呆了的洛雪筝。

一边扑时，他一边阴恻恻叫道：“我的小师妹啊，刚才我说到‘未来’，其实，这未来该是我的才对啊!”

眼见他挥锤如风，扑近洛雪筝，就要当头砸下，千钧一发之际，却从旁边伸出一把剑来，“当”的一声，将他的梅花锤荡开。

“什么人?!”见有人能一把剑器就将自己的沉重铜锤荡开，范清声猛吃一惊。

“我。”一个比冰雪还冷的声音从他身旁响起。

范清声一个激灵，转脸一看，却是那位银发飘飘的紫衣冷峻少年，持一把冰雪环舞的利剑如风攻来。

不用说，惊险至极时救下洛雪筝的，正是天雪皇子雷冰梵。

此刻他那把“快雪时晴剑”，攻势连绵不绝，似江河奔泻，又如雪舞千山，将功力着实不凡的范清声，霎时就困在了原地。

这时苏渐等人，也各执兵刃，和那些尊龙教徒战在了一处。

本来作为灵山圣门最强力的青年弟子，范清声一身武技已能称得上横行天下；但这会儿被剑术超群的雷冰梵攻击，却只能堪堪抵挡，没有了进攻余力。

不过范清声，果然是西北枭雄万山飞寒一手调教出来的好徒弟。一看雷冰梵难缠，他抵挡了几招之后，立即逼迫灵力，催动从尊龙教那里学来的恶魔秘术。

霎时间，阴冷幽碧的魔火瞬间喷发，不仅解了雷冰梵剑招之围，还将他生生逼退了一两丈。

“还等什么?”一有余暇,范清声顿时朝那些尊龙教徒大叫道,“尊使们,还不使出你们真正的绝技?”

听得他这叫唤,那些尊龙教的精锐们,各自相视一眼,也不隐藏了,全都施展出魔族特有的战技秘术来!

原来,那实为魔族黑暗国师一手成立掌控的尊龙教,对西北这灵山圣门竟是非常重视;前来渗透的尊龙教徒虽然人数不多,但竟是人人都会魔族的酷烈战技。

这一下,寒光洞中魔火乱窜,苏渐、雷冰梵等人顿时吃紧。

“灵山弟子们!”眼看局势不妙,洛雪穹冲着那些不知所措的本门弟子高声叫道,“不管我姐妹和门主有何冲突,这范贼勾结魔族作乱,人人得而诛之,你们还不动手?!”

被她这样一叫,那些愣愣呆呆的圣门弟子们,全都清醒过来!

“对啊!”反应过来后,他们立即大叫道,“杀叛贼! 杀魔族! 保护少门主!”

于是,刚才跟随着一起进洞的灵山圣门弟子,全都挥起刀剑,朝范清声一帮人杀去。甚至先前和苏渐他们敌对的天罡剑阵弟子,这时也终于明白了大义所在,顿弃前嫌,结起剑阵,朝范清声这伙人冲杀而去。

寒光洞中,顿时再次陷入乱战。

很快,这战火就从洞内杀到洞外,整个寒光洞外的冰山雪谷,都成了生死鏖战的战场!

本来范清声这一伙人少,并不占优势;但可惜寒光洞远离主山,范清声处心积虑,没让洛雪筝带来几个本门弟子。

况且范清声的对手,无论是天罡剑士还是苏渐、洛雪穹这些人,在先前的战斗中,都已经斗得两败俱伤,精疲力竭。

如果说在单打独斗中,苏渐他们还能勉力抵挡一阵,但面对范清声和魔族武士的冲击,就显得力不从心了。

很快,看似人多的圣门弟子们,就大多被打散;尊龙教徒们得以更集中地包围和追击苏渐这些人。

更要命的是,面对这些追兵,苏渐等人已经觉得很难抵挡,那范清声却还不耐烦，觉得战斗拖延时间太长，便利用圣魂神卫的技能，操纵了那个被大家忽视的血灵穹将。

当不死战将的烈火长槊横扫而来，本就强弩之末的苏渐等人，便再难抵挡了。

于是他们很明智地放弃了抵抗，把逃离此地当成了首选。

而在做出如此决定之时，洛雪穹犹豫了一下，还是把那个已经垂死的万山门主，一并带走。

在冰天雪地里奔逃，本就狼狈不堪，这时候还下起了雨。

冷冷的冰雨，打在众人的脸上，让人不仅体寒，还很心寒。原本就跑不快的雪地，一落冰雨，更显得潮泞不堪。

虽然天落冰雨，一视同仁，但很显然范清声他们更适应这天气，追击的步伐一点都没落下。

整个追逐的过程中，两方人马始终接触；那些忠于洛雪穹姐妹的圣门弟子们，拼死抵抗，一路抛下越来越多的尸体。

一路奔走，终于来到一条绵长狭窄的谷道。

这条谷道当地人称为“雪肠谷”，指其雪谷道路弯曲绵长，宛如盘肠。

“快冲过去！”一见雪肠谷，洛雪穹抹了抹脸上水渍叫道，“只要通过这里，离雪母峰就不远了。只要到了雪母峰，我便能召集圣门弟子，诛杀叛逆！”

“好！”苏渐应了一声，看了看形势，又叫道，“你们先走！我和冰梵、亚飒、唐求他们断后！”

说着话，他们几人便在队伍最后拉开架势，想要拼尽最后的力量，为洛雪穹她们争取尽可能多的时间。

见他们如此，别说洛雪穹姐妹了，那些残余的灵山圣门弟子，眼中都流下热泪来。

他们此刻全都想到，这些中原来的少年，果然侠肝义胆，虽是外人，却义无反顾，为他们争取时间，不顾个人生死。

感知这一点，那个被两位圣门弟子抬着的万山飞寒，心中比任何人都要震动。

垂死之际，他忽然想到了一个可能：

“是不是我谋划了好几千年的事情，却是错了？否则为什么到头来，我万山飞寒众叛亲离，只剩下自己迫害的亲生女儿不计前嫌，将自己的残躯带走？

“而我痴活几千年，竟比不上穹儿小小年纪结交下这几个过命的英雄豪杰……”

想到这些，万山飞寒一阵心悸，想也不想便拼尽残力叫道：“穹儿，把我扔下吧，我不想再拖累你们了！”

“不。”洛雪穹一脸肃然，摇了摇头，“我不能让你落到叛贼的手里。”

“……唉。”万山飞寒叹了一口气，闭上了眼睛。

虽然得到女儿一个比较温暖的回答，但万山飞寒的心却变得更加悲凉。

他知道，他的时代，已经结束了。

当他们这行人逃入离雪母峰不远的雪肠谷道时，那范清声却并不着急。

“嘿嘿。”看着消失在谷中的人影，他冷笑一声，自言自语道，“你们以为快逃出生天了？却不知道这雪肠谷，就是你们埋身之地。明日起这谷道可以改名了，就叫棺材谷！”

说罢他一挥手，便带着尊龙教徒们冲进了雪肠谷。

到了最后关头，洛雪穹这方的人全都铆足了劲，如同回光返照一般，不是拼尽全力阻挡追兵，便是拼命地护着洛雪穹姐妹往雪肠谷另一头出口跑。

雨越来越大，狭窄的雪肠谷道里流光飞舞，剑气纵横。

舍生忘死时，歇斯底里的呐喊声，在雪谷两边的坡道往来回响，逐渐变成了某种不真实的奇怪声响。

当它们和嗖嗖的雨声混杂在一起，在很多人的耳里，这本来从自己口中发出的声音，最后却变成好像是从九幽炼狱传来。

这时苏渐四人已是强弩之末，已经在过度燃烧自己的体力抗敌。

事实上，这时候他们真要感谢那些灵山圣门死忠的弟子，是他们不畏生死地朝那个血灵穹将冲击，用生命为苏渐几人施法争取时间。

灵鹫学院的严酷训练，以及这一年多来的生死考验，终于在苏渐四人身上体现出成果。

每一次都好像到了绝境，没有了任何体力和灵力，但他们却总能发出冰与火的法术、冥与土的阻击。

但这样的情形已经支撑不了太久。

冰冷的雨夜里，在法术光华的映照下，他们已能看见范清声那张阴狠的脸，离这边越来越近。

不过苏渐他们几人的殊死搏斗，果然为洛雪穹姐妹争取到足够的时间，百忙中苏渐回头看看，便看见己方队伍的最前面，已经快冲出了雪肠谷。

“太好了！”心中喜悦之时，苏渐偶然回过头一瞥，却正看见范清声脸上的轻松神情。

“呃？”看到他的表情，苏渐心里咯噔一下，本能地便觉得不妙。

恰好就在这时，却听得身后谷口猛地发出一声巨响！

苏渐闻声回头一看，却见是一块巨石从谷口雪坡滚落，正巧堵在了狭小的谷口。

“完了！”苏渐只看一眼便明白了，原来范清声心思深沉，来时早有定计，叫人掐好时机，用机关滚落巨石堵住出口。

这一来，连傻子都能看出来，对于弱势的洛氏姐妹一方，已是瓮中捉鳖之局。

“投降吧！哈哈哈！”冰雨中传来范清声的狂笑怪叫，“你们后路已经被截断！现在投降还不晚，还能赏你们个全尸！”

“休想！”苏渐挥剑斩断一个冲近的尊龙教徒手臂，大叫道，“要跟你这欺师灭祖的叛贼投降，下辈子都不可能！”

说着话，他便急运灵力，朝范清声怪叫声传来的方向，打出一个火球。

只是强弩之末，再加上冰雨浇淋，苏渐打出的火球只飞出不到一丈远，便嘶然而灭。

见得如此，范清声笑声更狂；苏渐回头望望，见自己这一方的灵山弟子们人人面露绝望之色。

“罢了，今日事已不可为。”苏渐叹息一声，跟自己几个兄弟说道，“咱兄弟几个，相识一场，没想到就要断送在这西北的雪谷中。怎么样？咱大好男儿，既逢末路，也要杀个痛快，大伙儿跟我杀过去吧！”

“好！”一贯阴郁的亚飒，闻言也瞪大眼睛叫道，“天道不公，世事无常！好好好，我们兄弟并肩杀个痛快，也无憾了！”

“杀杀杀！”唐求挥锤大叫，就要头一个往前冲。

“慢！”没想到这时候，心性最冷酷坚毅的雷皇子，却是一摆手，阻住他们道，“别急，再等等。”

“等什么？！”唐求着急地大叫道，“已是死路，再不前冲，弱了势头，连个赚本的机会都没有了！”

“谁说是死路？”没想到银发飘飘的皇子，却朝谷道两边的雪坡望望，一副好整以暇的样子。

“你这是什么意思？”唐求大叫，却没等来雷冰梵的进一步回答。

这时范清声见对面依然没什么动静，顿时心头火起，朝前方猛一挥锤，恶狠狠大叫道：“既然不识抬举，那待会儿就男的鞭尸，女的奸杀！兄弟们，给我上！”

一声令下，那些尊龙教徒们便怪啸连连，手持冒着恶魔绿火的兵刃，山呼海啸般朝苏渐这边冲来！

范清声和血灵穹将也混在人潮之中，朝苏渐这一方做最后的冲击！

很快，两帮人便接触在一块，开始了最后的厮杀。

如果这时候有谁能在雪谷两边的制高点朝下观看，便会对苏渐他们的命运一目了然：

范清声的人马精壮、人员稠密，洛氏姐妹一方困顿疲敝、人员零落，所以最后的结局如何，已经毫无悬念。

“都到这时候了，你还在等什么？”这时连苏渐都忍不住质问雷冰梵。

“嘘。”雷冰梵拿手指竖在嘴唇前，“你们听——”

“听？”苏渐侧耳听了片刻，却只听得见谷中震天的喊杀和雪雨纷落的声音。

正疑惑间，他却忽听到一声响亮的号角声，竟从头顶的天空传来。

他吃了一惊，仰脸一看，却看到高处的雪坡上，不知何时忽然出现一个白袍武士，正在朝夜空吹响长长的牦牛号角。

此刻夜色凄迷，冰雨凌乱，倏然出现的吹角武士，在暗淡光影的映衬下，如同一个光怪陆离的剪影，让许多目睹之人觉得，这可能不过是梦境中的幻影。

只是当他们短暂愣怔后，想低下头重新投入战斗时，却看见在嗡嗡的号角声中，两侧的雪坡顶端，一齐出现无数的黑影。

"嗷——"随着一声凄厉的狼嚎，无数声狼嚎汹涌而至，淹没了沉闷的号角声，也让范清声等人的心一齐向下沉去。

很快，蹄声如同骤雨般密集响起，坡顶无数的黑影瞬间冲下，杀声震天！

当这些奇怪的骑士冲到半途，还在谷底的众人便看到，无边冰雨里，正亮起无数幽绿光芒的眼睛！

"是狼，是雪狼——是狼骑！"谷底有人立即失声大叫。

"冰梵？"这时苏渐也用询问的目光看向雷冰梵。

"对。"雷冰梵点了点头，依旧一副好整以暇的表情，"是我幽州麾下雪狼骑。唉，看来还是战备松弛，早已布置，却还来得这么晚。"

"不晚不晚！"这时唐求几乎要喜极而泣，"来了就好！来了就好！妈呀，刚才差点吓死了，还以为今天真要死在这里了！"

眼见转危为安，唐求立即朝对面大叫道："范臭贼，投降吧！现在投降，还能落下个全尸！"

听得他的叫声，范清声脸色煞白。

虽然偏远，但大雪山毕竟还在天雪国辖下；对于雪狼骑的威名，范清声怎么不知？

而虽然眼下自己这方占着优势，但毕竟双方打了这么久，都精疲力竭，只能说双方比惨、对方更惨而已，这时候如何能经得起雪狼骑这样生力军的凶猛冲击？

"完了！"范清声脑子里冒出这念头，但口中却大叫道："兄弟们，快快！

鼓鼓劲再冲一把,抓住洛家姐妹当人质,我们还有一线生机!”

战场上瞬息万变,作为属下完全没有自我思考的余地。一听范清声这么说,本就凶悍的尊龙教徒和范清声的亲信们,顿时发一声喊,凶悍无比地向前冲杀。

只是,雪狼军居高临下,飞奔而来,其势有若山崩。

很快,那些头脑还有些清醒的人,便知道范清声刚才所言,完全就是个笑话。

当凶狠的雪狼骑猛冲而下,很快范清声这帮人便崩溃了。

冰冷的雪雨中,迅猛的狼骑往来冲突,威武的骑士手挥雪亮的战刀,将一个个顽抗到底的尊龙教徒头颅割下。

而更多的范清声一派之人,则是被巨大的雪狼骑直接撞倒践踏,一命呜呼。

眼见事不可为,范清声愤恨之际,却并没有上前冲杀,而是趁着人仰马翻的乱战之际,操控着血灵穹将,悄悄地迂回前进。

战局纷乱,这时短兵相接,失了先前那么多法术的光辉,雪肠谷中已变得十分昏暗。

所以当此最后决战之时,一时竟没什么人注意到范清声的异动。

当然,看眼前这一边倒的架势,留给范清声的时间实际非常短。

但对于这样狡诈隐忍的人来说,就这片刻的工夫,已经足够了。

而这时,看着战局突变,己方援军到来,形势一片大好,本来处于雪肠谷最深处的洛氏姐妹,也奔回身来,想加入这最后的决战。

毕竟,她们之前憋了那么久的闷气。

但她们却不知道,就在幽暗冰冷的角落里,却有人将她俩作为最大的目标。

很快,当洛雪穹和洛雪筝二人,仗剑冲到雪肠谷中段,正要加入剿灭残敌的战斗时,却冷不防不远处雪坡弯道里,突然红光一闪!

还没等她们来得及反应,血灵穹将鲜红如火的身形倏然出现,紧接着手中那柄烈火长槊迸发出猛烈的火焰,朝洛氏姐妹二人迅猛砸来!

眼见烈焰迸现,洛雪穹第一反应,便是将妹妹朝旁边用力一推,然后一挥月神白虹剑，一道月白色的寒冰剑气应手生发，朝血灵穹将的烈火长槊扑去。

寒冰剑气，也只能将荡来的长槊稍稍一挡；借这个机会，洛雪穹往旁边一跳，躲过了烈焰的锋芒。

只是才堪堪躲过，血灵穹将手一翻，已经挥过头的长槊竟然往回一钩，间不容发地朝洛雪穹腰间打去。

这一下洛雪穹实在没余力抵御了，只得狼狈无比地就地一滚，勉强躲过了横扫的长槊。

而倒地之时，浴火的长槊几乎紧贴着她鼻尖扫过，直把洛雪穹吓出一身冷汗。

虽然躲过这一必杀之击，洛雪穹此刻已经倒地不起；要是血灵穹将紧接着攻击，她便再难幸免。

这一刻，苏渐等人离得太远，而洛雪筝虽然离得近，以她的功力想挡住血灵穹将，只是痴心妄想。

于是，当见到血灵穹将扑到自己身前站定，居高临下地举起长槊往下砸时，洛雪穹已是万念俱灰。

闭眼等待片刻，洛雪穹却没有等到长槊刮来的风火之气。

“怎么？此时砸下，不是顺理成章的吗？”洛雪穹怀疑地睁开眼一看，却发现燃火的长槊，只在自己上方三寸处悬空停住。

“怎么回事？”同样的问题，不约而同地升起在洛雪穹和范清声的脑海里。

“怎么会这样！”见此情景，范清声很是吃惊。

身为圣魂神卫，他对血灵穹将有着十分可靠的操纵能力；他完全不怀疑，此刻洛雪穹会有什么能力控制住血灵穹将的动作。

吃惊之时，他立即加大了操控的力量。

于是燃火的长槊，又往下压了一寸。

但也仅此而已。

燃火的长槊，再次停住。

这时候，洛雪穹已看出，血灵穹将明显在跟操控她的那股力量，做着痛苦而坚决的对抗。

槊在颤抖,手在颤抖,她的整个身躯都在颤抖。

洛雪穹完全可以想象,此刻面罩后面血灵穹将的脸上,一定布满了冷汗。

虽然不知道血灵穹将为什么突然帮她,但洛雪穹立即反应过来,双手撑地,平着身子向后爬,想从压低的燃火长槊下逃出来。

见得如此,范清声不再犹豫,立即放弃了操控血灵穹将,而是奋力掷出手里的梅花重锤,朝洛雪穹当头砸来!

范清声本就蓄意偷袭,虽然刚才是操控血灵穹将,但自己的位置离这边已经足够近。

对他这样的人物,在这样一两丈的距离上飞出梅花锤,要砸中洛雪穹这么大的目标,结果毫无悬念。

于是虽然这时候苏渐等人摆脱了尊龙教徒,努力朝这边奔来,却也只能眼睁睁看着沉重的梅花锤,朝少女的螓首头颅飞去。

有些胆小之人,这时候已经不敢再看,闭上了眼。

"嘿嘿!"眼见洛雪穹必死无疑,范清声冷笑一声,"我看你死了,如何继承这灵山圣门!"

正当他得意扬扬、苏渐等人如丧考妣,却冷不防那血灵穹将,挥起一槊,就将范清声砸来的梅花锤磕飞。

"怎会这样!"范清声这一惊非同小可!

要知道作为圣魂神卫,他对血灵穹将再了解不过了;他心想,经过了魔族邪术改造后,这血灵穹将不应该是毫无自己的主张吗?怎么刚才拒不履命,现在又主动磕飞梅花锤?

"好好好!那我自己来吧!"

范清声也真叫凶悍,虽然心中大惊,却毫不犹豫,口中念咒,手下掐诀,很快便在手中凝聚起一把碧焰熊熊的魔刀。

而他的周身,这时也布满一层鬼火一样的碧焰,显然已经将恶魔之力遍布全身。

有了恶魔之力的加持,范清声飞身扑近洛雪穹的速度极快,就连苏渐、雷冰梵这样眼力极好之人，也只看到一片绿影飞闪。转眼间，那范清声就挥舞魔刀杀到洛雪穹近前。

所有这一切，其实都发生在电光石火之间。当范清声激发恶魔之力扑近，以洛雪穹的身手，甚至还没来得及起身。

在这千钧一发之际，却依旧是血灵穹将挥起燃火的长槊，将飞蹿的绿火碧影挡住。

这一下，范清声也动了真火；他现在已经完全明白了，今日要杀洛雪穹泄愤，首先就要把这失控的傀儡战将给除掉。

于是，他立即将恶魔之力提升到最高，整个人都向外喷射着灿烂的绿光，那碧焰魔刀上更是蒸腾起无尽的煞气，人刀合一，朝血灵穹将奋力扑去。

而在如此攻击之时，范清声为保万无一失，在飞扑的过程中还念动控制咒语，让那血灵穹将不要抵抗。

虽然先前不知道出了什么问题，但控制傀儡战将的魔族秘术毕竟千锤百炼。

所以血灵穹将在凭借原本残留的意志，对抗范清声控制之力时，承受着巨大的痛苦。

不要说本身就是失去主观灵识的傀儡了，这时候就是换了其他高手，恐怕也挨不过这样的煎熬。

在某一刻，看着飞扑而来的"主人"，血灵穹将也想到了放弃。

但当她越过飞蹿而来的绿影，看到地上那少女柔弱无依的惊惶表情时，她动摇的内心却仿佛坚定了。

第六十七章

一代女主

于是血灵穹将不再畏惧，不再犹豫，也拼尽全身所有灵力，甚至以燃烧生命为代价，挥起长槊，燃起红焰，朝那迅猛无比的碧焰魔刀奋勇迎击——

只听“轰”的一声，代表炽烈真火的长槊和幽暗魔焰的碧刃，碰撞在一起，激发出惊天的巨响。

当不可一世的魔刀被挡住，没有任何留手的范清声，很快就被过度驾驭的魔火反噬。

无处宣泄的恶魔碧焰，被炽烈真火一挡，马上毫不犹豫地掉转头，朝激发它们的主人扑去。

“怎么会这样?!”当初垂涎恶魔之力的范清声，眼看着无数骷髅形状的碧色魔火反扑而来，顿时欲哭无泪，心中充斥着恐惧。

但这时已容不得他有任何反应，因为不仅魔刀之火，连他周身激发的护身魔火，也一齐掉转头，呈现千百个碧火骷髅之形，朝他身上反噬！

很快，范清声整个人都燃起熊熊的碧火。刚开始他还发出凄厉的惨叫声，但很快就没了声息，不到片刻工夫，整个人就被焚成了灰烬！

而这时候血灵穹将也没好到哪儿去。

恶魔之力何等强大？虽然火槊真焰阻挡住了大部分恶魔碧火，但毕竟还有不少穿透了烈焰，透进她的血甲，侵入了她的要害部位。

于是挺立的战将，几乎在范清声灰飞烟灭的同时，轰然倒下。

而洛雪穹这时，看着倒下的血灵穹将，仿佛得了某种神奇的感应，忽然悲从中来，整个人都沉浸在一种彻骨的悲伤里。

她立即扑上前，抱住奄奄一息的血灵穹将，用手轻轻地揭开她的面罩——

"……娘？！"

一声呼唤，颤抖着喊出。洛雪穹此时心中想到的却是，先前乱战中，有几次差点杀死自己的母亲。

洛雪穹大恸，泪下如雨。

在场众人，面面相觑。

谁能想到，雪甲军之首的血灵穹将，竟实为万山门主之妻、洛氏姐妹之母洛玉心？

这时苏渐和洛雪筝等人已经奔近，雪狼骑兵们也点起了熊熊的火把。

作为最熟知不死军团原理的人，苏渐目睹此景，忽想起万山飞寒对洛雪穹所说的"母已远行"的托词，便蓦然心悸。

而洛玉心被最爱的夫君操控，魂魄疏离，虽然身仍原地，心魂已远，谁能说"母已远行"的托词没有道出实情？

只是如此真相，一想起来不免惊心动魄。

苏渐忍不住回头，看了看那个靠在远处雪坡上奄奄一息的万山门主，心说你为了所谓大业，竟能对妻子、女儿下此毒手，你和你们晶灵族痛恨的恶魔，又有何异？

这时弥留之际的洛玉心，因为垂死，那被操控的灵魂终于恢复了一丝清明。

她仰躺在地，看着咫尺之遥女儿泪流不止的脸，神色已变得安宁。

"穹儿……筝儿……看到你们成人，娘很欣慰……

"我、我很高兴……终于能对抗内心的黑暗……没有杀死自己的女儿……"

"只是……"她的脸色，终于现出一丝悲伤，看着洛雪穹的眼睛，"你已经是大姑娘了，娘却看不到你成亲的日子了……"

这时，洛玉心的瞳孔已经开始放大，眼神开始涣散；虽然她还看着女儿，但视线的焦点已经飘向遥远的远方。

她自言自语的呢喃，听在洛雪穹耳里，也如同从渺远的天国传来：

“穹儿……你的夫君将是谁……将来你们会生几个孩子……他们、他们还知不知道有个叫‘洛玉心’的外婆……”

“娘！”忽然间，一个清亮的声音，在洛玉心的身前响起。

“……”洛玉心身躯一震，已经飘向远方苍穹的目光，立即拉到近前。

她看到，熊熊的火光里，一个英武不凡的少年，正挽住女儿的胳膊，有些羞涩地看着自己。

“岳母，”凄风苦雨里，英俊少年这么喊着她，“岳母，我叫苏渐，华夏国人士，勋号散骑将军。其实我与雪穹早已私订终身，一时没来得及告诉您……”

“好、好、好！”洛玉心凝视着少年，拼尽最后的力气，扬起头连叫了三声好，然后便颓然后仰。

当平躺于地，感知到最后时刻即将到来，洛玉心的心中一片平和宁静。

冷冷的冰雨，自穹顶落下，并不因她是垂死之人，就变得轻微柔和。

但在这样的凄风苦雨之中，洛玉心却如同置身春风细雨。

此生一幕幕美好的时刻，在她的眼前闪现。在这一刻，她仿佛回到了当年红梅树下，正拈花一朵，插在女儿的发髻间。

“我，解脱了……”

平静地吐出这四个字，苦难的女子终于安详地闭上了眼。

正是：

冰心如玉最伤神，
冷雨梅花映清魂。
长恨悲别双儿女，
谁记春风旧笑颜。

亲娘逝去，洛雪穹姐妹自然泪飞如雨。

待她们稍稍止住悲声，苏渐便上前，想跟洛雪穹解释刚才事急从权，只为安慰苦命的母亲。

不过当他才开口，洛雪穹却摇了摇手，示意他不必多言，然后便深深一礼，道了声“谢谢你”。

这时雪肠谷中的战斗，已经接近尾声。

区区数十名交战过半的尊龙教徒，如何是龙精虎猛的雪狼军精锐对手？

很快他们便战败，但并未束手就擒。这些已被深刻洗脑的邪教教徒，在包围圈中高喊着“魔族万岁”，便集体自尽。

尘埃落定，很快那雪狼军的将领，就奔过来跟雷冰梵拱手禀道：“殿下，幸不辱命，邪教徒已一网打尽！”

“很好。”雷冰梵点了点头，便转脸朝苏渐他们叫道，“苏兄，你们过来，我跟你介绍一下新部属。”

“他叫‘昭武长风’，”雷冰梵指着面容刚毅的英武青年，跟众人道，“是丝绸故道昭武九国之一的石国王子。”

“长风见过诸位。”先前石国王子已从雷冰梵口中，知道了他这几位好兄弟，便不敢怠慢，连忙跟众人见礼。

见他如此，苏渐几人也连忙回礼。

寒暄几句后，苏渐心中一动，开口问道：“昭武兄，恕我直言，小弟乃华夏玄武卫之人，颇知你们石国遗民，在天雪国中无分贵贱，全被编在劳役营中。此制至今仍无改变，怎么今日你却能统领雪狼骑来援？”

“全赖皇子殿下恩典。”昭武长风地朝雷冰梵躬身一礼，然后对苏渐说道，“当日在龙境中，我有幸与殿下相识。后来殿下执掌幽州，我石国劳役营正在幽州境内。”

“殿下宅心仁厚，不忍我石国之民受劳役之苦，多有照顾，更是将我破格拔擢，升为幽州雪狼军的校尉。”

“原来如此。”苏渐点头笑道，“看昭武兄英伟不凡，一表人才，雷兄他是惜才之人，如何肯放过？”

“说起来，”苏渐想了想，又若有所思道，“我在灵鹫学院课程中学过，其实药杀水旧地的昭武九国，地处丝绸之路要冲，向来与我中原华夏之国友好。”

“那时商贾往来，我华夏与昭武九国互通有无，尤其和贵石国臣民商贸往来，最是和谐融洽。

“可恨后来残暴龙族入侵，不仅我中原故国遁守西域，你们石国旧地药杀水流域，也被兽龙国所占。上回我深入龙境，曾在苦盏城遭遇兽龙城主迪傲思，差点遇难。

“说起来，苦盏城当年可是你们石国的第二大城呢，现在却成了兽龙国的城池，想来真是可恨！”

“苏大人所言甚是！”本来带着儒雅之气的石国王子，提及此事却变得咬牙切齿，“我石国本与华夏之国通好，多受中原礼教沐化，诸族正是和谐。”

“谁知恶龙入侵，鹊巢鸠占，丝绸故道，今成险路，礼仪之邦，翻作兽穴。每每想来，我石国子民上下，正是日夜切齿不已！”

“昭武兄此情，小弟感同身受。”苏渐叹息一声，便慨然说道，“今日雷兄已露亲善之意，我苏渐与众兄弟，在华夏国中也算身兼微职；今日之后你我勠力同心，争取早日打回老家去！”

听得此言，在场众人稍一沉寂，便立即振臂高呼，大叫“打回老家去”！

见得此情，雷冰梵颇有感慨，又十分激动，心中连道“民心可用”。

也许别人不知道，但雷冰梵自己心里十分清楚，他一直以来要努力达成的事业，十分艰难，十分曲折，几乎是不可能之事。

以他坚毅冷峻的心性，也偶尔会有忐忑和沮丧；但这一刻，在这个冰雨凌乱的荒山雪谷里，看到这些表情振奋的人们，他却获得了前所未有的鼓励。

因为在这一刻，他终于知道，自己心中这个目标，原来并不是他一个人所有；‘我道不孤’，仅仅这四个字，便让他在无边黑暗的前景中，看到一丝最宝贵的亮光。

当破除了万山飞寒的逆行，铲除了范清声这样的叛徒，灵山圣门终于恢复了安宁。

风波初定，自然有许多善后的事宜，不过这就不用苏渐他们操心了。

就在三日后的清晨，苏渐正立于梅苑外侧悬崖的边缘，面对着莽莽群山，静静地沉思。

此时天光未明，雪山东方的苍穹仍是一片黑暗。

这些天来，已发生太多的事。灵山圣门中固然掀起滔天的风波，但对苏渐来说，更让人惊心动魄的，却是已经逃走的蟠泽所说的那一番话。

“他说的，会是真的吗？

“巫龙之王撒菩勒伯，真当过我的师父?!

“这、这怎么想都不可能!!”

思绪翻滚之时，苏渐遥望黑暗中的群山轮廓，只觉得胸中积郁难平。

黎明前的黑暗里，苏渐就这般静默无言；此时那剑灵血歌姬，以妖娆女子的形态，在一旁悄然侍立。

俄而东方既白。朝阳的红光，如同血色的利剑，瞬间刺破了万里黑云。

旭日东升，朝霞漫天，整个雪母峰东方的层层群山，也仿佛在晨光初临的那一刻，一齐苏醒。

壮丽雄浑的雪山晨光，引发了苏渐无尽的遐想。

近年来所发生的种种事情，在他心头如走马灯般闪过。

半晌过后，静默中的少年忽有所感，怦然心动。

“我懂了!”他忽然仰天大叫，“任凭红尘扑面、凡俗万千，原来只要明知本意、不忘初心，我便是灵心之主、万境之王!”

一念通达，心意奔腾，苏渐蓦然张口，仰天长啸。

啸声滚滚，傲临群峰，吞日漱霞，不可一世!

随着啸声，近处一座雪峦忽然崩塌，尔后这雪崩如同传导一样，由近及远，有如浪奔。

当此时也，少年啸声振聋发聩，荡气回肠，那旁边侍立的血歌姬便沉默无语，神色复杂。

作为太古的煞灵，上回在灵魂战场的交锋中，她已与少年结下暂时的契约。

现在她看见少年的心性已臻至此境，便有些发愁，不知何时才能解脱。

啸声停歇，正当苏渐收了血歌剑灵，要返回风来苑客舍用早饭时，却发现洛雪穹正自梅花间缓步而来。

“我听到你的啸声了。”洛雪穹迎着他的目光说道，“苏渐，你的功法心境，又有进展。如果没听错的话，应该已至四重吧？”

“功法境界，不足挂齿。”苏渐一笑说道，“最重要的是，我想明白了一些事。对了，雪穹，真替你开心。”

“嗯？开心什么？”洛雪穹迷惑地看着他。

“替你的心情开心啊，”苏渐笑道，“前些天，别看你也没遇到什么事，但总觉得你眉眼间，有着淡淡的愁容。近几天风波不断，就更不用说了。但我看你现在的样子，纵然还有心事，也为令堂悲伤，却不似前些天那般愁苦了。”

“是吗，”洛雪穹用手掩了掩脸，轻声道，“我的心事，你都能看出来呀……”

“当然，多年老同学了嘛。”苏渐大大咧咧道，“说吧，这么早来风来苑，有什么事？”

“还说呢，”洛雪穹嗔道，“这么早来，不都是被你吵醒的？刚才路过客房，还听冰梵、亚飒、唐求他们抱怨，说你一大早鬼哭狼嚎，扰人清梦呢。”

“啊？这样啊……”苏渐一脸的尴尬。

“噗。”见他吃瘪的模样，洛雪穹忍不住展颜一笑道，“逗你啦。人家找你来，还真有事情要跟你商量。”

“什么事？”苏渐问道。

“我、我想立国！”洛雪穹道。

“立国？”苏渐一愣，立即道，“好啊。”

“怎么，你也觉得可以？”洛雪穹见苏渐这么快地赞同，反倒有些奇怪。

“有什么不可以的。”苏渐认真道，“别以为主张立国的万山飞寒倒行逆施，便觉得立国的念头不可行。其实，你们大雪山僻处西北，天雪国本来就鞭长莫及；无论你们还是晶泊带诸部族，全都群龙无首。”

“我听说了，尤其那些晶泊诸部，要面对来自各方的压力。西方、南方，都是更凶悍的蛮族部落，东南方则是武力强大的大漠国。而更遥远的西部蛮荒里，还有着可怕的凶妖猛兽。匹夫无罪，怀璧其罪，坐拥宝贵的晶泊带资源，你们早该拧成一股绳，团结起来了。”

“可是……”洛雪穹担忧地道，“可是我担心天雪国不高兴，担心晶泊诸部族记仇，还担心我们姐妹的威望不够……”

“你这些担心，都不重要。”苏渐替她一一分析道，“天雪国重心全在东部龙族、南部华夏，对他们来说你们这片基本是化外之地。只要你们立国后，尊他们为上国，则统合诸部，结盟自保，天雪国朝堂高兴还来不及。”

“嗯，”洛雪穹点点头道，“我们本来就定为天雪属国，年年上贡。”

“这不就行了？再说晶泊诸部，你也不用太担心。”苏渐娓娓说道，“在部族前途安危面前，你爹爹干的那点坏事，也不会成为太大的障碍。毕竟大家都要往前看。你们姐妹二人和你们的父亲显然根本不同。”

“嗯。”洛雪穹再次点了点头，显然已经快被少年说服。

“还有，你觉得你们姐妹威望不够？我却觉得，经历最近这些事后，你们姐妹二人的威望已经达到顶点！”苏渐叫道。

“有吗？”洛雪穹奇怪地看着他，“我感觉我们什么都没做啊……一切都是为了自保而已。”

“还什么都没做？”苏渐笑着看着她，“我问你，仗势压人的令尊倒台了没？”

“倒台了。”洛雪穹答道。

“满手血腥的叛贼范清声死了没？”

“死了。”

“民愤极大的邪教尊龙教徒，消失了没？”

“雪肠谷一役，都死光了。”

“残暴龙使蟠泽逃了没？”

“逃了。”

“所以啊，”苏渐笑道，“这些人人愤恨之人，却都因为你们的努力，死的死、逃的逃、倒台的倒台，你说你们的威望高不高？”

听他说到这里，本来没抱太多希望的少女，眼神变得越来越亮。

“再说了，”苏渐道，“我刚才对山长啸，虽然声音大了点，把人吵醒，但却有了个领悟，正好印证你这事情。”

“什么领悟？”洛雪穹好奇地问道。

“那便是，你我都是正直纯良之人，想法也颇明智。这种情况下，只要明知本心，觉得一件事可行，那就去做吧，不用想太多，不会有错的！”

“我懂了。谢谢你。”洛雪穹宛如醍醐灌顶，立即侧身屈膝，向苏渐认真地道了个万福。

“跟我还客气啥。”苏渐大大咧咧地笑道，“我这也只是一家之言。如果你不放心，还可以去找冰梵、亚飒、唐求他们问问。我相信，都是兄弟，他们看法一定和我差不多的。”

“嗯，我会去问问他们的。”洛雪穹嫣然一笑，正要转身回去时，却顿了顿。她忽然想起一事，那粉嫩的俏脸一下子变得有些酡红。

“苏渐……”她的声音忽变得如同蚊蝇般细微。

“嗯？什么事？”苏渐见她如此异样，便有些奇怪地看着她。

“我、我……上回，你怎么说，我们俩私订终身……”少女含羞带怯地说出上回的事。

“哎呀！”苏渐一听，忙不迭地慌张解释，“雪穹，你可千万别介意。那次只是事急从权，我看令堂濒临弥留，不忍她带着遗憾离世，便编出这些话儿哄她。”

“我知道自己说了谎，而且拿你黄花大姑娘说这样的事，真是太过冒犯，真心对不起！”说到这里，苏渐慌慌张张地弯腰给洛雪穹行了个大礼，十分诚恳地道歉。

“……哼！”没想到如此真诚道歉，换来的却是洛雪穹一声冷哼。

不仅如此，苏渐霎时间只觉寒气逼人，杀机扑面，猛抬头一看时，却见洛雪穹面罩寒霜，正手按腰间月神白虹剑，一脸愤怒地瞪着自己。

“啊？！”见她好像下一刻就要拔剑攻击的样子，苏渐顿时傻了眼。

“难、难道我的道歉还不真诚？”他往后连退几步，想了想，立即悲愤地大叫道，“雷冰梵，全怪你！那次你站得比我离伯母更近，却不知眼色，还要我出面，这不，惹得雪穹这冰山女杀神动真怒了！”

这一刻，他终于知道，原来灵鹫学院中那个传说是真的：

如果有哪个不开眼的敢招惹调戏洛雪穹，她真会拔剑杀人！

他现在满心只剩悔恨，悔恨自己为什么直到刚才才认识到这一点。

“要不要驱动星流术保命？”正当他犹豫之时，却忽然惊讶地发现，怒气冲冲、杀气滔天的少女，忽然白了他一眼，便转身飞奔而去。

“吓死我了！”转危为安的少年，拿手拍了拍胸口，望着少女在梅花丛中飞逝的背影，心中欣慰地想道，“看来，我还是误会雪穹了。毕竟，她总顾念着同窗之情、好友之谊，虽然心中恼我胡说八道，终究还是不忍对我动手的。”

他却不知道，飞奔而去的少女，却在心中连连叫道：“苏渐，你个大笨蛋、大笨蛋！你连天地至理都悟得到，军国大事也门儿清，却根本不懂女孩的心思！你、你简直就像唐胖子的星流术——是头猪哇！”

气愤难平地想到这里，苏渐刚才那狼狈不堪的神态，又好像浮现在洛雪穹的眼前。

于是，本来满怀恼怒的少女，却在某一刻，忽然忍俊不禁，“扑哧”一下笑出声来……

问过苏渐的意见后，洛雪穹也去征求了其他三个灵鹫同窗的看法。

本来她一直认为亚飒心思绵密，性情低沉，不至于很快给出答案，没想他却是几人中支持得最干脆的。

一听洛雪穹问询，亚飒立即说道，当然要立国，否则当此乱世，无国可托，就会被人欺负。

不仅如此，他还说了很多，那语气神态已经不只是干脆，而是激烈了。

“亚飒怎么会这么反应？”带着疑窦，她又去问了唐求。

和亚飒不同，唐求的回答在她的预期之内，还是那样的猥琐。

唐求说：“立国好啊，不过，你们女孩儿立国，将来后宫是什么？是不是传说中的面首三千啊？”

看着他流着口水、无尽遐想的样子，洛雪穹忽然有些后悔来问他了。

最后她去问了雷冰梵。

因为雷冰梵的特殊身份，洛雪穹十分郑重地将自己的立国方略详细地说了说。

她特别地强调，设想中的雪晶国，更类似于一个地方联合自保的联盟，还会尊天雪国为宗主国，只是地方自治的制度和天雪国有些不一样而已。

“那就是‘一国两制’了？”雷冰梵听完后，看着她道，“也无妨。你我同窗，可以明说，原本我天雪国重心都在东南，对此地鞭长莫及。你们能统合势力，抵御外敌，倒也不失为一桩美事。”

“真的可以？”洛雪穹还有些不自信。

“可以的。这样，”雷冰梵想了想后道，“之后你们要上一道国书，跟我父皇详细言明种种内情。我在朝中，也会尽可能帮你们说话的。”

“太好了！冰梵，真的谢谢你……”洛雪穹屈身一个万福，真诚地感谢。

“无须言谢。”雷冰梵一摆手，认真道，“其实，这真的是一桩美事。自古传说晶灵族心灵手巧，智慧超群，多能工巧匠。那十大晶海神器中，有不少便由晶灵族铸造。”

“虽然你们并非纯正的晶灵族，但我看你们已经继承了晶灵族的传统。别的不说，你们藏书阁中各种古籍，便极为珍贵丰富。

“你们立国之后，可发挥晶灵特长，制作更多精巧法器灵械。毕竟和龙族相比，我族天生体力和法技，拼不过他们。”

“我会的。”洛雪穹点点头道，“龙族乃是我们共同的敌人，我雪晶国一定会尽绵薄之力。”

“很好。”雷冰梵点了点，不再说话。

直到女孩儿和他告别，他的神色都十分矜持。不过等洛雪穹转身离开后，他看着那摇曳而去的婀娜背影，脸上却露出了灿烂的笑容。

“立国啊，”他自言自语道，“当你成了雪晶国主，便跟我的家世更加般配了……”

尘埃落定，洛雪穹斟酌再三后，终于决定顺势而为，宣布废弃灵山圣门，转而立国，是为雪晶国。

此时国中无人，她锐身自任，担当国主，妹妹洛雪筝则为摄政王。

立国仪典之日前，她向所有晶泊带的部族驰马传信，一来为以往父亲所作所为道歉，二来言明为何立国。

本来洛雪穹还不抱什么希望，没想到包括驼驼族在内，所有的晶泊诸部全都第一时间回信，竟是十分热烈地支持她立国。

原来，对他们来说，晶泊带长年群龙无首，怀璧其罪，夹在众多势力的虎视眈眈中，早就期盼着能有强者振臂一呼，结盟自保。只是先前万山飞寒采用的粗暴轻蔑方式，实在让他们难以接受，这才誓死抵抗。

从这一点也可看出，万山飞寒过于注重武力，已经忘了他最强大的武器，是灵山圣门多年来在雪山地区施惠医人积累出来的好名望。

于是，雪晶国立国仪典之日，驼驼族、戏火族、灵偶族、藤木族等晶泊诸部，全都由部族首领亲自来拜见。

而典礼之上，还天降祥瑞，竟出现日照金山的奇景。

当时洛雪穹正在雪母圣殿前加冕，本来天空雪云密布，没想到在那一刻却忽然云开日出，一缕罕见的黄金色阳光从天而降，将整座雪母峰映照得如同金色的王座。

时人最信征兆，现见女主登位，天现金光，则本来还心怀疑虑之人，全都心悦诚服，不敢再有任何异念。

于是呜呜的号角长鸣声中，金光灿烂的王冠终于落在了洛雪穹的乌发青丝上。

这一刻，无论是灵山圣门弟子，还是晶泊诸部，全都热泪盈眶。

他们知道，当雪晶国立国后，他们结盟互保，将变得更加强大。他们再也不用时时担心被蛮族、凶妖和盗匪袭扰掠夺。

立国之后，洛雪穹颁布的第一条命令，便是拿出灵山圣门多年收藏的珍宝，丰厚抚恤在驼驼族一役中的死难之人。

这一来，晶泊诸部便更加心悦诚服了。

说来洛雪穹姐妹也真叫幸运，立国之后，正头疼父亲用恶魔邪术打造的不死军团如何处置，那苏渐便忽然想起一事。

原来，上次在翡月谷翡翠楼中，离开前苏渐无意一瞥，便推测楼里还有贮藏室，应该放着更多不死军团魂魄的蕴魂瓶。

很快,洛雪穹便派人从翡月谷翡翠楼中取来了所有蕴魂瓶。

让她十分欣慰的是,当不死军团的魂魄归身后,他们所有人都选择了宽恕,仍愿为新成立的雪晶国效命。

毕竟,对他们来说,遭遇的不幸已是事实,那罪魁祸首万山飞寒听说也已垂死,洛雪穹姐妹对他们便有再造之恩。

而身体四肢部分已被金石代替,再回华夏诸国,难免被当成怪物,所以还不如既来之则安之,尽心辅佐英明的女主。

说不定,将来哪一天建功立业,那时衣锦还乡,乡邻的目光可能会有不同。

这样一来,倒也解决了苏渐的一大难题。

本来他来此地,便为了解决悬案。现在的结果,已经大大超出了他的预期,竟然看到受害者们有了一个不错的归宿。当悲剧变成某种程度的喜剧,回去一说,应该是皆大欢喜。

事实上,当苏渐之后回到华夏京华城,详细通报了此事后,那些受害者的家庭不怒反喜,竟个个给他送来重礼。

其实想想也很正常,毕竟对这些父母亲人来说,本来早就以为自己的儿女已经身死,没想到有一天,还能听到他们活着的消息。并且不仅如此,他们还在什么新立国的女王手下,担任精锐的军团之职——这样一来,还不超出他们预期、让他们欣喜若狂?

很快,就有条件优渥的家庭,开始置办行装,购买特产,要带着厚礼去儿女新就职的雪晶国看望他们。那些心思活络的,甚至还带上珍宝,想着要不要给雪晶国的官员送送礼,让儿女的军中前程更光明。

苏渐此行满载而归,雷冰梵也颇有收获。

这时雷皇子已经得知,曾在雪山附近失踪的雪杀组精锐,其实就是被万山飞寒俘获,变成了雪甲军的一部分。

和其他受害者类似,现在这些雪杀组成员,也成了守卫雪晶国的御林军一员。

对此结果,雷冰梵十分乐见其成,毕竟不管怎么说,他在这晶泊带要地的雪晶国中,名正言顺地安插上了自己人。

别的不说，他觉得，让曾经的雪杀组下属经常在女国主面前说说好话，那自己将来对女国主的追求之路，应该会更好走一些吧。

在雪晶国成立的响亮号角声中，重伤在身的万山飞寒，也终于要走到生命的尽头。

加冕已毕，洛雪穹第一件事，就是换了常服，和妹妹一齐来后山密室中看望父亲。

不过不知道她出于何种考量，来后山时，也把苏渐叫上同行。

当他们到达时，擅长岐黄之术的看守弟子便告诉他们，老门主已经挨不过今晚。

听得这消息，再看看床榻上面黄如纸的父亲，则纵使先前有再多的不满和仇恨，这一刻也都烟消云散。

“你们……来了？”听到她们的声音，万山飞寒努力挣扎着转过头，看向她们问道。

什么叫“英雄末路”？眼前就是。

曾经那么不可一世、层层布局的雪山枭雄，现在能做的所有动作，不过就是转头、动口而已。

“来了。”洛雪穹带着妹妹来到床榻边坐下，握住他干枯的手说道。

“刚才……是什么号角声？有、有敌来袭？”万山飞寒担心地问道。

“不是。”踌躇了一下，洛雪穹还是叫出本来已经发誓不再叫的称呼，“爹爹，女儿没有告诉你，刚才，是我和妹妹加冕的仪式。”

“加冕？什么加冕？”万山飞寒一愣，没反应过来。

“你日夜思想的雪晶国，就在刚才，成立了。并且，我当国主，妹妹为摄政王。”洛雪穹平静地说道。

“什么？！”纵然弥留之际，万山飞寒一听也十分兴奋！

本来已经濒死，他这时却忽然红光满面，显然是回光返照的迹象。

见得如此，洛雪穹姐妹满是悲伤。

不过万山飞寒并没有意识到这点。

兴奋了片刻，他神色却很快变得黯然：“女儿啊，爹爹是很想看到你们立国，但这也太心急了吧？天雪国那边什么想法还不知道，晶泊诸部和我们有仇，没征服他们之前，终归是心腹大患啊……”

“都解决了。”洛雪穹看着他道，“爹爹，你不知道，随我回来的人当中，那个银发少年，正是当今天雪国的皇长子。立国前我已征询了他的意见，只要我们认他们为宗主国，现在立国结盟自保的局面，天雪国会乐见其成。”

“毕竟，这样反而加强了他们对雪山地区的控制，以前这里对他们来说，可是如同废土。”

“哈？真的？那太好了！”万山飞寒又惊又喜，一脸的不敢相信。

“还有晶泊诸部，”洛雪穹娓娓说道，“今日所有首领族长，全都亲来拜见。原来他们也早就希望拧成一股绳，对抗那些觊觎晶泊资源的蛮族妖匪势力。只是你先前一味强压，他们不服而已。”

“……”听到这里，万山飞寒虽然仍是一脸惊喜，却变得沉默不语。

他沉默了太长时间，以至于洛雪穹忍不住出言询问时，他才喟然长叹一声。

“唉！是爹爹错了。”将死之人，在自己曾经忽视的女儿面前，进行了真诚的忏悔，“原来，我不仅低估了你们的本事，也高估了付出道德代价，所能获得的成果。”

“而我这几千年来，不知是不是因为从老天爷的轮回下偷生苟活，便受了诅咒，无论换过多少轮妻子，却只能生女儿。

“我看不上女儿，便把你们那些姐姐们，也和我之前对你俩做的那样，当成各种代价，或牺牲，或奉送。结果到头来，却总是烟消云散，没有任何成果。

“那么多回，为父都没有受到惩罚，但这一次害你们姐妹俩时，为父付出的，却是生命的代价。

“我错了，我真的错了。我从来没想到，自己几乎走火入魔一样也没能完成的大计，却在你们这对赔钱货似的女儿手中，接近实现了。”

“你叫苏渐？你来。”忏悔之后，万山飞寒却忽然望向女儿身后那个一直静立的少年，唤他上前。

“叫我？”苏渐还有些发愣，不过反应过来后，他也快步走到万山飞寒的床榻前。

看着和长女并肩站立的英俊少年，万山飞寒眼神热切，打量了良久，便挣扎着，拼尽身体里最后一丝力气，把女儿的手，交到了苏渐的手中。

“你们的事，我同意了。”万山飞寒喜悦地说道。

“什么事？”苏渐有些惊恐，愣是没反应过来。

“哈！怎么？以为我老糊涂了？”万山飞寒脸上带着溺爱的笑容，“上回在雪肠谷中，别看老头子我身受重伤，可你在我妻子面前说的那番话，我还是听得一清二楚。”

“我说什么了？”苏渐直觉着有点不妙。

“私订终身啊！”万山飞寒叫道，“怎么亲口承认的，这么快就忘了？”

第六十八章 梦泽惊雷

“不过就算你俩想瞒我，也不成！”万山飞寒自信道，“我就说了，自打雪母圣殿中，见到你的第一眼起，我就觉得女儿看你的眼神，不一般呐！”

“呃？”苏渐闻言，立即转脸去看身旁的女孩儿；清冷的少女这时却脸一红，扭过脸去，不让他看见自己的表情。

“你、你要好好待她！”弥留中的老父，这时却努力仰起上半身，抓住少年的手厉声叫道，“如果你有负于她，我万山飞寒做鬼也不放过你！”

这一句高喊，仿佛耗光了万山飞寒所有的生命。

只听得“扑通”一声，他仰起的上半身颓然躺倒，当众人再看时，却见他头歪在枕上，再没了任何气息。

这时洛氏姐妹还不敢相信，呆在了当场，还是苏渐轻轻上前，探手在万山飞寒的鼻孔前停了停，然后朝姐妹二人摇了摇头。

“爹爹！”霎时间，洛雪穹姐妹扑在万山飞寒的冰冷遗体上，放声大哭！

对灵山圣门甚或整个神州西北雪域来说，万山飞寒的死，标志了一个时代的消亡。

新时代到来之际，身为新国主的洛雪穹有千头万绪。所以虽然她现在有心随苏渐齐归华夏，却是有心无力。

当告别的日子终于到来，洛雪穹和洛雪筝姐妹俩都各着盛装，亲骑白马，带领着仪仗队伍送别众人。

俏靥娇颜，宛如天宫灵蕊。

水晶王冠，折射七彩辉霓。

依依话别后，宝相庄严的洛氏姐妹，便在仪仗队和各部族首领的簇拥下，目送苏渐等人远去。

这时洛雪筝看看远行的旅人，再看看身边的姐姐，心中便暗暗想："姐姐，你不知道我有多羡慕你；妹妹多么想和你一样，也拥有这样的朋友。"

雪山巍巍，心绪悠悠。

妙龄少女的目光，最后停留在一个人的背影上。

此人英姿挺拔，银发飘飘，那姿态仿佛不受任何天地外物的影响，于一片冰雪中向远方坚定而行。

看着看着，小少女粉荷一样的面庞，忽然间悄悄地红了……她想起来，当突然翻脸的范师兄一锤砸下，自己感觉整个世界都要崩塌时，是这位银发少年一剑飞来，将自己救于锤下。

于是，当最后一直目送雷冰梵的身影，渐渐消失在雪霭烟岚中时，从不知烦恼为何物的少女，心中怅然若失。

"唉。"轻轻叹了一声，少女便转过脸，"姐姐，他们走了，我们也回去吧。"

"嗯。"洛雪穹点了点头，正要拨马往回走时，却忽然停住。

她目视远方，愣了一下，便对洛雪筝说道："妹妹，你带人先回。姐姐忽然想起还有个重要的事情没说。"

话音刚落，她便扬鞭催马，一人一骑，朝苏渐消失的方向疾驰而去。

见她如此，众部族首领面面相觑；不过洛雪筝知道些姐姐的心事，便毫无疑虑，策马转身，朝众人叫道："国主还有事，我们先回。"

豆蔻少女，此时已显出王者威严，这一脆声断喝，众人没有任何疑义，默默地跟着她踏上回程。

这时苏渐和兄弟众人，正往雪野荒原中行。

虽然此行圆满，再无任何遗憾，但苏渐的心中，总觉得有些怅然。

他也意识到，自己这般失落和怅然，很可能是因为和洛雪穹分别。可这样的分别，不是很合理吗？

从大局来讲，洛雪穹成了一国之主，国务繁忙，和自己分别，理所当然;即使从私心来讲,虽然察觉出雪穹对自己有好感,可他已经明确告诉过少女,自己心里只有那位梦中的女神。

所以不管从哪个角度讲,他苏渐都不应该有任何惆怅失落的感觉啊。

但很可惜,这样的情绪偏偏存在;还无论他怎么跟唐求他们说笑打闹,岔开话题,都无法消弭。

正当心中的惆怅越来越纠结,越来越明晰时,他忽然听到身后传来“嗒嗒”的马蹄音。

队伍中,他第一个反应过来;他霍然转身,顿时又惊又喜,脱口叫道:“雪穹,是你!你是来跟我们一起走的吗?”

这句话脱口说出后,他才意识到有多荒诞,连忙自嘲般补充道:“那怎么可能呢?应该是有什么东西落在我们这儿吧。”

“嗯。”纵马而来的少女,听到了他这句话,便点了点头。

“原来真是有东西落下。”苏渐尴尬地笑了笑。

“苏渐,你来。”没想到洛雪穹一下马,便朝他招招手,叫他到旁边僻静处去。

见他二人如此,亚飒几人面面相觑。

“一定是借了钱。”看着二人背影,唐求立即道,“老大肯定跟雪晶国国库借了很多钱,因此咱美女老同学放心不下,赶紧打马过来嘱咐他别忘了还。”

“哪跟哪儿?!”亚飒嗤之以鼻,“洛姑娘是这样小气的人吗?依我看,她一定是来拜托苏渐,让他时刻传递天下大事军情。毕竟雪晶国初立,又僻处西域,一个不好,便是灭顶之灾。”

“哪有这么严重!”唐求不服地叫道,“肯定是借了钱!雷皇子,你来给咱评评理——对了你说应该是什么理由?”

争执不休的二人,这时一齐把目光看向银发少年。

“这……”雷冰梵一时踌躇,并未答言。

其实三人之中,就属他对此事看得最为清楚,所以他此刻口中充满了苦涩之味。

“唉,雪穹,你究竟是怎么想的?”沉默了一阵,雷冰梵心中酸涩地想道，“论人物家世，我哪点比不上苏渐？”

“对，我知道论果敢智谋，我比他还差了一点点，但我家世远胜于他啊！怎么你却心心念念只想着他？！”

“而苏渐这家伙也真可恶！”心中转念时，雷冰梵忽然变得愤怒起来，“苏渐！雪穹已经对你这么好，你却一副嘻嘻哈哈的样子，到底什么意思？你到底喜不喜欢她？好歹给人家一个痛快话儿啊！你这样不清不楚地吊着人家，算什么意思？”

想到这里，他忽然义愤填膺，什么话也不说，便一手按剑，气冲冲地朝刚才二人消失之处奔去。

“你看你看！”见雷冰梵如此，唐求立即叫道，“一定是老大借了钱，雷皇子知道他已经资不抵债，便替洛美人打抱不平，拿剑去砍他了！”

“胡说八道！”亚飒不屑道，“他们肯定是在议论军情，雷皇子忽然想到重要情报，便着急赶去告诉他们！”

吵了两句，这两人好像忽然意识到什么，便一齐闭嘴，跟在雷冰梵的身后，也朝那边冲去。

再说洛雪穹。和苏渐一同走开，便来到一片冰湖前。

雪域寒凉，四季长冬，眼前的湖面一片冰雪，偶尔几处黑洞洞的冰窟，仿佛旷古冰原的眼，既神秘又萧索。

看着眼前非黑即白的景色，洛雪穹纵然刚刚立国，成为女国主，心中却是一片索然。

“我、我舍不得你走。”当苏渐等了她半天，听来的第一句，却是这样近乎表白的话语。

“我也舍不得。”苏渐毫不犹豫地立即答道。

如此之时，如果他再推三阻四，那便显得矫情。

洛雪穹对他的情意，他如何看不出来？

虽然他还不知道雪穹的情意从何时何事何地而起，但这些天来朝夕相处，尤其梅苑对答，则少女的情思缱绻缠绵，如果再看不出来，那他不仅是白痴，还是瞎子。

只是，洛雪穹非常不走运的是，别看苏渐表面嬉笑怒骂，骨子里却极有原则,极重本心。

如果换了个人,正是血气方刚之年,有绝色美少女投怀送抱,哪还管他三七二十一,先答应了再说。

但苏渐不一样。既然心中已认定月歌龙女,尤其还觉得她为自己做了重大牺牲,那怎么能轻易移情别恋呢?心里这道坎儿,他实在过不去。

所以,就在洛雪穹听到他一句“我也舍不得”又惊又喜时,苏渐虽然知道自己这么说很欠揍,却还是跟少女抱歉地说道:“雪穹,我知你心意。对此我很感激。但我的心意,你也知道。”

“你更知道,别看我苏渐行事不羁,手段灵活,但其实是个很愣的人。所以在没有寻到最终答案前,我不能接受你的美意。”

“我懂。”虽然心中失望,鼻子还有些酸,洛雪穹却笑着应道,“我已经很开心啦。你知道吗?我以前还以为你一直不知道我的心意,我真的很难过。现在好啦,我知道你知道啦,我很开心啊。”

“雪穹……”苏渐看着她,神色不忍。

“你别这样看着我。”洛雪穹道,“我是真的开心,真的。苏渐,你知道吗?如果你真的因为我的……我的热情,就移情别恋,那我反而看不上你呢。”

“真的?”听她这么一说,苏渐也有些高兴起来。

“当然是真的!”洛雪穹眼中已有些晶莹闪烁,却笑着说道,“苏渐,你今远行,山高水遥,我二人还不知何时再能相见。临别之前,苏渐,你,抱我一下可好?”

“这……”苏渐有些犹豫,还是张开手臂,将她紧紧地揽在胸前。

当洛雪穹被苏渐揽入怀中,倚靠在胸膛的一刹那,眼眶中早已蕴积的泪水,忽如决堤的洪水般冲出眼眸,肆意奔流。

泪流满面时,她却在心中提醒自己:“忍住,不要哭出声,不要让他在今后的日子里太过牵挂自己,不要影响他做大事。”

只是,虽然没哭出声,她的螓首微微地颤动,苏渐怎么会感觉不出来?

再过了片刻,他又感觉到胸膛一片湿润,便在心里轻轻地叹息一声,将女孩儿揽得更紧。

“啧啧,抱得真紧啊。”

正当二人百感交集、情怀难遣之时,却忽有一个冷冰冰的声音,在二人咫尺之地响起!

苏渐和洛雪穹齐齐一惊,倏然分开,扭头看去,却见正是“老熟人”沧雪!

“不好!”苏渐一见她就大惊想道,“这龙巫女自上回冰崖对峙,被我拿话哄了,一定是反应过来,现在要来杀我了!”

心念动时,他立即拔剑在手,剑锋直指沧雪,如临大敌。

可没想到沧雪根本就没看他,视线直接停留在了洛雪穹的身上。

这时的雪晶国主,俏靥盈泪,犹若梨花带雨,悲情中带些娇羞,正衬得整个人充满一种别样的风情。

“呀!”虽然身为女子,沧雪心中却叹道,“这女子,如此美丽,真是我见犹怜,也难怪苏渐这家伙又搂又抱。”

想到这儿,她心里无名火儿再次腾起,忍不住目视少女,冷冷说道:“好个美艳的女娃,真是我见犹怜。我回去就跟狂禅那个讨厌的家伙说,娶什么洛雪筝啊,还没长开的小丫头!倒是她姐姐洛雪穹美若天仙,正是天赐佳偶!”

“什么!”听她之言,洛雪穹脸色顿时变得煞白,双眸满是惊惶。

苏渐见状,立即大怒,紧握了握手中剑,便要跨步向前。

见他稍动,沧雪略侧了侧脸,笑吟吟道:“苏渐,你想刺我?来呀,看看你能不能刺得中。”

一听此言,苏渐顿时息了强攻之心。

不说别的,他这时候已经记起,轩辕承天曾跟他说过,这沧雪跟轩辕承天交手,竟是不分胜负!

强攻不成,只能智取。

正如以前一直对付她的那样。

这时候,苏渐索性将血歌剑收起,迈步朝沧雪迎去。

他一边走,一边笑道:“沧雪,你说她美若天仙?好吧,她确实还算好看,但和你一比,还差得太远;‘美若天仙’这样的词儿,还是安在你身上才合适。”

“真的?”被他这样一吹捧,心思单纯的天才龙巫女,顿时又惊又喜。

“真的。”苏渐口中应着,已走到了沧雪的近前。

此时的冰雪龙巫女,还沉浸在突如其来的欣喜中,却冷不防靠近的少年,猛地一蹿而起,将她死死抱住!

还没等沧雪反应过来,苏渐已经死死地扣住了她的细腰。

而刚才苏渐乃是急冲过来,很快两人便随着强大的冲撞之力,在地上不停地翻滚,眼看就朝最近的冰窟飞速滚去!

“不——”见此情景,洛雪穹发出撕心裂肺般的呼喊!

她立即飞身向前,想去拉住苏渐;没想到这会儿,那两人已经往冰窟中坠去!

当刚才暴起发难之时,苏渐已存了同归于尽的必死信念;所以当这会儿两人一齐滑下冰窟中时,他内心一片坦然。

“值了。”滑下冰窟之际,他心中欣慰地想道,“既排除了魔头觊觎雪穹的可能,又替人族除去了沧雪这一可能灭族的心头大患,我苏渐此生也算是值了。”

正在心思坦然地滑下冰窟之时,他却忽然只觉得脖子一紧!

还没等反应过来时,便听得身后传来女孩儿凄惶的大叫:“苏渐,你不能死!”

“雪穹!”苏渐不喜反惊,心中叫道,“你为什么要这么傻?这会儿相救有什么用?不是白白搭上你一条性命吗?!”

惊心绝望的时刻,他忽然听到更嘈杂的叫喊声。

他这时候神志恍惚,弄不清冰面上发生了什么事。

他不知道,这时却是雷冰梵、亚飒、唐求恰好匆匆赶到,看到这惊心动魄的一幕立即上前施救,将洛雪穹和苏渐一同拉起。

当苏渐被救起在冰面上,回头再看时,却见黑洞洞中的冰窟中冰水翻滚,任他的目光仔细搜寻,却再也看不见沧雪丝毫踪影。

见她就这样溺水消亡,苏渐心中也有些不忍。

但很快,他便心中一凛,警告自己道:“苏渐你怎么了?她可是最恶毒的敌族，还谋划平息风暴之墙，亡我人族之心不死，正是人人得而诛之！”

“我今日也算替天行道，帮我族解决了一桩大难题，千万不可有任何心软。”

虽然心中如此排解，但一丝不安和惆怅，却在接下来的日子里，始终徘徊萦绕在苏渐的心头。

经此风波，众人终于远去，只留下洛雪穹在雪山主持大局。

当远行的身影在云天雪野之间变成一串黑点，纵使洛雪穹再有不舍，也只能怅然而返。接下来的日子里，在处理军国大事之余，回忆和苏渐的点点滴滴，成了雪晶国女主私底下唯一的乐趣……

就在苏渐等人离开神州西北雪域之时，却还有一人正在雪峰之巅，静静地看着他们远行。

此人正是幽玄。

这时还有一位明显是下属的黑衣人，立在他身边，一起默默地看着苏渐一行人越走越远。

“教主大人，”静默良久，黑衣下属终于开口，疑惑问道，“恕属下愚钝，您为何如此看重这叛师之人？”

“叛师之人？”幽玄冷笑一声，“也要看他叛的是谁。撒菩勒伯，巫龙之王，当今龙之帝国的实际掌控者，这样的师父说叛就叛，你说此子是不是个人物？”

“定然不凡……”黑衣属下讪讪地附和了一句，想了想又道，“属下却曾风闻，那撒菩勒伯曾预言，苏渐今后定会遭遇可怕的磨难，这……”

“崔护法，”幽玄看了他一眼，一改之前跟亚飒月下夜谈时的仙风道骨，眼泛寒光道，“撒菩勒伯这老贼，号称最擅预言，还曾预言了魔族的毁灭。”

“可别忘了，人族有言，‘善骑者坠于马，善水者溺于水，善饮者醉于酒，善战者殁于杀’，就是说吃大亏往往就在最擅长的事情上。我看巫龙王老贼，迟早要在他最得意的‘预言术’上吃大亏！”

说到这里，此刻身份为尊龙教主“幽玄”的魔族黑暗国师，忽发感慨。他看着这眼前茫茫天地、绵绵飞雪，忍不住感叹：“茫茫世界，延宕至今，藏污纳秽；只有毁天灭地，才会有更蓬勃的生命重新诞生。”

听他如此狂言，旁边这位名为崔熠辉的尊龙教左护法，却视为理所当然。

作为尊龙教的高层，崔熠辉已明白名义上的尊龙教派，实则由蠢蠢欲动的魔族掌控。

他自己，不就由幽玄教主教了许多恶魔秘术？否则以他这么一个不入流的武人，如何能在西域大陆的暗影中横行？

所以，在幽玄的洗脑下，崔熠辉崔护法，已经完全接受了恶魔国度从未动摇的可怕理念。

于是这时他便由衷地赞道：“教主大人高见！纵观开天辟地之后，哪一世不是在大毁灭后，才生长出更生机蓬勃的生命？”

“好悟性。”幽玄看了他一眼道，“所以为实现这无上目标，我们是时候为人族做点事了。”

“为人族做事？”崔熠辉一时有些转不过弯来。

“当然。”幽玄看着远方的云天道，“崔护法，你没读过人族‘魏蜀吴’三国史吗？”

“啊！属下惭愧！”崔护法一点就通，连忙垂首认错。

停了片刻，他忽然想起一事，忙跟幽玄禀道：“教主大人，小的们最近报上来一事，说血义盟经过多年渗透，已快控制梦泽国朝堂；那血义盟盟主夏侯怒风，一月多前已被梦泽国主段华方拜为国师。”

“就这事？”幽玄冷冷地看着他，“此事我早已知晓。”

“是是……不过不仅如此，”崔护法额角冒汗，硬着头皮继续禀道，“小的们还侦知，血义盟那群疯狗，最近竟开始打梦泽国镇国神器‘翠脉手环’的主意了。”

“哦?!”幽玄瞳孔一缩，盯着崔护法，“你们听到了什么？快说。”

“是是，”崔护法擦擦头上的冷汗道，“他们、他们好像想用翠脉手环的无上灵力，催化梦泽国雨林最深处的万年毒瘴，制造很邪恶的武器，叫什么‘翡翠惊天雷’，要拿来对付龙国。”

“胡闹！”一直不动声色的幽玄，这时却勃然大怒，在风雪中怒吼道，

“混蛋！蠢货！这群不知死的家伙！”

“他们知不知道什么叫蚍蜉撼树、螳臂当车？现在人族能苟活就不错了，还敢主动去挑衅龙族？他们真是活到头了！”

“崔护法你快去，”风雪中幽玄霍然转身，直视属下道，“快去跟幽云说，就说尊龙教放下其他一切事务，全力阻止血义盟！”

“是！”崔护法大声答应。

停了片刻，他又壮着胆子问道：“大人，这事……真有这么严重？”

“比你能想象到的还要严重。”幽玄幽幽说道，“如果血义盟真的得手，也许人族就要从神州大陆上被抹去了。”

“这……”听得幽玄之言，崔护法大吃一惊。

“有什么好吃惊的？”幽玄语气已变得悠然，“虽然，我不知道是什么原因，但龙族绝不像现在看起来的那样，好像对人族毫无办法。”

“这里面一定有什么问题，本座接下来一定要弄清。

“可笑这些愚蠢的人类啊，还以为区区一道风暴之墙就能保他们万世太平……”

听到这里，崔护法的冷汗霎时从额间流下。

作为幽玄的亲信，崔护法太清楚了，身前这位教主大人的判断力十分惊人。

可以说，幽玄说过的任何话，之后都一一得到证实。

高崖风雪中，尊龙教的左护法终于认识到事情的严重性。但他却不知道，作为黑暗国师人族化身的幽玄教主，此时还有没说出的潜台词：

“人族灭亡了，也没什么大不了。因为等我们魔族重新统治大陆，给你们安排的也是同样的结局。

“只是被封印的魔族，此刻还只是零星的破印觉醒；如果你们现在就灭亡了，那会连累我们魔族的全体复苏，导致我们还要多等几千年。”

尊龙教的情报，还真不能小视，经过多年苦心的策划和经营，以夏侯怒风为首的血义盟，这些年里已经逐渐控制了梦泽国。

在苏渐等人离开雪山的前一个月，血义盟主夏侯怒风，恰好终于完全取得了梦泽国主段华方的信任，被拜为梦泽国的国师。

夏侯怒风，也是天下人族中响当当的人物，据说他虽然法术稍弱，但一身武技却傲视神州，已经强大到能弥补法术的不足。

作为被华夏国重点打击的对象，夏侯盟主行事一向低调神秘。不过近一两年来，他改变了策略，走出了幕后，瞅准人族八国中比较弱势的梦泽国，开始了渗透计划。

梦泽国的弱势，不仅因为国土在八国中最小，还因为其段家皇室一向仁厚柔弱，只能守成，不能进取。

尤其当今国主段华方，生在乱世，却为人儒雅，偏好文学，厌烦武事。

如果只是这样还罢了，他还偏偏好高骛远，时时将反攻中原、灭绝龙族挂在嘴上，典型的志大才疏，不免便为夏侯怒风所乘。

和血义盟乖张阴损的行事风格相反，夏侯怒风在梦泽国现身入朝之时，却把自己打扮成一位壮怀激烈、慷慨悲歌之士，一下子就将段国主吸引。

本来，梦泽国还有个丞相名叫诸葛贤，乃一代名相诸葛亮的后人，做人做事颇有先祖之风，十分贤明。

正因为有他存在，不管人近中年的段国主如何行事颠倒，梦泽国朝野却还能勉强维持。

只是当夏侯怒风到来后，一切就都完全改变了。

不得不说，血义盟打出的口号还是十分有吸引力的：

“摧毁朽朝，正本清流；屠尽龙族，光复神州。”

后面这句，显然非常合段国主的胃口；前面那句，夏侯怒风在私下场合已向他委婉解释，说朽朝只指华夏国。

别看梦泽国主段华方没什么才华，心气儿却还特别高，早就不满华夏国处处以人族老大帝国自居。

以前私下吟诗作赋时，他便多有诋毁怨言；现在夏侯怒风这么一说，真真挠到段华方的痒处，顿时就把血义盟主引为平生知己。

和他不同，梦泽丞相诸葛贤却熟知天下大势。他对血义盟极端偏执的理念和做法早就不满，所以当夏侯怒风一入朝，诸葛丞相便充满警惕，还试图派兵抓捕。

只可惜段国主如此轻易地便被蛊惑，诸葛丞相不仅夏侯怒风没抓着，还因此被叫去宫中训斥了一番，削了权柄，从此靠边站了。

夏侯怒风很快便成为段氏皇宫的座上宾，不久后还被拜为国师。从此血义盟成员在梦泽国中的活动完全公开，很快便呈燎原之势。

对梦泽国中的局势，华夏国朝堂并非没有耳闻。

虽然对此很不满，但梦泽国毕竟不是华夏的属国，因此华夏国主李翊也只能以抗龙联盟盟主的名义，派使者委婉质询。

别看段华方别的方面没什么本事，在抵赖和拖延方面却有着惊人的天赋！于是两国间的沟通就在询问、推诿、再询问、再推诿中反复循环，短期内完全看不到结果。

但这过程中，血义盟在梦泽国中的势力越来越大，活动也越来越频繁。

事实上，血义盟瞄准梦泽国，不仅仅因为其政权疲弱，还出于其他考虑。

梦泽国地处南方，乃丛林沼泽王国。

其首都凌波城，坐落于梦泽国第一大河阳瓜江的中段。此地漾水、濞水两条支流和阳瓜江正夹成“凵”形的地带。

凌波城正处于“凵”字之底，三面环水，其西南临濞水，东南临漾水，东北临阳瓜江。

在凌波城的东南方，离漾水约百里处，便是神州十大晶海之一的木之晶海“翠脉晶海”。

翠脉晶海中那颗千万年凝结的“翠脉之心”宝钻，早已被上古晶灵族的能工巧匠镶嵌成晶海神器“翠脉手环”，现在正是梦泽国的镇国之宝。

一般人只知道，翠脉手环拥有强大的生机之能，不仅可以白骨生肌，还能净化被污染的草木之地。但血义盟机缘巧合，却比一般人知道得更多。

经过多年的查探和研究，他们认定，翠脉手环强大的弥合机能，能将不同属性之物暂时糅合在一起；等时效一过，便能碰撞激发出百倍于原来的暴烈能量。

发现这一点后，一向穷兵黩武的血义盟高层，简直欣喜若狂！也正因为有这个发现，血义盟盟主夏侯怒风才力排众议，开始重点打梦泽国这个弱小王国的主意。

于是，当夏侯怒风成功取得梦泽国主信任成为国师后，便以“炼器强兵”的理由，得到段华方的支持，拿出了从来都只藏在深宫的“翠脉手环”，开始了烈性兵器的制造。

对早有预谋的血义盟来说，只要拿到翠脉手环，之后怎么利用已经不成问题。

很快，血义盟教徒就利用翠脉手环糅合了冰与火、光与冥、风与雷等相克的力量，还加上了梦泽雨林深处油碧色的万年毒瘴，制成了一枚枚威力惊人的可怕武器。

这样的武器掷出后，能像爆竹那样剧烈爆炸，声震如雷，各种相克的灵力能量相互碰撞倾轧，爆发出来的能量比一般的爆竹何止高出百倍！

因为碧色万年毒瘴的存在，这样的雷弹只能用一个词来形容：

有伤天和！

对这样前所未有的可怕雷弹，颇有文采的段国主还兴致勃勃地亲自取了个名字，叫“翡翠惊天雷”。

杀器在手，梦泽国就开始蠢蠢欲动了。

很显然，他们最合适的目标，就是对面的龙族。

要对付龙族，摆在段华方和夏侯怒风面前的头一个问题就是：从哪儿潜入龙境将翡翠惊天雷扔在他们的头上？

要知道，漫长的风暴之墙防线上，可以潜入龙境的细小豁口，并不止华夏国的汨原一处，甚至梦泽国自己就有——

梦泽国的第一大河阳瓜江，上游便在对面的风龙国境内。无论风暴之墙的防线再怎么隔断了阳瓜江上下游，小股人员沿着阳瓜江潜进龙境，还是完全没有问题的。

这时候就看出段华方和血义盟方面的虚伪和无耻了——在选择突破口时，他们心照不宣地一致选定：

华夏汨原。

当然，他们的出发点还略有差别。

段华方完全是为了转嫁责任；他不满华夏国作为人族领袖，但当自己要去捣乱闯祸时，却选择了将祸水引向华夏国。

夏侯怒风当然也有嫁祸别国的心思，但他和段华方还有些不一样。某种角度，夏侯盟主就是冲着嫁祸华夏国去的；对他和血义盟来说，能杀伤多少龙族已经不重要了，最重要的就是借龙族之手，惩罚华夏国。

毕竟，血义盟的主力一直在华夏国中活动和发展，这期间不知遭到玄武卫多少回镇压。他们连年损兵折将，近年更是损失了盟中百年难得一见的特殊人物吴山云。

所以，别看血义盟的口号仍是摧毁朽朝、屠尽龙族，经过这么多年的嬗变，他们内部已经悄悄地把主要目标，放在了推翻华夏皇朝上面。

于是，血义盟和梦泽国两方，就在这样同床异梦的心照不宣中，开始动用多年积累的力量，试图从华夏境内的汨原潜入龙境，在那边使用“翡翠惊天雷”。

对这件事，他们势在必得，因此华夏国官方竟然没能很快察觉。反倒是和血义盟同在暗影行走的尊龙教，第一时间察觉了他们的异动。

于是在幽玄教主的密令下，尊龙教徒开始全力阻止血义盟和梦泽国的冒险行动。

当他们双方发生冲突时，华夏玄武卫也不是没有察觉；但可悲的是，他们却以为这只是两派火拼争斗，狗咬狗，他们正好作壁上观，坐收渔翁之利。

而更悲剧的是，尊龙教也属于被朝廷严厉打击的邪教，这会儿尊龙教暂时的善意，竟完全无法传递给当局。

于是整个人龙边境的局势，便在这样戏剧化的发展中，逐渐滑向了不可测的深渊……

在苏渐回到华夏首都新京华后，这些暗中涌动的湍流，暂时和他还没什么关系。

在接下来的几个月里，苏渐的生活变得波澜不惊。

每一天，他在玄武卫中和兄弟们一同做事，业余顺带应付幽小眉的骚扰，并且时不时关心一下红焰女她们红晶族人的生活，以便给予必要的协助。

他和古玉妃的友谊也在继续。

和兄弟朋友们吟咏啸歌的时候，他也会叫上这位遭遇可怜的女子。

别看古玉妃地位高贵、性情热辣，但其实生活中真正的朋友很少。

她的经历和遭遇十分特殊，就算她想折节下交，也很难找到能够真正理解她、和她产生共鸣的人。对她来说，能满足这样条件的人，只能是苏渐。

于是，每到这种聚会场合大家就会发现，从不假辞色的灵鹫学院美女教习，却坐在苏渐的身边，安静，婉娈，对少年宛若小鸟依人。

见得如此，虽然在场诸人顾及苏渐的面子，畏惧古玉妃的泼辣，但心底却都得出同样的结论：

若说这对师生没私情，才有鬼呢！

不过，苏渐也就是在朋友圈子里受人敬重和亲近。在整个京华城里，他却还是个不折不扣的小官员。

虽然已经是铜徽卫，还挂了散骑将军的勋衔，但他这样的身份也就只能到偏远城镇中唬唬人。在“将军遍地走、职官多如狗”的京师城里，他几乎不值一提。

所以，自从雪山归来，好几个月里他都没遇上什么大事情。

不过，在这样波澜不惊的平静日子里，他却注意到亚飒某种奇怪的变化。

他发现，自己这位兄弟，虽然以前性格低沉，风格忧郁，但也不像现在这样，变得越来越深不可测。

别看亚飒平时依旧跟大家说说笑笑，跟着自己在玄武卫中做事也有板有眼，但苏渐对他多了解？他一眼就看出，亚飒的眼神变得空洞而邈远，好像心思完全不在眼前的人和事上。

“是因为父母双亡的宁谷村惨剧吗？”有时苏渐在这么想。

他却不知道，就在上次雪山之行中，他这位兄弟的内心，已经有了重大的转变。

幽玄那番话，当时仿佛云淡风轻，若换个人听，可能只觉得听了些正确的废话。但对亚飒来说，那番话起到的作用，简直大得难以置信！

每次午夜梦回，亚飒想起这番话来，再联想起人龙二族对他们混血者族群的歧视和迫害，他便再也无法入睡。

各种强烈的情绪纷至沓来，往往他就圆睁着双眼，一直干等到天明。

每次东方欲晓，霞光初露，他便仰脸看着窗棂中的晨光，攥紧了拳头发誓：

“总有一天，我要让苦难的族亲，看到平等自由的曙光！”

于是他的内心，也和人龙边境的局势一样，滑向不可测的深渊……

不过现在还算幸运的是，无论亚飒的内心如何发生剧变，这京华城中还有一人，能让他充满愤怒情绪的内心，暂时没那么黑暗。

第六十九章

珠胎孽缘

毫无疑问，这人便是鲁王之女、封号灵莺郡主的李伶心。

两人的地下恋情，本来就让从小被规矩束缚的郡主充满了新奇感。

当宁谷村的悲剧发生后，亚飒变得更加忧郁，反而对涉世不深的少女产生了更致命的吸引力。

而最近的灵山圣门事，不仅充满神秘的异域风情，整个过程还一波三折。什么硕果仅存的上古种族、惨绝人寰的人伦悲剧，从亚飒口中讲出后，灵莺郡主觉得自己听到了有生以来最精彩的传奇。

对她来说，自己的情郎还是这样精彩传奇的亲身经历者，想想都觉得开心！

所以这些日子里，她和亚飒的关系愈发亲密，已经到了蜜里调油、难舍难分的状态！

日子很快到了盛夏。

这一日傍晚，苏渐正约了亚飒和唐求，去城中那家熟悉的太白居酒铺小聚。

和往常一样，他们坐在临街的酒棚里。

此时黄昏初临，把酒迎风，看西天落日如丸，渐入西山，原本四处氤氲的暑气逐渐消散，再说些各自得意的事情，这畅快的滋味难以描画。

“亚飒，胖子，你俩对梦泽国的形势怎么看？”闲谈一阵，苏渐忽然肃容问道。

“血义盟闹得不像话！”唐求想也不想便叫道，“真是的，不是听说那梦泽国主仁和宽厚吗？怎么会纵容血义盟乱来？”

“听说的怎么能作数？”亚飒摇了摇头，阴郁地说道，“眼见为实，血义盟能闹成如此声势，定然和梦泽国主已经达成一致。”

“定然如此。”苏渐点点头道，“虽说梦泽国离华夏还隔着云山、神木、万花三国，但纷纷乱象毕竟不是我国之福。”

“谁说不是呢！”唐求一拍大腿道，“肯定大有影响啊！本来我还想去梦泽国游历一番呢，看这样子也只能算了。”

“咦？”苏渐还是第一次听说他这打算，便奇怪地看着他，“胖子，我看你不像是喜欢游历远行的人啊。怎么会有这打算？”

“不行啊？”唐求猛喝一口酒，慨然说道，“‘读万卷书，行万里路’，我老唐近来觉得自己书读得差不多了，便想游历远方，以求博闻广知了。”

“得了吧！”亚飒嗤之以鼻道，“苏渐，你别被他骗了。胖子这些天跟玄武卫同僚闲聊，得知那梦泽国的女子姿容秀丽，身段苗条，尤其性格温柔得如同雨林的流水，胖子他就动了心思了。”

“知我者亚飒也！”唐求当场被揭穿，却不以为耻，反以为荣，端起酒杯来和亚飒碰了一下，一饮而尽。

“胖子，是我错了。”见他如此，苏渐也笑着摇着头，举起杯道，“我居然忘了你的本性，自罚一杯，自罚一杯！”说着话一仰脖，他也把杯中米酒一饮而尽。

酒过三巡，大家谈兴正浓，却忽听得一个银铃般的声音从街边响起：

“亚飒，你们在这里喝酒呀！”

众人闻声回头，却见正是一个美貌的紫裙少女，正笑着从街边走来。

一看来人，苏渐和唐求还没什么反应，亚飒的脸却忽地红了起来。

“姑娘你是？”苏渐不认识来人，便站起身，秉礼问道。

“我是亚飒的朋友。”秀美的少女调皮地一笑，扭脸一看亚飒，见他竟是脸红，便笑意更浓，就在他身边空着的长凳上坐下。

“亚飒的朋友？”苏渐想了想，便故意板起脸，冲着亚飒不满地怪道，“亚飒，没看出来啊，平时闷声不响的，刚才还笑胖子想女人，怎么，你这就有女、的、朋、友了?”

“不、不是! 那个……”平时智计百出的少年,这会儿已变得面红耳赤,吭吭哧哧地连句完整话儿都说不出来。

“对了姑娘,你叫什么?”苏渐给少女斟了杯酒,问道,“你住哪街哪巷?家里做什么的? 又是怎么和亚飒认识的?”

还别怪苏渐问得太多,在那个年月,户籍管理极严,第一次相见问这些籍贯出身相关的问题,就如同后人见面问饭否、问天气一样平常。

和寻常少女不同,面对苏渐这颇有气场的铜徽卫相问,这少女却毫不怯弱,大大方方地回答:“我叫李怜心,家住朱雀坊,西头门脸最大的那家就是我家。家里做什么的么……还第一次有人问我这个问题呢。”

“怎么说呢……”少女以手支颐,轻声道,“我爹爹是做王爷为生,陛下亲封‘鲁王’。我也顺带得封‘灵莺郡主’。怎么和亚飒认识的嘛……有一次春猎,他把我从虎口前救下,我们便认识了。就是这样。”

灵莺郡主认真回答着这些寻常的问题,苏渐和唐求却是越听越心惊。

听到最后,他二人哪还敢继续大大咧咧地端坐着? 立即滑下凳子,“扑通”一声跪倒在地,口称请恕卑职不识贵人之罪。

见他二人如此,亚飒纵然心中不愿,也只得跟着跪下,口中含糊着请罪。

本来郡主觉得这样说话挺有趣,还想要继续对答,看看这亚飒常常提起的苏渐跪着时还会说什么话。可现在她一看情郎也跟着跪下了,便不敢再玩了,立即低声说道:“诸位请平身。本郡主今日只是微服私访,你们不必拘礼,继续喝酒便是。”

听她如此说,苏渐这才放下心来,口中告罪,便也站起,和两位兄弟一起回到席间。

他们这桌的一场风波,来得快去得也快,倒没影响其他客人。

不过,虽然灵莺郡主一再强调要与民同乐,让苏渐三人不要拘礼,但毕竟她身份尊贵,对苏渐和唐求两人来说,还是第一次见面,这兄弟二人哪敢真个放肆?

于是接下来这气氛,就变得有些闷了。

但这也只是苏渐和唐求的感觉。那亚飒和郡主正好得蜜里调油,又都是血气方刚,纵然开始有些掩饰,很快便难以自抑了。

很快他二人便有些旁若无人,一问一答,一唱一和,无形中倒把苏渐和唐求晾在了一旁。

对这种局面,唐求倒无所谓。他还乐得灵莺郡主专心说话,无暇他顾,这样他就可以安心地偷看郡主曼丽的姿容了。

不过,他身旁的苏渐可就不同了。

身为散骑将军铜徽卫,他的眼光何等毒辣?纵然亚飒和郡主对谈中还是多加掩饰,却还是让苏渐看出,这两人谈笑间竟是眉目传情!

“这!”看出这一点,苏渐暗暗心惊,忍不住心中叫道,“亚飒,你在搞什么?!还以为唐胖子不靠谱,你这么一个心智深沉的智多星,怎么也干出这样的事?”

“不是兄弟贬低你,事实摆在这里,别说你一个神木国的混血者了,就算这京华城中的世家子弟,能有几个配得上鲁王之女?兄弟啊,我理解你二人发乎真情,但这确实是在玩火!”

刚想到这里,却听得二人竟把话头引到他身上。

“小苏大人,”只听郡主笑着说道,“亚飒也时常提起你。今日一见,你还真是好男儿。”

“哦?”心事重重的少年,漫不经心随口应道,“怎么,郡主殿下才只一见,便知卑职是好男儿?”

“当然!”李怜心抿嘴一笑,得意说道,“你看,旁边这胖子,刚才从我来时起,就不住地偷看我,就算我表露了郡主身份,也一样。可你却几乎从来没怎么瞧我,这还不是一个顶天立地不好色的好男儿?”

“也不是啦,唐胖子也是太色了——啊?”刚随口应到这儿,苏渐忽然如梦初醒,连忙紧张地说道,“郡主殿下别见怪,你的容貌真个世间少有,卑职实在酒喝多了,故此少看两眼,恕罪恕罪!”

“哼!真不好玩!”苏渐谦卑道歉,李怜心却面色不愉,转脸看向亚飒,“亚飒啊,亏你还常说你家小苏大人是个英雄豪杰,怎么这会儿跟我说话却唯唯诺诺的,跟朝中那些老家伙没什么两样!”

“郡主别生气!”亚飒闻言忙笑道,“苏兄他就是这样的,别看平时怎么嬉笑怒骂,逢到公事时却最正经了。依我看,这会儿他是把跟您说话,当成公事了。”

“是这样吗?”李怜心疑惑地看着他。

“当然,知兄莫若弟嘛。”亚飒笑道,“其实,就拿刚才您说的那事儿,苏兄不看您是很正常的。”

“为什么呀?”李怜心疑惑地问道。

“那是因为我家苏大人,已经心有所属了。”亚飒说道,“苏兄看中的那女子,真个才貌双绝,几乎可以称得上冠绝京师了,小苏大人自然便目不斜视了。”

“真的吗?京师中还有这样的女孩儿?”李怜心的好奇心和好胜心,被亚飒这番话一下子给勾起来。

“她现在在哪儿呢?”心急的郡主,一下子站起,拉着亚飒的袖子急道,“咱别喝酒了,快去找她,我要看看!”

“没得看了。”亚飒到这时,终于察觉出不对,不由得心中一凛,不动声色地把袖子从郡主的手中轻轻抽出。

“郡主殿下,”他的口气明显变得十分正式,“好教殿下得知,其实苏兄心仪的女孩儿,已经回到偏远无比的老家了,还谋了个很好的差事,暂时不会来京师了。”

“是嘛……那真可惜了。”经常潜出王府的灵莺郡主,对不太重要的时政之事,毕竟不太了解。听得亚飒这番话,她一时也没联想到那位在京城中其实也挺有名气的冰雪少女身上去。

虽然不知道那少女是谁,李怜心听亚飒这么一说,心里立即浮现出“两地相思”四字,便知道苏渐这番心思,恐怕也要空付流水。

于是她便重新坐下来,看向苏渐,善意地安慰道:“不要紧的,小苏大人,我听过你不少事迹,知你果是真英雄、好男儿。”

“好男儿何患无妻?你不用愁的,回头我在相识的姐妹中,挑位最好的介绍给你——真的,相信我,若不是你出身太低,就算给你介绍位郡主,也不是不可能的!”

“不敢不敢！”听她这么说，苏渐连忙告罪道，“郡主说笑了！我苏渐何德何能，敢叫郡主为我做这样的事？真是太过僭越了！”

“这有什么？”李怜心不以为意地道，“其实我们贵族是人，你们草民也是人，人人平等，有什么敢不敢、行不行的？这事就这么定了，回头本郡主就帮你留意着，包你将来娶个好媳妇！”

“那……那就多谢郡主了。”苏渐此时不便多争执，只得一脸苦笑地道谢了。

此后，郡主李怜心又在酒铺中逗留了一阵。但和刚才不同，已经意识到问题的亚飒，对她已是守礼有加，再也不像先前那样愉悦融洽了。

灵莺郡主也不是傻瓜，刚开始还没反应过来，但几句话过后，她便也立即清醒过来。

一旦大家都清醒，这街边小酒馆的闲谈，就再难维持下去。

当李怜心象征性地抿了口酒，也就推说身子乏了，立即起身，推席而去。

当她去后，苏渐兄弟三人又逗留了一阵，喝了几杯酒。

不过因为刚才灵莺郡主的到来，兄弟三人便或多或少地都有了心事，因此这酒也喝得不怎么顺畅了。于是没多久，他们便结了账，离了太白居，返回住处去。

亚飒的住所，离此最近。

当将他送回住处，只剩下苏渐和唐求二人之时，走了一阵，苏渐忽然停了下来。

“胖子。”他叫道。

“啥？”唐求踉踉跄跄停下脚步，看着他，“怎么啦？还想回去继续喝？好，好，我老唐随时奉陪！”

“不是喝酒。你听着，”刚才醉醺醺的少年，这时却神色严肃，沉声说道，“胖子，我问你，刚才你看见没？那灵莺郡主最后转身时，被风一吹，宽大的紫裙贴了身，你有没有看见，郡主她竟是小腹隆起？”

“小腹隆起？”唐求愣了一下才反应过来，“老大！你这话可不能乱说，是要掉脑袋的！”

“我知道。”苏渐苦笑一声,“我也希望看错,但……真的有些怪异。”

“一定是你酒喝多了,眼花了。”唐求斩钉截铁道,“灯火昏暗,你又眼花,肯定是看错了。再说了,你还以为什么女孩儿都跟你家‘雪穹’似的,有那么细的腰身?”

“说远了说远了!”苏渐尴尬道,“我和雪穹真没啥。”

“好好好,真没啥真没啥,”唐求笑道,“你敢把这话当着她面说?不敢吧!”

也不等苏渐回答,唐求就自己回答了。正说到这里,唐求一抬头,便道:“啊,到了。老大,今儿就到这里了,我回去睡大觉了。”

“好。”苏渐道,“进去小心点,别摔着。”

“放心!”唐求大大咧咧地走进自己的住所小院,踉踉跄跄地往卧房走去。

不过刚走到一半,他却回过头,竟是一脸认真地朝目送他的苏渐说道:“老大,我知道你在担心啥。可你不想想,亚飒那人最是古板无趣,还自诩聪明,做什么都算来算去。所以呀,就算咱俩能做下什么过头的事,他也绝不会犯错。你别替他瞎操心了。”

“好!”苏渐朝他摆摆手,笑道,“你快回去吧。现在想想,应该是我想多了吧。”

灵莺郡主小腹疑似微鼓的事情,过去也就过去了。

正如那晚和唐求分别时所说,苏渐并没有太往心里去。

现在他的大部分注意力,都已经放在了梦泽国那边传来的消息上。

作为人族之首的华夏国玄武卫,其侦察能力不可小觑。

这几个月来,虽然梦泽国主和血义盟主对所做之事费心掩饰,但还是被玄武卫侦察出蛛丝马迹。

大概是自太白居那晚相聚的三个月后,这一天,苏渐正在玄武卫自己的厅房中,认真地看着几份最近的梦泽国传报。

看了一时,他的目光在某条消息上停住:

近半年,梦泽国中硫黄与硝石采购量,增长三倍有余。

这样的消息,如果放在别人眼里,也许看就看了,不会引起什么注意。

但苏渐不一样，他从这条并不起眼的情报中，嗅出了一丝不同寻常的气息。

“奇怪啊，”他手敲着传报，自言自语道，“梦泽国地处南方雨林，境内多树木水泽，不似云山国要开山崩石，这才需要大量火药。怎么他们今年会买这么大量的火药原料？”

他却不知，梦泽国血义盟那帮人，为了增加“翡翠惊天雷”的爆炸效果，急须往里面添加硫黄、硝石这些特殊材料。

甚至，和普通的制造爆竹或炸弹不一样，他们完全可以在一颗翡翠惊天雷里，添加极度过量的火药，然后由“翠脉手环”急剧压制其爆裂特性，保持其在使用前的稳定性。

于是当翡翠惊天雷被使用时，造成的爆炸效果相当惊人，比普通爆竹强得何止十倍廿倍。

这样一来，惊天雷中蕴藏的各系灵术能量，特别是那些毒性猛烈的万年碧色毒瘴，便可在第一时间以最快的速度扩散。

那时候，还没什么《战争公约》可言；但客观地说，即使面对龙族侵略者，血义盟他们准备使用的这样毒辣武器，也有伤天和，过于暴虐。

特别过分的是，他们还准备把动手的地点，选在华夏国的泪原。

对这些情况，无论梦泽国主还是血义盟主，都心知肚明；所以在行动之前，他们对准备工作保密得极严。

于是在大半年时间里，所有外界的人，最多只看到血义盟和尊龙教不断冲突而已。他们根本想不到，梦泽国中还在秘密准备这样酷烈的武器，并且准备在友邦的地盘对龙族大干一场。

只是他们并没有想到，自以为掩饰得天衣无缝的秘密计划，却被苏渐从某个不起眼的货物采购统计上，看出了一丝可疑。

于是这日在厅房中看到这条情报，苏渐沉思良久，想着要不要往梦泽国一行。

只是正在心中权衡时，他却听得传来几声敲门声。

“进来。”苏渐合上传报看着门外。随后门帘一响，进来一人。苏渐一看，正是亚飒。

“快进来吧。”见是亚飒，苏渐笑着站起来，随意说道，“有什么事来找我？是我上回让你留意的梦泽国之事，有进展了吗？”

让苏渐万万没想到的是，这寻常上午寻常走进屋子的亚飒，面对问话，一言不发，竟猛地双膝跪倒，朝他行了个大礼！

“亚飒！你这是干什么？！”苏渐见状大惊失色，连忙上前搀扶，“亚飒你在搞什么？你我兄弟怎么忽然行此大礼？”

说话间，苏渐都有些不高兴了。

“大哥，您先别忙让我起来。”亚飒仰起脸，朝自己敬重的兄长悲声说道，“我有一事相告，恳求大哥不要怪我。”

“能有什么事？”见他如此，苏渐也松开手，看着他的双眼道，“你我兄弟，有什么事要跪着说？好吧好吧，你且先说来听听。”

“是这样，”亚飒羞愧说道，“好教苏兄得知，其实我与那灵莺郡主，早有私情。”

“哎呀！”听得此言，苏渐大惊道，“亚飒，你疯了？灵莺郡主什么身份，你也敢去招惹？”

“是是，大哥教训得对，我当初实在——”亚飒刚说到这里，苏渐不知道想起什么，猛然一惊，立即打断他的话，惊声喝道：“亚飒，上回太白居相见，我见那郡主殿下身形似有异常，你不要告诉我，她……”

接下来的话，以苏渐这样开朗旷达的少年，竟是一时说不出口。

“大哥……是的……”亚飒期期艾艾地说了两声，然后便把心一横，说道，“不敢瞒苏兄，怜心她已有身孕，就要临盆了。”

“什么！！！”苏渐这一下真的惊得差点跳起来！

“你说什么？！你敢再说一遍！！！”苏渐怒目圆睁，惊怒交加地瞪着亚飒。

“我说，郡主她不仅有孕，还快临盆了。”到这时，亚飒已经豁出去了，语气已比先前冷静了许多。

“你！”苏渐闻言，暴跳如雷，第一反应便是伸手朝亚飒打来！

面对他一拳挥来，亚飒却是不闪不避，口中还道：“大哥，我知道自己已闯下滔天大祸，要打要杀，任凭大哥。但怜心她临盆在即，我和她都已经再也无法掩饰了。万望大哥看在未出生小侄儿的分上，帮我们一把！”

说此话时，苏渐已是一拳挥来；他本冲着亚飒脑袋来的，却终究还是偏了偏，一拳重重地击在亚飒的肩膀上。

亚飒一下子就被他打得往旁边一歪，翻倒在地。

“亚飒，你、你叫我说你什么好！”说话时，苏渐一脸扭曲，那神情简直比被打的亚飒还要痛苦。

“你知道吗？亚飒，我其实一直都很佩服你。”苏渐没有接亚飒刚才的话茬，却看着这位灰发的好友，沉痛地说道，“我本来以为，在我们兄弟四人中，你是心智最深、行事最稳的那个。没想到，最好色的胖子至今没出啥事，你却给我惹下这个大祸来！嘀嘀——”

说到这里，苏渐冷笑一声：“你真有本事，真给咱兄弟长脸，不仅敢招惹个郡主，还‘弄出了人命’！你有本事啊！怎么，今天收不了场啦？你知不知道，你这样不仅自己完蛋，还要害死多少人？！”

“你以为郡主身份尊贵就没事了？这种丑事败露，就算是她，也逃不过个白绫悬梁的下场！

“更别说她身边那些婢女下人了，个个都是活命难逃、当场杖毙啊！亚飒啊亚飒，你、你怎么就这么糊涂，惹出这样天大的祸事来！”

说到这里时，本来怒气勃发的少年，眼圈已是泛红了。

这时亚飒早已是泪流满面。

本已发誓不再哭泣的混血少年，这时却以手掩面，哽咽说道：“我、我知道自己糊涂……对不住兄长的厚爱……你们放心，我亚飒一人做事一人当，这就去跟王爷请罪，就说是我用强，所有的事都因为我一人而起！”

说到这里时，亚飒也仿佛理清了思路，下定了决心，站起身转身就要朝门外走。

只是，他的脚步，很快就凝滞了。

“怎么走不动了？”他一时没反应过来，使劲迈了迈腿，却发现怎么也迈不动了；这时他低头一看，才看见自己脚下已是冰凌丛生，将前进的脚步牢牢困住了。

“亚飒，你想哪儿去？”苏渐的声音，从他背后传来，“说你糊涂，你还真糊涂了！”

也不知道怎么，其实已经六神无主、五内俱焚的混血少年，现在听到苏渐的声音，整个人都一下子轻松平静下来。

因为，他听到，身后的少年，此时说话的语气声音中，又恢复了以前每临大事时的那份从容不迫和沉稳淡定。

有些事情，说起来就这么奇怪。闯下滔天大祸的亚飒，从听到苏渐这句话起，就觉得整个快崩溃的人生和世界，重又恢复了光明。

多少年后，当那时已经让人闻风丧胆的亚飒王，在千军万马纵横捭阖中，遭遇比现在还要可怕百倍的困境时，便养成了一个习惯——在心中努力回忆和重现苏渐今日的这句话：

“亚飒，你想哪儿去？说你糊涂，你还真糊涂了。”

于是无论深陷什么困境、面对什么苦难，一代凶煞“亚飒王”，便重振气焰，在神州大陆、龙魔妖人四族中，继续他那腥风血雨的不屈生涯……

而今夜，当亚飒听到这句话，回过头，却发现苏渐刚才一脸的愤恨已经消失不见，替之以无比的刚毅和果决。

“事情已经发生了，想太多也没用。”苏渐用力地挥了挥手，沉声道，“况且这事也不能完全怪你。只要你们两情相悦，都是自愿，鲁王的女儿又如何？睡了就是睡了！现在想想怎么好好解决，才是上策。”

本来亚飒自己还算智计过人，但这时候却大气都不敢出，眼巴巴地看着苏渐，等他想办法。

“有了。”苏渐并没有让他等太久，“亚飒，灵莺郡主不是总喜欢跑出来玩吗？那你就让郡主找个体形相似的婢女。”

“接下来这些天里，你们就让这婢女穿着郡主衣裙，老老实实地待在王府绣楼闺房里，大门不出二门不迈，就说修身养性。

“郡主自己便出来，我给找个地方，让她安安心心地产子。”

“全凭哥哥吩咐。”听到这里，亚飒深为折服，满脸都是感激。

其实相比亚飒和郡主，苏渐在这京华城里的门路要多太多了。这两年在玄武卫任上拳打脚踢，苏渐某种意义上已经成了不折不扣的京华城“地头蛇”。

很快，他便在京华西郊租下一座别墅小楼，名为“碧山小筑”，作为郡主产子之所。

这地方也是他精心挑选。小楼背枕西山，地处幽僻，院中青竹婆娑，白砂满庭，环境甚好。

其实这里本来是京华城中诗人雅会之所，只不过现在写诗的不太景气，社会影响力还不如茶馆说书的，因此为首的诗友心灰意冷，转了行去写小说话本，同时把这门可罗雀的碧山小筑租给了苏渐，补贴补贴家用。

地方有了，苏渐便动用在京华城中三教九流的关系，打点好王府的下人，把快要临盆的灵莺郡主给运了出来，送往碧山小筑里。

很快，他便托人寻了个手稳嘴更稳的产婆。

提起这事儿，说起来还甚是搞笑，那受托的中人按照思维惯性，还以为是小苏大人暗地里蓄养的外宅情人要产子，于是不仅声称一文钱都不要，还赌咒发誓守口如瓶——

他这样做，一来是为了讨好苏渐，二来还真的担心传说中心狠手辣的苏铜卫杀人灭口！

看出他这心思，苏渐哭笑不得之余，还悲愤不已。

他也有心辟谣，但转念一想，却觉得这样也挺好，便顺水推舟，装出一副高深莫测的样子，更吓得那中人不敢动任何心思。

一切准备妥当，那灵莺郡主便在碧山小筑中，将亚飒的子嗣给顺顺利利地生了下来——是个男孩！

于是本来让亚飒和郡主觉得天都要塌下来的事情，就被苏渐这样轻轻松松地给化解了。

到了这会儿，亚飒还没如何，那灵莺郡主李怜心，内心却是大受震动！

一贯养尊处优的金枝玉叶，到今日终于见识到，苏渐这位曾被京华城王公贵族们口口相传的屠龙少年，手段究竟如何。

如果说，上回太白居两人第一次相见，李怜心还带着天然的傲气和优越感，但现在产后再见到苏渐时，却是平心静气，礼敬有加，宛如他的弟妹。

于是，当小儿出生后，亚飒跟她试探性地提出，要让儿子拜苏渐为义父时，李怜心想也不想，便欣然应允。

儿子的出生，对亚飒来说也非常重要。当他将粉嫩可爱的小儿抱在手中，与产后的郡主相视微笑时，那种家庭才能给予的温暖和感动，在隔了这么久之后，重又回到他的心中。

生活中开启的这一缕新的曙光，至少在这时候，部分驱散了亚飒内心中，那股不断氤氲扩散的阴影迷雾。

碧山小筑里，摇曳烛光前，他和郡主只是简单地商议后，便一致决定，将儿子取名“春原”，以纪念二人的相识。

而因为身为卑贱的混血者，亚飒还主动提出，让儿子承继母亲那个尊贵的姓氏，名叫“李春原”。

京华城中的悲喜“事故”，至此暂时平息。但千里之外的梦泽国，却在这个夏末掀起了惊天的巨澜！

本来对要不要尽快实施汨原突击计划，梦泽国朝堂高层中，还有着激烈的争论。只是到了这个夏天的尾巴上，当某个事件发生后，双方的争论忽然平息。

原来在这个夏末，梦泽国最大的水源阳瓜江，不知何故，却突然被风暴之墙那端的风龙国给截断了上游水源！

虽然梦泽国并不缺水，但阳瓜江现在对他们的国民来说，简直如同母亲河一样。

和国境内遍布的危险沼泽不同，阳瓜江浩荡奔流，带来的不是终年弥漫的雾气毒瘴，也不是利齿暗藏的凶险鳄鱼，而是清澈透亮的河水和肥美鲜活的鱼群！

这在某种程度上，安慰了梦泽国民众悲观的心灵，让他们时时想起中原故地的长江黄河。

所以，当风龙国不知何故截断了阳瓜江上游之后，梦泽国无论朝野，一下子都沸腾了！

“报复报复！报仇报仇！”凌波城的大街小巷，到处都是挥舞着拳头怒吼的军民。

这种情况下，原本梦泽国中还存在的一些理智的声音，一时间全都安静了。

极端的情绪，如野火般在梦泽国朝野蔓延。

原本还因为血义盟而受到质疑的国主段华方，形象忽然间高大起来——

他果然“高瞻远瞩”，居安思危，早早就引进了血义盟这样矢志消灭龙族的血性教门啊！

这一下，段华方和夏侯怒风在梦泽国中的威望，达到了顶峰！

万事俱备，东风不欠。

冒险，终于开始了！

它源自南方的燠热丛林，锋芒却直指中部的华夏泪原。

当梦泽国中一片沸腾，所有人都陷入狂热时，那个已被软禁在自家别院的梦泽国丞相诸葛贤，自然也是百感交集。

这一日，正当诸葛贤在庭中闲看花开花落，门帘一响，他那个亲信的谋士兼多年好友陆山宾先生，上门拜访。

“丞相，你还有心看花事？”看着自己的东主兼好友，现在还有心情在庭中拈花微笑，中年文士打扮的陆山宾一脸着急，只觉得不可思议。

“山宾兄，何出此言？”诸葛贤笑着看着他，“你看你，取个‘山宾’的风雅名字，却还是俗人。莫非你不懂得拈花微笑的禅语吗？”

“唉，丞相啊！”陆山宾苦笑道，“您这时还有心拿我打趣？难道您不清楚，阳瓜江水源一断，国中群情激奋，那主张铁血激进的血义盟，现在不仅将陛下蒙蔽，连那些贩夫走卒都一个个对他们挑大拇指叫好呢！”

“哦？”面对老友激动的情绪，诸葛丞相只是淡淡地说道，“山宾兄，这很奇怪吗？只能说，夏侯怒风这个人，有本事啊。”

“丞相！”陆山宾急了，瞪着他叫道，“难道您真的不着急吗？难道您真的不想早点复出吗？”

“想啊。”诸葛贤随口应道。

“可现在血义盟势力大张，您复出的希望更加渺茫了啊！”陆山宾着急说道。

“时势使然，我有什么办法？”诸葛贤摊摊手，云淡风轻道，“我说你啊，就别瞎操心了。老夫都没着急，你急吼吼地干吗？该干吗干吗去。你不想帮血义盟做事，那就常来我家串门，跟我同看天上云卷云舒，静赏庭前花开花落吧。”

“哎！”陆山宾大摇其头，气呼呼道，“都什么时候了，丞相您还在这儿说什么修身名句；您知不知道，那灭门绝户的‘翡翠惊天雷’，已经被血义盟的死士秘密运往泪原了！而这季节，正是横断山脉风暴最弱的时期，他们这么干简直疯了，绝对不行！”

“是吗？”看着心急火燎的老朋友，诸葛贤却依旧不动声色。

停了一下，他看老友实在焦急，便忽然放低声音，轻轻说道：“山宾兄，我说你是俗人，你还不信。实在着急，你回去翻翻，我去年冬日曾送给你的两幅字。”

“就是四字的上下联，看看到底写的什么。我跟你打赌，你看了那字，就不急了。”

“是吗？”陆山宾有些不信地看了他一眼。

不过他马上想到，这位丞相老友可从来没骗过他。

一想到这，他急得连句告辞的话儿都没说，翻身就朝门外冲去。

当他离去，诸葛贤低头看了看手中的残花，又看了看老友匆匆而去的背影，最后叹息一声道：“花啊花，你无言也便罢，怎么我这一向知书达理的老友，告辞时一句话也不讲啊……”

当他在庭园中瞎嘟囔时，那陆山宾一路急赶，很快便跑回自己的家中。

一到家里，他甚至没来得及跟妻子儿女打招呼，便一头扎进了书房里。

第七十章

华夏怒吼

很快，陆山宾便在墙角的书堆里，找到了去年冬天诸葛丞相送给他的那两幅字。

字幅在手，陆山宾打开一看，顿时整个人都变得沉默不语。

这之后几乎有小半个时辰，陆山宾就这样捧着字幅，宛如木雕泥塑，简直像个傻瓜似的。

不过到最后，他的脸上渐渐地浮现出一抹笑容。

这时，日移影动，初秋特有的金黄色阳光穿透了窗棂，照在了他手中的条幅上——金灿灿的日光，正照亮龙飞凤舞的八个大字：

物极必反。

不破不立。

在陆山宾看字时，梦泽国民众中的狂热情绪，已经发酵到极致。

于是在这个初秋，梦泽国主和血义盟高层惊喜地发现，已经不用他们费力鼓吹，无数的乡绅百姓主动跟县衙府衙递交联名请愿书，敦促朝廷对龙族进行反击和报复。

民心可用。

当京华城外火枫林中的枫叶染红时，早就准备一年多的血义盟死士，在梦泽国精锐正规军的秘密协助下，急不可耐地从汨原潜入。

翡翠惊天雷，这个无论对哪一族来说都显得邪气十足的可怖武器，被血义盟死士们背在身上，在黑夜中扑向了汨原对面的兽龙国。

面对强大太多的龙族，血义盟死士们根本不会按照战争惯例，只攻击那些兽龙族的军营。

事实上为了顺利地引爆惊天雷，他们往往特地寻找城镇中人口稠密的兽龙族普通百姓聚居地。

他们行动的这一晚，暗夜无声，漆黑一片。

在令人窒息的等待中，快到午夜的某一个瞬间，忽然间碧色的闪光猛然划破幽渺的夜空，刹那间整个大地亮如白昼。惊天动地的爆炸声很快轰然响起，那声音可怕得宛如地陷山崩！

这一夜，除了一颗哑弹，总数近三百枚的“翡翠惊天雷”，几乎全数引爆炸响。而不幸背着那颗唯一哑弹的血义盟死士，也自行了断，不给敌人留任何活口。

不过这一点他们倒是想多了。

他们不知道，对于兽龙国来说，根本不需要什么刑讯逼供查明原委。他们只要知道是人族干的，就足够了；是华夏还是梦泽，对他们来说，没、区、别！

这一晚，兽龙国民众伤亡惨重：正面战场难以杀死的兽龙族人，光这一晚就死伤一千多。

就算当年的人龙大战中，还没哪一个单场战役让龙族损失这么多人。

特别地，事后证明，这一千多人中还死了两位兽龙将军。

从这一点来讲，血义盟他们倒真的好好教训了这些侵略者。

只可惜，他们是在不宣而战，利用邪恶武器，而且还是在对普通老百姓下手的情况下，才勉强造成了这样的结果。

对这种情况，只有没脑子的人才会认为，这样的攻击能够推广到整个抗龙战争中去。

不过已经来不及动脑子了——随着血义盟和梦泽国不顾后果的轻举妄动，龙之帝国可怕百倍的狂暴报复，以超乎袭击者想象的速度开始了！

对于血义盟偷袭的这一夜，因为那照亮天际的碧色光芒，兽龙国人心有灵犀地把它称为：

翡翠之夜。

翡翠之夜的第三天,龙之帝国的狂暴反击就开始了。

龙族的入侵,极其狂暴。

他们就以泪原为突破点,不惜代价,很快打破了正处在薄弱周期的风暴之墙。

已维系两百多年的泪原防线,被龙族以摧枯拉朽的气势一天打破,无数个龙族战士,发出慑人的怒吼,蜂拥冲进了华夏国。

虽然龙族攻击的路线上,华夏国在这么多年间,修筑了无数的防御工事,但战争就是这样,一旦真正爆发,决定胜负的绝不是这些死物。

事实上,因为血义盟和梦泽国不顾道义的偷袭做法,龙族的大举报复,对华夏国来说,却也和偷袭无异。

承平这么多年,工事哪怕修得再多再高,也架不住和平相处了两百年的敌国猛然大举进攻。

“忘战必危”,在两百年后再次爆发的人龙大战之初,人族这一方的最强主力国华夏,爆发出无数匪夷所思的荒唐事。

比如连绵数百里的烽火台,竟然有不少座无人值守。

很多看起来固若金汤的工事,竟根本来不及凑够足够的人来防守。

甚至在许多军事城堡中,虽说守将勉强聚集起足够的兵卒,谁知道打开库房一看,那些热油、礌石、滚木等防御器械,早就干的干、碎的碎、蛀的蛀。

更要命的是,凶猛的龙族倏然而至,华夏国空有精锐的四灵军,却被打了个措手不及,各路兵马的指挥根本不通消息,顾此失彼。

于是实力对比已然强弱分明,战争之初便失了先机,还出现这么多无法回避的错误,人龙二次大战刚一开始,就好像已走到了终局。

不到十天,由兽龙族、岩龙族、风龙族、冰龙族组成的龙族大军,一路向西突袭;他们冲破了泪原,冲过了残月峡,冲进了青芝原!

青芝原是华夏国境内一个主要的平原。在这西域之地上,青芝原难得的土地肥沃,因此这二百年来,无数华夏子民在这里繁衍生息,形成了大大小小上百座城镇。

当龙族大军呼啸而来时,锦绣一样的青芝原,顿时便陷入血与火之中。

龙族大军的复仇攻击已然十分残暴，华夏国的四灵军却也把这里作为稳住阵脚的缓冲地带。

于是双方的大军在这片沃土上展开了殊死的战斗。

原本人烟稠密、风光如画的青芝原，转眼变成了流血千里、伏尸遍地的修罗场！

在这样高强度的生死沙场上，只懂得安居乐业的普通老百姓，哪有多少本事活下来？

在来不及逃难的大战之初，青芝原中每天都有成千上万的人死去。其中大多数，还都是老弱妇孺。

比这样的伤亡更悲惨的是，青芝原毕竟无险可守，纵然每天都有无数军队从华夏国各地赶来汇聚，最终却还是没能挡住龙族大军前进的脚步。

眼看着，华夏军民想将龙族侵略军羁縻在青芝原一带的愿望，付出如此巨大沉重的代价之后，却还是很快就要落空。

一想到这样的结果，华夏国上至帝王将相，下至贩夫走卒，全都心凉了。

而越过青芝原，西边便是太庙山。

太庙山可以说是华夏国乃至整个人族的精神寄托，上面不仅有华夏国的皇家太庙，还有着供奉盘古、伏羲、女娲、神农等人族祖神的盘古圣庙。

可以说，如果要找出一个人族各国公认的圣地，那绝对非华夏太庙山莫属。

事实上，每回人族王国会盟，公推的地点就在这太庙山上。

对这一点，龙族心知肚明。

所以他们才不惜在青芝原抛洒下无数鲜血，誓要打到太庙山顶去。

到时候，他们做的第一件事，就是要摧毁圣庙，将神州人族膜拜的神灵们，踩在自己的脚底下！

而攻下太庙山，还不仅仅有着摧毁人族抵抗精神的作用。

要知道，太庙山除了有着太庙圣殿，本身还是更西边新苏杭平原的天然屏障。

如果说青芝原的人口占华夏国四分之一，那新苏杭平原的人数，几乎要占到华夏国人口总数的一半以上！

顾名思义，作为侨置郡县的一部分，原先神州中土故国中最繁华的太湖鱼米之乡，即苏嘉杭一带的城镇军民，二百年前全都被侨置在太庙山西方的新苏杭平原上。

这处比青芝原还要大的沃土平原，本来籍籍无名，现在也因此而得名了。

如果说摧毁太庙山，是摧毁人族的精神家园，那毁灭新苏杭平原，则实实在在地抽干了华夏国的血！

对此大战双方也是心知肚明。

人族的统帅深深知道，一旦太庙山防线失守，那军事防御、地理条件比青芝原更不堪的新苏杭平原，就如同一位脱光了衣服的柔弱少女，任狂暴的侵略者蹂躏了。

所以，虽然华夏国还有四分之三的国土没陷落，人龙双方的统帅却都知道，太庙山一战，已是决定人族之首华夏国存亡的最后决战了。

而有些搞笑，也有些心酸的是，因为大战开始得如此突然，龙族的推进如此迅猛，直到这样的决战时，才只有云山国、神木国的援军堪堪赶到。

其余的人类王国，几乎都还没来得及反应，甚至万花、沧海等国到现在还不敢相信，还在努力抓捕国中那些散播“谣言”的商贾旅人。

当然，也有个别国度，没有出兵的原因既不是不知道，也不是赶不及，而是存了别样的心思。

这样的国度，梦泽国是一个。

此刻梦泽国主倒不是有别的意思，而仅仅是吓坏了。

那梦泽国王段华方全没想到，在之前漫长的日子里，自己已经充分想象了各种可能的后果，却没想到当后果真正发生时，却是如此严重，如此可怕，超出了他的承受能力……

当然梦泽国捣乱有余，作用不足，现在被吓呆，对大局的影响也不大。

不过，除它之外，作为人族第二强国，还和华夏接壤的北方天雪国，到这时候还忍着没出兵，那用意就值得玩味了……

虽然天时、地利、人和都不具备，近乎决战的太庙山之战，还是不以人族意志为转移地到来了。

战前，双方都做了极其认真的战争动员。

这一日，秋风萧瑟，云空昏暗。

清秀儒雅得像一位教书先生的人族统帅李潮风，今日却一身金甲戎装，傲立在太庙山顶、盘古庙前，面对漫山遍野的军队，发出猛兽般的怒吼。

“异域龙族，这些披着人皮的野兽！

“他们已经侵占了我们的神州家园，今天还想将我们赶尽杀绝！

“他们已经占据了长安、杭州、洛阳，还想消灭诞生了孔孟、老庄、屈原、李白、苏轼的伟大民族！

“他们要消灭朝辞白帝、夜泊牛渚、暮投石壕、晓汲清湘的优雅生活！

“他们要毁灭千里莺啼、万里云罗、百尺高楼、一夕春雨的如画神州！

“他们要绝灭漫卷诗书、御剑江湖、笑傲王侯、喜问客来的华夏文明！”

听得主帅这样的怒吼，三军上下无不动容。

接下来李元帅的语调，稍转柔和：

“三军兄弟们，我们脚下这太庙山顶，除了有皇家祖庙，还有供奉太古祖神的盘古圣庙。

“小时候本帅不懂事，还在这圣庙台阶上撒过尿。但是我李潮风，现在为保卫它，愿意付出自己的生命——你们也一样吗？”

话音刚落，漫山遍野的战士爆发出一阵山呼海啸的高呼：“战！战！战！”

几乎与此同时，担当本次龙族联军首领的巫龙执政官狂禅，也在青芝原上对着乌压压的龙族战士们做最后的战争动员。

龙魔混血的巫龙执政官，此刻骑着冰风之龙，悬浮于幽暗的云空。他用他那一贯阴冷邪祟的语调，朝平原上的军阵蛊惑呼吼：

“伟大的龙族勇士们，我们以前虽然横扫了大陆，驱逐了人族虫子，却还从没有打到过这里。

“这意味着什么？这意味着，今日我们每前进一步，都是我们龙族伟大征途的最远处，今天我们中的每一个，都在创造历史！”

听得此言，包括兽龙战将迪傲思在内的龙族兵将们，一齐狂热呼喊：“杀！杀！杀！”

这时太庙山顶李潮风的动员，也到了最后：“三军兄弟们，你们看——”

他一指身后圣殿前后的山顶——那里正有无数个华夏女子，正在主动穿上山顶石坑中用生铁浇筑的靴子；她们的手中，拿着各种华夏民族的乐器，特别是锣鼓。

这是崇文尚武的华夏民族，一项失落已久的传统。

面对不少人疑惑的眼神，李潮风主动高声解释：

“儿郎们，我们的背后，即是最后的家园。我们的母亲、妻女，都自愿在山顶穿上了铁铸的靴子。

“我们的女人们已经无法挪步，她们将在接下来的决战中，替我们唱响战歌、敲响战鼓！

“我们时刻要牢记，只要我们退到山顶，她们将和我们一起被杀死！”

听到这里，所有听者，全都泪流满面。

高岗上，李潮风振臂高呼：

“还不明白吗？因为这已经是我们最后一仗！

“我们已经退无可退！

“兄弟们，谁去跟我打这最后一仗?!”

“我！”整座太庙山上下，爆发出一声震荡云空的整齐怒吼。

“好！”李潮风大手一挥，威风凛凛叫道，“就让我们真正的神龙之旗，飘扬在这些邪恶野兽的尸体上！”

“进攻！”

随着他一声喝令，整座太庙山上集结的华夏国最后力量，向山下发起了最后的冲锋！

等待着这些热血男儿的，则是山下青芝原上，那冷静阵列、战意滔天的龙族军团。

在这样的最后时刻，身为玄武卫的中坚，苏渐责无旁贷，也在冲锋的战阵中。

不仅他在，亚飒、唐求这两个兄弟，霍修诚这位上级，盖英卫这个下属，甚至连皇帝的小舅子端木楚，也全都在最后的决战军队里。

当两军相接，刹那间嘶吼震天、血肉横飞。

人族军团，无论武器还是力量都差一截，刚一撞上龙族军阵，就吃了好大的亏。

在讲究实力的正面决战时，勇气和意志能起到一定的作用，但面对这方面差不多的敌人，实力才是最终决定胜负的因素。

所以对人族来说，在这样惊天动地的大决战中，上演着无数悲伤的故事。

那曾经陷害苏渐的盖英卫，纵然有这样那样的缺点，但在面对家国存亡之时，却展现了一个华夏男儿应有的骨气和热血。

作为现在最底层的锡徽卫，盖英卫被安排在冲锋军阵的最前方。

纵使他武艺高强，手中的铁流刃也进行了加固加长，但一接触如林阵列的龙族长矛阵时，这样的个体高手还是很快就受了重伤。他的左胸膛，几乎被龙矛刺穿！

当第一波攻击无果退却时，盖英卫也被同袍们拖拽着撤了下来。

本来盖英卫已经陷入昏迷，但当他经过苏渐的位置时，仿佛冥冥中有一种奇妙的感应，让他鬼使神差般地睁开了眼睛。

“兄弟，等、等一下……”他叫住了正拖着他往后跑的士卒，然后艰难地仰起头，朝苏渐叫道，“苏、苏大人……”

“盖英卫？”苏渐闻声回头，看见血流满胸的盖英卫，大吃一惊，忙跑了过来。

“怎么回事？”苏渐看他胸口流血，立即抬手给他施了一个治疗法术，暂时止血。

“苏大人，刚、刚才……我冲上去了……我被龙矛戳中了，但我砍下了那个龙兵的手！”

勉力说到这里，盖英卫忽然拼尽所有的力气嘶吼叫道：“大人！盖英卫,给您丢脸了吗?”

“没有!”苏渐立即大声说道。

“那,您能原谅卑职以前的无知和冒犯吗?”说到此处,盖英卫的语速变得十分流利,明眼人一看就有些回光返照的苗头。

见得如此,苏渐眼眶含泪道:“盖兄,我早已原谅。”

“好!好!好!”盖英卫高声连道三个好字,“我盖英卫空活二十多年,今日死而无憾了!”

“不行!”苏渐猛地吼道,“姓盖的,不许死!你还要看着你家苏大人如何杀敌、如何帮你报仇呢!”

“好……多、多谢……”盖英卫脸上终于露出了平和的笑容。

本来他已经撑不住,就想如此死去,也好早点得个解脱。但现在听到苏渐的“命令”,他立即强撑意志,睁眼看天,不让自己陷入永恒的黑暗。

见得如此,一种感动充斥苏渐心间。此刻他热血沸腾,立即挥舞血歌剑大喝道:“玄武卫的兄弟们,跟我冲!”

于是以他为箭头,身后跟随十数名玄武卫,朝对面的龙军杀去!

苏渐这一处,只是这场千万人参与的大鏖战的微小局部。

在整个战场上,细微局部的进与退、得与失,并不能影响大局。

现在,人族的进攻受挫,损失很大。

李潮风元帅见势不对,立即指挥自己嫡系的青龙军,组成首尾团圆的偃月大阵。

这样的偃月大阵,乃是青龙军独创,所有阵中的军卒全都将长柄铁流刃横于腰间,最外围不断圆环游走,使军阵四周如旋刀刺,圆转迎敌,并且剥去一层,还有一层,后续连绵不绝。

这样的偃月大阵,华夏军中又俗称为“圆球刺猬阵”。

这名字听着可爱,却是威力无穷,青龙军正靠它独步西域。

只是战争打到现在,华夏军兵器已经不足。

本来应该全员配备长柄铁流刃的偃月阵,却只有外围三四层的兵士能够配足。

这还是中间的士兵或者紧急入伍的百姓,把自己仅剩的武器都交给外围将士。

于是在校尉军官们的调剂下，青龙军偃月大阵现在越到外围武器越精良，越到里面越寒酸。

尤其到了本该装备最雄厚精良的大阵垓心，这里的人们反而拿的不是钉耙就是锄头，甚至很多人连农具都拿不着，准备赤手空拳迎敌。

将近三分之一的人，没有合格的武器！

这在几乎铁定战败的情况下，意味着什么？

答案所有人都知道，但没有人犹豫。

从这一点看，青龙军已经拿出最后的家底，准备跟敌人同归于尽。

这时其他两支主力军团，白虎军和朱雀军，也不含糊。

白虎骑兵团元帅皇甫怒涛，正率领着精锐的骑兵，从各个方向朝龙族大军冲击。那重甲骑兵正面撞敌，轻骑兵则从两侧迂回，寻找战机。

这时候，那个名义上为白虎军团将军、实为宰相亲信的萧龙雀，却也金甲红袍，面戴鬼怪面具，带领着一支白虎骑兵朝对面的千军万马冲击。

从这一点也看出，即使作为求和心切的宰相一派的人，萧龙雀也必须上场迎敌；覆巢之下，焉有完卵？到这时候已经没人能置身事外。

而四灵军中最神秘的朱雀法师团，这时也在他们首领东方青玄大国师的率领下，奋力施法，不仅要掩护友军的战斗，还要特别对付那来自天空的风龙军团。

虽说这次龙军侵袭，主要是步兵，但在青芝原上空昏暗云空中，风龙族的战士们正骑着他们族中特别豢养的“天风龙”，居高临下地向人族军阵扑击。

在这样的大兵团鏖战中，苏渐身为玄武卫，他和他所带领的部属，毕竟和青龙、白虎主力军团不同，其特长在侦缉刺探，到了这种大兵团作战的场合完全施展不开来。

很快跟着苏渐冲杀的玄武卫同袍们，便死的死，伤的伤，一下便被冲散。

而这，还是有幸靠着苏渐这位罕见强力之人带头的结果。

其他各部冲杀的玄武卫，几乎全军覆没。

但对这样的结果，苏渐已经很难接受。

兵荒马乱的战场中，当他看到同袍们一个个倒下，一个个死去，无数鲜红的热血在眼前飞洒，无数绝望的号叫在耳边震荡，苏渐这时才知道，真正的战争有多可怕。

还没等他有心沉痛悲伤，转眼他便被一队岩龙兵冲倒。

曾经也在各种场合光芒闪耀的苏渐，这时就跟其他伤兵无异，被乱兵冲倒后满身血污地倒在尸堆中；无数的龙兵从他身边冲过，看都不看他一眼，简直视之如敝屣。

当然此时苏渐绝不会计较他们的轻视。他很感激自己的不起眼，才让他有重新站起的机会，重回自己的队伍里。

但他很快也发现，想回归本阵，也几乎是个不可能的任务。

他刚才已经冲得很前，现在悲伤地发现，本应该人数占优的人族，这时在他附近却很难看见。

他简直只有激发出毕生绝学，才勉强冲近了一个打着人族旗帜的军阵。

还没等他来得及通报自己，苏渐便忽听得一个熟悉的声音响起："苏渐，是你？"

苏渐一惊，抬头一看，却见说话之人正是轩辕承天。

作为人族的光明战神，怒雷神剑轩辕承天打到这时候，出现在苏渐面前时仍是威风凛凛。

他现在正骑在一匹白马上，穿一身银铠蓝袍；虽然马上衣上溅了无数的血点，但看他神采奕奕的样子，这些血迹应该都是敌人的。

一见到他，本已经有些凄惶的少年，顿时如同找到主心骨一般兴奋大叫道："轩辕大哥，我随你战！"

"好！"轩辕承天喝得一声好，就命自己的近卫军牵过一匹枣红马让苏渐骑上。

跨上枣红马，苏渐手擎血歌剑，在专属轩辕承天的青龙近卫军簇拥下，重整旗鼓，朝前杀去。

苏渐毕竟是一个好手，无论剑技还是火法，都已经修炼到一定境界；

而他的实战经验也不差，于是当他加入后，轩辕承天统领的这支精锐突击力量，实力明显得到增强。

于是，轩辕承天挥舞怒雷神剑，一路播撒怒雷疾电，苏渐在他身后剑舞如风，激发无边的烈焰火浪，两人配合之下，竟一路斩杀十数名龙兵，很快突前了二三里地。

见他们如此神勇，跟随着的近卫军们精神大振，一齐大喊："无敌！无敌！"

只是这局部的胜利，完全无法扭转整体的战局。

在轩辕承天和苏渐努力突击时，他们前后左右掩护的近卫军官兵们，却不断倒下，逐渐消耗殆尽。

而他们自己，坐骑也早就受伤、惊散，两人就这样步行着朝前奋勇冲杀。

就在一个多时辰后，闷头向前苦战的苏渐，忽然惊觉身边彻底没了"无敌"呐喊声；他吃了一惊，回头一看，却见青龙近卫军已是一个不剩，整个突击的战阵只剩下他和轩辕承天二人！

而这时候，苏渐更是惊惶地发现，因为他和轩辕承天刚才的突击相对来说更有效，竟导致他俩现在，竟然孤零零地处在了人龙双方的军阵中间！

因为刚才的乱战，恰好在这时有了个阶段性的结局。人龙双方两军重新对垒，又回到刚开始壁垒分明的状态。

当然，原先人数还占优的华夏国军队，这时候队伍明显稀疏；而那些龙族的联军，数量却没见明显的减少。

所以，虽然这时候双方各退一步，但状况相比何啻天差地别！

人族苟延残喘，龙军却在重整旗鼓，等待一锤定音的冲锋。

无论怎样，现在最尴尬的，却要数苏渐和轩辕承天二人。

他们现在正处在两军之间的空当中点上，可谓前不着村，后不着店：想退不可能，太远；想往前冲锋，更属找死的行为。

认真说来，他们现在最佳的策略，那就是赶紧分头往两边跑，这样还可能寻得一线生机。

但别说是轩辕承天，即使是苏渐，这时候也绝不可能逃跑。

已至绝境，苏渐正百感交集，却忽听身旁轩辕承天朗声说道："苏渐，你敢不敢跟我再冲一次？"

苏渐闻言一愣，但很快就感受到这简单的话语中，蕴含的大义豪情。

于是两军之间，敌潮之前，面对光明战神的邀请，苏渐热血上涌，仗剑高呼道："苏渐愿往！"

话音刚落，遥相对垒的人龙两军，就惊诧无比地看到，战线空当中央这两个孤零零的身影，竟没有转身逃开，而是口呼"无敌"，再一次并肩冲向了黑压压的龙军！

云天下，人影如丸。

千军万马前，冲锋二人的背影，是如此的孤单。

但这又何妨？

虽千万人，吾往矣。

这一刻，他们身后的华夏军队，忽然如梦初醒。

他们刚才已被打得七零八落，正是士气低落，这时一看轩辕承天与苏渐孤独向前的背影，身体里那股子永不磨灭的血性，一下子又被激发出来。

而太庙山顶，女人们本来也告一段落的战歌声，在苏渐和轩辕承天并肩冲锋那一刻起，忽又重新响起：

岂曰无衣？与子同袍。
王于兴师，修我戈矛。
与子同仇！
岂曰无衣？与子同泽。
王于兴师，修我矛戟。
与子偕作！
岂曰无衣？与子同裳。
王于兴师，修我甲兵。
与子偕行！

古老的战歌，在女人们有些嘶哑的歌唱声中，再次缭绕了整个战场。

本有些气馁的人族将士，便在战歌声中再次出发，朝着轩辕承天二人前进的方向，奋勇冲击。

见得如此，龙族的统帅们除了一脸的不可思议，不少人还露出一丝苦笑。

毕竟刚才鏖战的结果，龙族统帅们十分满意，无论从哪方面理解，对面这群人族的残军，都应该马上崩溃。

所以他们刚才阵列如林，不是为了其他，只为了静静等待对手自行崩溃。

只是他们万万没想到，仅仅是两个年轻人，做出了一个明显愚蠢而疯狂的举动，却让濒临崩溃的对手再次重整旗鼓，蜂拥进攻！

面对这结果，所有龙族将士们无奈迎战之余，也对战场中央那两个孤单的身影，露出了残忍的笑容……

这时候，那个夹杂在龙军战阵中的兽龙猛将迪傲思，揉了揉眼睛，忽然怒吼起来："哇呀呀！原来就是那个卑贱狡猾的人族虫子！"

"啊？"正在他旁边的亲信护卫森拳，闻声连忙一看，也顿时嚷了起来，"哎呀，就是上回跟将军耍诈逃走的人族少年！"

"住口！"迪傲思恼火地瞪了他一眼，怒吼道，"什么'逃走'？分明是本将军爱惜生命，故意放他走的——哇呀呀！今天你可别想跑了，老子要你的命！"

在这样前后矛盾的话语声中，迪傲思一扬手中门扇大的紫金大板刀，催动胯下独角巨犀坐骑，朝对面冲去！

太庙山前，一场大战再次爆发。

所有人都知道，不出意外这已是华夏国抵抗力量最后一次真正意义上的战斗了。

如果不能出现奇迹，不能进行扭转，别说太庙山背后的新苏杭平原了，整个华夏国的领土都将被龙族彻底蹂躏。

这时候，几乎所有正在殊死战斗的华夏、云山、神木战士，都在想同一个问题：

天雪国的援兵，你们还来不来了？

他们心心念念的都是天雪国援兵，这一点其实十分自然。

作为仅次于华夏的人族第二大国，天雪国实力强大，不仅武备充足，军队还极为骁勇善战。

何况这些天里，看到龙族大军摧枯拉朽的气势，所有人便都明白了，除天雪国的援兵能带来一丝希望外，其他任何王国的援军来了也是白搭。

只是让人想不通的是，在战争已经进行了近十天后，在华夏土地上战斗的人们却没盼来天雪国的一兵一卒。

“究竟哪里出了问题？”

这个问题浮现在所有人的心头。有些胆小的，已经开始为一些可能性不寒而栗。

其实天雪国中，并不是没有主张出兵救援的声音。

除了朝中大声疾呼救援的天雪大将军雷华晖，那南方边境之地的幽州城主、天雪皇长子雷冰梵，一收到龙族入侵消息，也立即命人快马传信，向朝廷请示出兵。

对很多人来说，天雪国和华夏国自古便为兄弟之国，同宗同源，现在一同被赶到苦寒西域，更是难兄难弟、唇亡齿寒之局。

所以包括雷冰梵在内的所有人，都认为出兵救援华夏乃是天经地义的事情。

于是，就在请示公文发出后，雷冰梵不等回复，就开始召集幽州府境内所有军队，汇聚多年积攒的物资，只等朝廷一声令下，即刻出击。

雷冰梵的准备是如此的充分，甚至他还让石国王子昭武长风部，一起随军出征。

现在的石国王子，甚得雷冰梵欢心。不仅他自己本人，他的族人也都被雷冰梵从劳役营中解放，编入了幽州精锐雪狼军中。上一回灵山圣门救援之事，就多赖昭武长风率部及时赶到。

但尽管如此，现在出兵救援华夏国，和上回不同，是十分正式的出兵征伐。如果让所有人都看到本该在劳役营中的石国旧部，堂而皇之地出现在战场上，为雷皇长子效命，那带来的风波和后果简直难以估量。

而雷冰梵并不是一个轻举妄动的莽夫，现在如此做，已经证明他对事情的严重性有了充分的估计：

如果这次再不倾全力救援，可能整个人族就要从此沉沦，再也没有了下次。

所以从这一点看，于情于理，他那个请示公文只是走过场，绝不会有问题。

但谁知道，两天后当幽州城中万事俱备，已经一身戎装、整装待发的雷冰梵，等来的却是父皇一纸不许出兵的上谕！

等到这结果，整个幽州城都仿佛一下子炸开了！

所有第一时间得到消息的幽州城官员幕僚们，简直人人惊讶，万分疑惑。

但尽管如此，并没有任何人敢违抗天雪皇帝的命令。

所以在消息传来的第二天，齐聚州城的幽州府各路将官们，全都解盔卸甲，准备带着部属回到各自的领地去。

谁知就在这时候，雷冰梵却突然召集大家齐聚城守府，向他们宣布：

"我，幽州城，出兵了！"

一听此言，众人惊诧、兴奋之余，也觉得不可思议。

城守府议事厅中，就这样陷入死一般的沉寂。

"殿下，"这时还是地位相对特殊的石国王子，大着胆子问道，"既然您的父皇陛下已经下诏不许出兵，殿下还坚持出兵，如此冒险违抗上谕，究竟是为什么？"

"理由很简单，"雷冰梵看着厅中众人，沉着有力地说道，"因为，那里有我的盟友，有我的兄弟，他们正在流血！"

于是这一日上午，无数代表着天雪皇长子的黑底白纹冰狼旗，便遮天蔽日地出了幽州南城门。

再说战场上的苏渐。

他义无反顾地随轩辕承天冲向敌阵，两人都拼尽全力。

轩辕承天将"怒雷之剑"的雷电威能，发挥到极致，那怒雷之心宝钻不断发出霹雳电光，一路杀伤无数。

苏渐则唤出血歌剑灵，让剑灵以血歌姬的形态在他和轩辕承天身旁卫护。

这样极力施为，刚开始时他俩还能杀开一条血路。

那后续的人族军队冲上来，在他们开辟的血路上向前，一时和那些蜂拥而来的龙族军队，竟也是互有胜负。

只是，毕竟实力相差太多，现在人族残存的军队已不太多。

所以冲前一阵后，包括轩辕承天和苏渐在内的人族联军，只能且战且退。

没过多久，人族残军已经败退到太庙山坡上，眼看败局已定。

败局，对于还在战斗的战士来说，可能还意味着趁乱逃走的机会，但对山顶那些双足已被固定的汉家女子们，却必定意味着死亡。

这时候，若说不害怕，那是假的。

华夏之族的女人们，看着越冲越近的凶猛龙族，也忍不住流下害怕的泪水。

但流泪，并不等于放弃、屈服。

相反，华夏之族的女人们还将战鼓敲得更响，将战歌唱得更加嘹亮。

她们这是要用生命终结前最后的绝唱，向这个无情的天地、凶恶的侵略者表明：

死，可以；

屈服，不行！

最后时刻，相比之前那首《无衣》，这时候她们唱的却是《国殇》：

> 天时怼兮威灵怒，严杀尽兮弃原野。
>
> 出不入兮往不反，平原忽兮路超远。
>
> 带利剑兮挟长弓，首身离兮心不惩。
>
> 诚既勇兮又以武，终刚强兮不可凌。
>
> 身既死兮神以灵，子魂魄兮为鬼雄。

所以，这时候她们不仅仅是在唱战歌，也在为奋勇流血的战士、奋力歌唱的自己，唱一曲最后的挽歌。

第七十一章

巫王权杖

很快，有少数勇猛的龙族已经趁乱冲上了太庙山，在混战中向山顶射出了利箭。

利箭飞来，无法躲避，转眼就有女人中箭倒下。

但战鼓声、战歌声，却变得更加响亮。

见得如此，还在拼死抵抗的人族战士们，很多都泪流满面。

他们拼尽了最后的力量，奋力阻挡仰攻的龙军脚步。

这时已成华夏军殿后的苏渐二人，周围的敌人也越来越多，抵挡起来变得十分吃力。

相比轩辕承天，苏渐毕竟年少力弱，渐渐便是有些不支了。

见得如此，轩辕承天尽力替他抵挡敌人时，也万分歉意地说道："对不起，是我连累你了。"

苏渐闻言，面不改色，只是大叫道："无妨，一死而已！"

话音刚落，前方忽然有兽龙特有的沉闷巨吼声响起："死？你这个卑微的虫子，本将军成全你！"

紧接着，前面如林的龙兵忽然朝两边分开，一个巨塔般的兽龙战将，挥舞着紫金大板刀，跨在独角巨犀上朝他迅猛冲来！

"迪傲思！"苏渐立即认出了来人。

刚刚惊叫出声，苦盏城兽龙猛将的紫金大板刀就砍向他的面门！

大刀砍来，苏渐立即闪身躲避；只是他这一刀刚躲过，力大无比的迪傲思，竟在一瞬间就掉转刀口，反手又朝苏渐砍来。

这一下，苏渐可真的躲不过了；而轩辕承天这时也被几个岩龙战将困住，一时无法救援。

“嗐嗐！”迪傲思见此局面，一边挥刀时，一边嘴角已露出残忍的笑容。

甚至他已经习惯性地舔了舔嘴唇，因为想到接下来要痛饮这少年温热的鲜血。

只是就在这时，这昏暗狭小的空间里，却忽有一道灿烂如月的剑光急闪飞来，一下子正击在迪傲思的紫金板刀上！

霎时间，沉重锋利的板刀失了准头，紧贴着苏渐的腰间飞速划过；那位置若再往前进一寸，少年立时重伤难治！

“谁?!”迪傲思见状愤怒地吼叫。

“冰梵！”死里逃生的苏渐，看见来人却是惊喜交加，大叫出声。

而这时，先前被乱军冲散的唐求和亚飒，也终于杀到近前。

灵鹫四杰，终又聚齐，在这太庙山的血肉杀场上，并肩抗敌。

雷冰梵出手救援，救的不仅仅是苏渐一个人，他还带来了北地幽州最精锐强悍的雪狼军。

本来龙族骑兵们的坐骑，乃是各种猛兽，相比而言人族这边的战马就显得比较单一；而且战马作为坐骑，基本只有速度，没有战力。

而幽州雪狼军不同，那些身形巨大、毛色雪白的冰原雪狼，本身的狼嚎和利爪，就带着慑人的威力。

有了这支生力军的加入，战场上一边倒的形势终于扭转过来。

而华夏军队更期盼的终极救援力量，风暴之墙的法师们，这时候也各展星流术，以无比神异的星流化形，在云空下如飞鸟一样凌空而来。

这时候，幸存的华夏将士们终于知道，自己的苦战和同伴的鲜血，终究没有白费；他们终于等来了真正的转机！

到这时，地面的龙军自有人对付，轩辕承天和苏渐这些星流术好手们，再也不用保留，用尽身体中最后的灵力，各自激发出星流奇术，迎击那些徘徊云空的天风龙骑。

于是，轩辕承天的雷霆怒龙、苏渐的朱雀血歌、雷冰梵的寒冰奔狼、亚飒的幽路天蝎、唐求的撞山野猪,甚至李潮风元帅的破穹苍龙、萧龙雀的赤炎雄狮,一齐冲上云霄,展现出灿如云霓的绚烂星辉!

最后的时刻终于到来。

这一刻,苏渐终于被激发出最大的潜能,将融合了两者的朱雀血歌星流术,发挥到极限。

暗黑的云天下,他舒展着"神焰朱雀"的千羽幻光翼,低语着"幻灵血歌"的血涛灵幻歌,一路冲向了漫天的天风龙骑。

于是,从太庙山飞起的轩辕承天等人,和东方飞来的风暴之墙星流武士,正好将青芝原上空的风龙骑夹在中间,形成一种包围合击之势。

在这样的有利形势下,苏渐飞腾起神焰朱雀的怒焰利爪,唱响幻灵血歌的魅惑之歌,很快打得风龙族的天风龙骑们晕头转向,纷纷坠落。

"空战"的进展倒是顺利,但苏渐奋力搏击之时,却忽然看到了一个想象不到之人!

"沧雪!"

原来漫天飞龙中,苏渐正看到那位冰丽无双的天才龙巫女,正足踏冰风雪云,在天风龙骑群中傲然凌风。

当见到她的第一眼,苏渐终于解开自己这大半年中的一个疑惑:

虽然上回在雪山冰原中,怀着国仇家恨将沧雪撞入了冰窟,但回来后他总觉得不踏实,总觉得这样实力超群的冰龙巫女,绝不可能就此轻易死去。毕竟,不管怎么说,她本身就是自带冰雪属性的冰龙之族啊。

但奇怪的是,这大半年来,遭自己如此毒手的冰龙巫女,却再也没找他报仇,所以苏渐就觉得很奇怪:"难道她真的死了?"

到了今日,当他在青芝原上空龙族飞天军阵中眼看见踏雪凌云的沧雪时,困扰已久的疑惑顿时解开,取而代之的则是无穷无尽的恐惧。

于是他立即一个回旋,跟正在身后鏖战的轩辕承天"雷霆怒龙"化身焦急叫道:"轩辕大哥,快,那个就是万恶的天才冰龙巫女沧雪,快、快打死她!"

轩辕承天这时正在跟一位风龙族猛将激战,一时没看见沧雪;不过被苏渐这么一提醒,他立即奋起一道"真龙霹雳",将眼前的风龙将劈下云霄。

“沧雪！”一听是上回泪原交手的女子又出现了，轩辕承天立即飞近苏渐身边，朝着他指点的方向看去。

在他的视野里，冰龙少女足踏雪云，身绕冰风，在昏沉黯淡的云空下，更显得如同冰雪女神一样美丽。

于是在这仇恨泾渭分明、已到了种族生死关头的时刻，作为人族主心骨的光明战神轩辕承天，却忽然迟疑了……

但毕竟在此局面中，纵使轩辕承天心中再是爱煞了这女子，却也只能出手了。

于是他的雷霆怒龙化身腾霄排云，发出震天动地的吼啸，朝那冰雪缭绕的龙女扑去！

离他不远的苏渐，自然看不到光明战神那一瞬间的犹豫。

看着他迅猛如雷地飞扑，苏渐看着远处的沧雪，心中不由想道：“她这回一定又恨我入骨了——”

“咦？我为什么说‘又’？”

而沧雪这时，面对汹汹而来的死敌轩辕承天，却是夷然不惧。

她刚才，已经清清楚楚地看到苏渐在回头跟自己的死敌说话。

于是当苏渐看着她心怀鬼胎时，她也迎着少年的视线回看过去，心中想：

“好感动！”

“刚才一定是苏渐爱郎在努力劝阻这个死硬分子，叫他不要打我，所以这人才迟疑。”

“苏渐，你果然还是爱我的！”

想到这里，沧雪倒也和苏渐一样，解开了困扰自己大半年的疑惑：

当初苏渐将自己撞入冰窟，究竟是有意伤害自己，还是有其他不得已的原因？

本来这一点她一直疑惑，不少夜晚还因此失眠；但当她刚才看到自己亲眼所见的一幕，便顿时不再疑惑了：

“嗯！”

“那一次，苏渐一定是看到他那些同伴们提刀弄剑气势汹汹地冲来，为了保护我才将我撞进冰窟的。”

“我家苏渐这么聪明，怎么会不知我冰龙之族并不怕冰水？”

这么想时，她心情愉快地擎出冰潮法杖，随手应付轩辕承天的攻击，还努力地抽出空闲来，充满爱意地看向苏渐……

不过很不幸的是，此时兵荒马乱，云空昏暗，再加上少年心怀鬼胎，于是沧雪爱意满满地看过来，落在苏渐眼中，却让他觉得龙巫女的眼神十分诡异——那似笑非笑，显然充满了讽刺威胁之意！

而苏渐这时再看看轩辕承天的战斗，却惊恐地发现，这位“京华四杰”之首、毫无疑问的人族青年第一猛将，却无论再怎么雷霆万钧地进攻，都被那娇美玲珑的龙巫女，挥舞冰潮法杖一一轻描淡写地化解。

见此情形，苏渐不由得心中悲叹：“沧雪啊沧雪，你这女魔头，明明可以靠脸蛋吃饭，为什么还要拼武力?!”

想到这里，苏渐更加胆战心惊，只觉得这片天地不可久留，便想转个场，去远离女魔头的地方迎战风龙骑。

谁知道当他转身还没飞多远，却只觉得一股刺骨的寒意扑面而来——

当他吃了一惊，抬头看去，竟正见到整场战争的龙军统帅狂禅，正乘在一头冰风之龙上，堵在他的去路上。

这还是苏渐第一次真正见到狂禅。

传说中龙魔混血的巫龙执政官，身形高大，诡异的容貌仿佛来自炼狱的使者。

尤其那硕大的头颅，混杂着巫龙和冰魔两族的特征，雄壮，诡秘，整个就像一块坚硬苍白的岩石，轮廓犀利，神色凶猛。

而同样因为龙魔混血的缘故，他一只眼睛如冰魔般幽蓝，另一只眼睛却如巫龙般血红，仿佛同时拥有冰与火的两极。这一点倒和他阴冷而暴虐的矛盾性格相符。

说起这狂禅，也算是传奇人物。

本来作为龙魔混血者，在当时的大陆上他不会受任何一个单一的种族待见。但对狂禅来说，十分幸运的是，他遇上了撒菩勒伯这个天下无双的枭雄。

对巫龙之王撒菩勒伯来说，俗世的规则只是他愚弄和控制他人的工具，如同孩童的玩具般，想玩就玩，想扔就扔。

于是，甭管狂禅是不是龙魔混血，更别说他最初还是龙族老巢龙渊列岛的巨寇首领，当撒菩勒伯将他俘虏后，看中了他的天赋才能，便立即提升他当副手，后来还成为巫龙国度实际的执政官。

甚至，最近巫龙之王还把那枚晶海神器“暴风之戒”，授予了狂禅。

于是，狂禅这样既狂暴嗜血又阴冷狡猾的矛盾人物，就对撒菩勒伯死心塌地了。

虽然，作为当初的龙渊列岛巨寇，狂禅那反抗强权的初心梦想，偶尔还在心中闪现，但现在撒菩勒伯的手段，却让他已经心甘情愿地成为巫龙之王镇压弱小的权杖。

现在，他就拿着那支象征巫龙执政官的白骨权杖，乘在冰风之龙上，冷冷地挡住了苏渐的去路。

如同主人，作为坐骑的冰风之龙，也忽坚如冰，忽化为气，乘风分影，和狂禅一样阴险飘忽。

见他挡住去路，苏渐心中顿时叫苦：“这凶悍魔头，怎么会偏偏挡住我的去路？”

他却没想到，狂禅一直暗恋沧雪而不得，纵在这生死战场中，依然分出一丝注意力，时刻注意沧雪的动静。

刚才苏渐靠近沧雪，便立时被他看见。

一见他出现，又霎时勾起狂禅的另一些回忆。

于是他挡住了少年去路，冰冷的话语如毒蛇的吐息，从云雾中传来：“苏渐！你要抢走本座的力量、权柄甚至爱情，所幸你卑微的血脉，还是让你堕落，成为叛师者！”

听了他这样的话，苏渐还和上回听见蟠泽所言那样，一脸的茫然。

但这时狂禅已经挥舞着白骨权杖，猛地朝他扑过来，要当场杀死他！

狂禅的白骨权杖，顶端镶嵌着一颗巨大的白骨头颅，也不知属于哪个种族，十分沉重硕大，所以虽说是权杖，却跟一只巨锤一样。苏渐要是被它砸着，不死也重伤。

最要命的是，苏渐到这会儿，灵力已快枯竭，连星流术都在勉强支撑。

所以对着狂扑而来的狂禅，苏渐只感觉无可抵挡，脸色瞬间煞白。

谁知就在那白骨权杖快砸到面门时，狂禅却突然停住，然后倏然回撤，乘着如影似幻的冰风之龙，回到先前的位置。

见他如此，苏渐大惑不解。

这时那狂禅却看着他，猛然爆发出一阵狂笑："哈哈哈！真好！没什么比现在看到你成为一只孱弱虫子更开心的事。想死？做梦！"

已经呆若木鸡的少年，听到巫龙执政官这句轻蔑到极点的话时，却忽然觉得，好像自己的身体里，有某种神秘的力量正在苏醒……

这股力量，更似是灵魂中的力量，驱使他浑身发颤，猛地朝狂禅怒吼："你不杀死我，会后悔的！终有一天，我会灭了你们龙族！"

听得此言，狂禅更加发出一阵狂笑。

他充满怜悯地看着少年，嘶声叫道："唉！你不仅孱弱、堕落，还变成一个蠢货、妄人！今天，真是太开心了，哈哈哈！"

长笑声中，巫龙执政官再度扑来；那挥舞权杖的手掌，指间的风暴之戒瞬间刮起了飓风。一时间，整个天空的阴云，都好像被笑声、风声震碎……正是：

杀声十万震云岚，
凌空一锤面色寒。
今日笑人不量力，
明朝画地分江山。

就在狂禅扑来之时，无数风暴之墙的星流武士也划空而来。

于是狂禅怒哼一声，与胯下冰风之龙一道分形幻影，倏然游离。

不过转身之时，他给苏渐留下一个阴冷无比的眼神。

到这一刻，才是这场龙族入侵破袭战的真正分水岭。

当狂禅转身离去之时，整个龙族大军也都随之往东方撤去。

龙族的突然撤退，并不奇怪。

这一次他们暴起发难，一举攻入华夏，看似摧枯拉朽，但暗中已隐藏诸多危机。

出兵之速，意味着四国龙军乃临时拼凑，数量大大不足。满打满算，他们总共也就一万多人。

当然就这么一万多龙军呼啸而来，就给华夏江山造成如此大的灾难，也可见虽然两百多年过去，龙族的战力丝毫没有削减，还是那么强大。

另一个撤兵的原因：正因为进军如此之速，不管一路攻到太庙山多么风光痛快，实际已让龙军大大深入华夏疆土，客观上已呈孤军深入之势。

无论何时，孤军深入都乃兵家大忌。

这两点还只是表面上的原因。

有一个龙军上下不愿触及的深层次原因是，正是太庙山这一役，让他们见识到，以前自己看不起的人族，竟然有着始料未及的强硬战斗意志。

按龙族的高傲想法，仗都打成这样了，换成他们之前任何一个征服过的种族，到这地步都会弃械投降，乖乖地面对接下来的悲惨命运。

但这一次完全不同，那太庙山前，连最卑微的兵卒至死犹在肉搏。中途间歇，区区两个年轻人就敢向如林的大军冲锋。

还有那太庙山顶不留后路、鼓舞士气的老弱妇孺，这一幕幕，可以说真把一部分残暴的龙族给吓住了。

所以当他们一看到人族各国军队陆续杀来，风暴之墙真正的人类精英也终于赶到时，包括狂禅在内的龙族指挥官们，便知道已经到了撤退的时候了。

当然下令退兵的龙族总指挥官狂禅，相比一般人来说，还有更多的感受。

回顾整场大战，狂禅猛然惊觉，龙之帝国承平这么多年，各个龙国间竟然已经不像二百多年前那样铁板一块。

在这次对敌时，冰、兽、岩、风四大龙国，已懂得暗中保存自己的实力，再也不像当年那样毫无保留地相互掩护配合。

念及这一点，狂禅非常不快，在心中冷冷想道："哼，这就是巫龙大人多年教导的结果？这个问题，比没有趁机荡平华夏，还要严重！”

就在他暗下狠心之时，太庙山前的战场上，刚砍翻最后一个敌人的轩辕承天，向苏渐这边走了过来。

虽然刚才轩辕承天没有听清狂禅在跟苏渐说什么，但眼角的余光已经看到狂禅乘龙凌空，朝苏渐逼迫而来。

所以，他现在站在苏渐身边，看着巫龙执政官的背影消失天际，很替苏渐担心。

但这时，苏渐反而变得很冷静，对轩辕承天说道：“承天大哥，你不用替我担心。我只是个小人物，他不至于把我放在心上。”

“这倒也是。”轩辕承天立即就被他说服，点点头道，“你说得有道理。说真的你武力这么弱，他就是想对人不利，至少也得先找我啊。”

“就是嘛。”苏渐脸上露出一抹笑容，“承天大哥，别想我的事了。你看，龙族侵略军终于跑了，我们，安全了！”

他这句话，仿佛一个开关，整个战场好像如梦初醒。

于是青芝原上的欢呼声，先是零星而起，转而席卷如潮，恰如同燎原的野火，不仅震动千里的山原，还在向整个华夏的疆土蔓延传导……

山呼海啸般的欢庆声中，苏渐却一脸平静。

他遥望着东方云空中那抹淡如尘霾的痕影，心中默默地想：“嗯，这狂禅，看来也是解开我身世之谜的一个重要人物。有机会，我一定要会会他。”

至此，龙族的华夏破袭战终于结束。

这一次大战，史称“第二次人龙战争”。后来又因查明这场战争由“翡翠惊天雷”引起，所以这场战争也常被称作“惊天破袭战”。

从这点讲，也很讽刺，本来梦泽国和血义盟想“惊”的是龙国的天，没想到最后“惊”的却是华夏的天地。

虽然狂暴的惊天破袭战结束，但其造成的后果却是无比深远的。

首先作为主战场的华夏国，从东方边境泪原，向西经残月峡、青芝原至太庙山，这一线山河破碎、血流成河。

尤其是西域国中难得的繁华之地青芝原，在龙族的入侵中，大量的城镇被破坏，无数的百姓流离失所。

而泪原、残月峡一线原本层层叠叠的军事要塞，也在这场战争中销毁殆尽。

最要命的是，人类王国对泪原已经失去控制权，今后只能通过拼死的血战，在残月峡反复争夺，以争取时间在后方紧急巩固阵地，建造新的要塞，形成新的防线。

这一点十分严重。所以大战刚一结束，华夏国主李翊便行文各国，口气严厉，让他们支援物资。

甚至，这位对盟国从来十分尊重的光武帝李翊，因为极其严重的局面，还对拖延推诿的王国，不惜以武力讨伐相威胁。

所以，对华夏国来说，虽然最残酷的战争暂时结束，其造成的伤口还会不断地流血。

而作为人类中坚抵抗力量的风暴之墙，在这场战役中，也损失了四十多名精英。

不仅如此，借着龙族四国联军攻击的机会，龙之帝国还紧急拼凑起不少飞龙军团，朝风暴之墙冲击。

虽说经过誓死抵抗，没让龙族得逞，但风暴之墙一线也遭受了不少损伤，尤其是消耗了不少重要的军事物资。

这一点对人类各国来说，也将造成长久的影响，各国百姓的负担将变得更加沉重。

在华夏国中，战后对战争中涌现的各种不法之徒，也开始进行清算。

本来华夏国推行的并不是严刑峻法，但这一回，整个朝堂一致同意，对战争中那些趁火打劫甚至甘当龙族奸细的恶徒，全都从严处置，一律处死！

华夏国的律法中，本来对杀人的日期有着严格的规定，一年中，不得行刑杀人之日很多。

比如从立春到秋分，还有正月、五月、九月，大祭祀日、大斋戒日，二十四节气日，每个月的朔望和上下弦日，全都不能执行死刑。

甚至，华夏国因为国主仁明，还专门规定每月有禁杀日，即每逢十、初

一、初八、十四、十五、十八、廿三、廿四、廿八、廿九，都不得对死囚犯行刑。

不仅如此，在实际执行中，“夜未明、雨未晴”不得杀人，也成了惯例。

所以，要较真计算，一年中官家合法执行死刑的天数，总共不到八十天，要是碰上雨季长的年份，还变得更少。

但非常时行非常事，大战之后的罪行清算中，光武帝李翊专门颁下圣旨，言明接下来一整年，没有任何禁杀之日！

于是，在大战结束后许多天里，犯下不可原谅罪行的恶徒们，头颅滚滚，染红了各城镇郊野的河溪。

除了华夏国中闹翻了天，作为本次大战祸乱之源的梦泽国和血义盟，也付出了应有的代价。

首先梦泽国在大战中虽然采取了缩头乌龟的策略，但还是没逃过攻击。

当战争爆发后，梦泽国对面的风龙国，就趁着人类强国无暇他顾，对梦泽国展开了偷袭。

他们首先推倒阳瓜江上游的大坝，重新放行江水，然后算准了风暴之墙的虚弱周期，派了一小股精锐勇士，沿着风暴之墙底部的阳瓜江暗流顺流而下，一路潜行。

接近阳瓜江中游的梦泽国首都凌波城时，他们便突然暴起发难，攻击了凌波城，造成了梦泽国京城居民的重大伤亡。

不仅如此，风龙族的勇士还分出一部分，根据隐龙客潜伏者的情报，十分精准地攻击了血义盟制造翡翠惊天雷的秘密工场。

而那些血义盟之人，这时候听到大战爆发，不是幸灾乐祸就是心惊胆战，哪料得到风龙国的精锐会杀到眼前？

于是轻而易举地，正在秘密工场中的所有血义盟成员，全都被风龙族武士残忍地杀死。不仅如此，梦泽国乃至整个人类联盟的镇国重器“翠脉手环”，也被风龙族趁机夺取。

事后人类王国分析梦泽国发生的这一连串事件，便发现，最让人不寒而栗的，不是镇国神器被夺，而是龙族潜伏者“隐龙客”那可怕的情报能力。

毕竟整个事件的爆发前后才几天，风龙族就得到了守护极其严密的绝密情报，可见隐龙客的渗透已经到了何等可怕的地步。

所以，侦缉抓捕隐龙客，也成了人类各国在战后重建之外，最重要的一件事。

而虽然造成了这么严重的后果，包括夏侯怒风在内的血义盟，从上到下却毫无悔意。

面对惨重的伤亡和破碎的山河，他们反倒认为，只有造成如此大的损失，才能唤醒一直苟活沉沦的同胞，激发他们对龙族和朽朝的仇恨。

不过造成如此严重的后果，已经不是血义盟自己悔不悔改的问题了。

很快，从战争中喘息过来的人类王国联盟，就查清楚了事情的真相。

作为人类王国的老大，华夏国很快便派使者至梦泽国，直接面见国主段华方，发出最严厉的询问。

这样一来，都不用华夏国亲自出手，只要看它摆出了这样鲜明的态度，梦泽国中早就不满的仁人志士们，立即大受鼓舞。

他们很快奋起行动，由被架空的丞相诸葛贤和他的亲密战友陆山宾，联合梦泽国内所有的理智派反对力量，开始了拨乱反正的大业。

从这一点看，诸葛贤不愧为一代名相诸葛亮的后裔。

虽然之前在梦泽国中靠边站，但毕竟丞相的职位还是没给他撤掉，甚至战后那段华方也感到心惊胆战，特意起复诸葛贤，对他委以更多的重任，还默许他和血义盟的国师相互制衡。

这时候就看出，一个真正为国为民的政治家，该有怎样的修养。

面对段华方的笼络，诸葛贤完全不为所动，他意图拨乱反正的步伐，从未停止。

本来他要联络的不少重要军方力量，还在犹豫，但当华夏国态度严厉的询问到来时，便立即改变了一切。

那些还在观望的城卫军，立即倒向了诸葛贤这一方；甚至连皇家御林军都烦透了血义盟教徒的猖狂，一听华夏国撑腰，不等谨慎的诸葛贤联系，他们便已主动联系了他。

万事俱备，梦泽国的志士仁人们，一举颠覆了血义盟的傀儡政权，血义盟自上而下，所有人都被大权重握的丞相宣布为乱党，大肆搜捕。

段华方也在诸葛贤进宫一番密谈后，主动宣布退位，将皇位“禅让”给其亲弟段华泽，同时更改年号为“始兴”，寓意“劫后重生，万象始兴”。

当然，造了如此大孽，段华方绝对不是退个位就能糊弄过去的。

本来，诸葛贤和新皇段华泽，毕竟和段华方相处这么多年，不忍心做得太绝；但真个是“千夫所指，无病而死”，无论朝堂还是民间，对段华方的愤恨实在太大了。

所以，连心存仁善的段华泽和诸葛贤最后也没办法，只得在尽量缓颊后，让段华方逃过一死，放逐到梦泽国最南方与沧海国交界的热带雨林中。

在那里，曾经尊崇无比的梦泽前国主，被任命了个“驱鳄使”头衔，专门替当地的丛林居民驱赶雨林中肆虐的鳄鱼。

而雨林闷热，虫瘴丛生，养尊处优的前国主，在那里能撑多少时间？结局可想而知。

梦泽国中终于万象更新，唯一遗憾的，就是包括夏侯怒风在内的血义盟高层们，早早得到了消息，在接下来的大肆搜捕中，全都逃之夭夭。

当然，这也就是少数高层了；更多的在梦泽国中活动的血义盟中下层教徒，全都被诸葛贤派兵抓捕一空，等待他们的将是最严厉的刑罚！

血义盟的“事业”，毫无疑问从此走入了低谷，但那位已经逃到安全地带的夏侯盟主，却冷笑着向信徒们宣称：

越是打压，越要不屈！所有“圣教”之徒，要抓紧时间，不择手段，积蓄力量，等待下一次“正义”事业高潮的到来！

天雪国中，此时也上演了一场不大不小的风波。

当天雪皇雷烈心听说雷冰梵不听上谕，贸然出兵，正是天威震怒，立即派快马发出申饬诏书，急召已经回返幽州的皇长子进京。

有了前因，幽州城军民哪还不知道他们的城主进京后的结果？于是他们立即劝阻自己爱戴的皇子进京领罪。

不过，雷冰梵有自己的考虑，并未听从这些劝阻，一收到申饬诏书，他便开始收拾行装，准备回京面见父皇。

只是，当他已经准备承受父皇的雷霆之怒时，天雪城又急急派来使者，竟然收回了那道诏书。

让众人目瞪口呆的是，不仅那道申饬诏书被收回，急急赶来的天雪城使者还当场颁发了另一道嘉奖诏书！

让众人惊奇的这道嘉奖诏书中写道，圣上察皇长子冰梵，性格勇烈，心智多谋，尤能体察上意，代表天雪国果断出兵，与华夏等诸邻邦并肩抗敌，击退了残暴龙族侵略军。故此，圣心欣喜，特颁诏嘉奖，并赐以重赏，以慰征尘。

如诏书中所说，这次天雪使者还带来了无数金珠丝绸、黍米钱粮，一并赏赐给幽州军民。

面对这结果，“心智多谋”的雷冰梵，却是一脸懵然。

“怎么……父皇忽然转了性？”对这样的结果他很是不能理解。

他却不知道，原来在太庙山大战前，华夏国主李翊，已经发誓要征讨背信弃义不出兵救援的天雪国。

虽说天雪国军民悍勇，但地处冰雪荒瘠之地，综合国力哪是华夏国的对手？

就算被龙族打得稀巴烂，那瘦死的骆驼也比马大，一旦华夏国主下定决心，那怒火也不是天雪国能承受的。

因此，雷冰梵这出兵救援之举，倒是歪打正着，息了华夏国征伐惩处之心。

对这一点，天雪皇雷烈心还是在发出申饬诏书后才知道，所以后来才有了这一场前后矛盾的闹剧。

虽然这整个事情看起来既可恨又可笑，但雷烈心毕竟是雷冰梵的父皇，纵然心有不满，甚至鄙夷，但雷冰梵也不好说什么，只得强作欢颜，接受了嘉奖和赏赐。

但当这件事后来传到了华夏国主李翊的耳里，这位光武帝便一声长叹，如此评价雷烈心：“天雪帝勇而诈，贪而怯，朕实忧心……”

这一场惊天大战，真的改变了很多：宏观的格局固然开始打破，个体的命运也开始流向更不可测的前方。

虽然大战为期不长，但对亚飒而言，却显得分外煎熬。

虽然表面上他还是苏渐的好兄弟，和苏渐、冰梵一起并肩作战，但暗地里，亚飒却十分痛苦。

毕竟，他的父亲被岩龙族杀死，也就罢了，但他最挚爱的母亲，却是被人族所杀。

于是这样的抵抗战中，他还要为杀母仇人之族卖命，便格外地纠结和痛苦。

他这样的异常，很快就被有心人发现。

作为龙族最精英的潜伏者组织，隐龙客何等强大？他们很快就发现了亚飒的情绪，经过一番调查后，便派人来隐晦地策反。

当然，这过程中，他们十分坦诚地为“误杀”他父亲之事表示道歉，愿意重重赔偿。

隐龙客的使者希望在这么做之后，亚飒能摒弃前嫌，和他们站在一起，向杀害他母亲的人族复仇。

以亚飒之智，自然不会接受隐龙客这样的招降。

事实上，亚飒是很有主张的人，暗地里，无论杀父还是杀母之仇，他一个也不准备原谅！

而如果这样的事情发生在雪山之事前，亚飒肯定会毫不犹豫地去告知苏渐。

但现在情况却有些不一样了。当那一晚在高山之巅的雪崖上，他和“智者”幽玄谈过那一番话后，表面好像什么都没改变，但内心已不是从前的亚飒了。

于是，对隐龙客来接触这样的大事，他虽有犹豫，但最终却对苏渐守口如瓶，没有透露一丝一毫讯息。

本来，他可能就这样在暗中永远纠结，独自烦恼内心那一片越扩越大的暗影。谁知道，一桩惊天大祸，很快就落在他头上！

就在人龙二次大战结束后大概一个多月的样子，这一日，亚飒跟往常一样，来到京华城中的玄武卫当值。

这只是一个寻常的日子，亚飒来玄武卫报个到，就要去地方上协助侦缉那些大战中的不法之徒了。

只是让他没想到，还没等自己走进玄武卫大门，就突然被门两边冒出来的一群如狼似虎的衙役，给瞬间按倒在地！

这变故如此突然，恰好苏渐正从门里出去，看到这一幕时还以为自己眼花了！

他连忙揉了揉眼睛，发现没眼花后，立即冲了上来，怒喝道："混蛋！哪个衙门的？瞎了你们的狗眼，敢来玄武卫抓人？！"

"啊，是苏爷！"为首负责抓亚飒的那捕头，一看苏渐冲来，立即惊声叫道。

像他这样一直在京城混的捕头，哪会不知道苏渐这个"屠龙英雄"兼"闹事大王"？

一看是苏渐，这位中年捕头不敢怠慢，忙一溜小跑上前躬身行礼禀道："苏爷，莫恼莫恼！小的们也很为难。若在平时，给咱天大的胆子，也不敢来您的衙门口儿抓人啊，不要命了？"

"但实在是咱负责战后查凶的鲁王爷，发现贵司这个叫亚飒的混血者，竟然在大战中跟龙族眉来眼去，想必是泄露情报了，所以才叫我们这些当差的来捉拿。"

"什么？！"一听捕头这话，苏渐顿时倒吸了一口冷气。

"亚飒？"他一转头看向灰发少年，却见此时亚飒眼中虽有愤怒，却也有些从来没看到过的东西。

第七十二章

相忘江湖

他兄弟二人,何等熟悉?

这些东西,别人没办法看出来,但对苏渐是无法掩饰的。

所以当苏渐一看亚飒这神情,立即便心里一沉。

不过,他却深知,虽然亚飒足智多谋,心眼灵活,但还是非常有原则的人,否则自己也不会跟他成为过命的兄弟。

所以他绝不会相信,亚飒会真的透露情报给龙族;如果这样,他苏渐头一个饶不了他!

说实话,这时候苏渐简直比亚飒这个当事人还要难受。

“怎么办?”他看着一言不发的亚飒和僵在当场的衙役,脑子开始飞速运转。

这时,那鲁王派来的捕头,还在眼巴巴地看着他。

别看这捕头这些天来,借着抓捕奸细的由头到处耀武扬威,甚至到了一些高官王侯家,也吆吆喝喝作威作福,但他现在在苏渐面前,却乖得像只小狗,就差没摇尾乞怜。

所以说官府之中,最以这种下层吏员会懂得审时度势。捕头心里非常清楚,别看先前那些高官看似威风,其实颇多顾忌,根本不敢拿他这样的鹰犬怎么样。

但苏渐可不同。

说得不好听,苏渐现在可是整个华夏国“鹰犬界”中的偶像,已被奉为祖师爷！

这捕头毫不怀疑，只要自己露出点不恭，传说中有仇必报、心狠手辣的小苏大人，等不到明天，就会弄死他……

正当他内心煎熬、额头冒汗之时，对面那其实内心也十分煎熬的少年，终于有了决断。

“这位大哥——”苏渐忽然笑着开口。

“啊？苏大人饶命啊！”话音未落，只听得“扑通”一声，内心紧绷的捕头竟吓得猛然跪倒在地！

“什么啊？！”苏渐对他这过激反应，简直莫名其妙，奇怪地看着他道，“怎么啦？我只是想问问你叫什么名字，你怎么就给我跪下了？快起来！”

“我、这……”胆战心惊的捕头，觉得还是跪着安全，不过听苏渐叫他起来，他也不敢违抗，只得苦着脸站起来。

“你叫什么名字？”苏渐又问了一遍。

“我、我……”中年捕头口角嗫嚅，很显然在拖时间，就是不想报真名。

看到他这样子，丝毫没意识到自己威慑力的少年，还觉得很奇怪，心想道：“这鲁王爷派来的捕头，不会有毛病吧？怎么好好的就下跪，问名字还说不出，真是莫名其妙！”

想到这里他也不耐烦了，顿时大喝一声道：“咄！本大人问你名姓，你拖延不答，难道另有不法隐情？”

见他发怒，这捕头再也不敢拖延了，只得哭丧着脸道：“大、大人，小的叫鲁贯，忝任一个小小的捕头。”

“好！鲁贯，”苏渐冷冷地看着他，“我知道你名字了。那你就给我听好了，亚飒是我兄弟，不管他有什么事，你可别给我兄弟玩阴的。你们那一套，我清楚得很。听到了吗？”

“听到了听到了！”鲁贯一听苏渐这话，反倒变得轻松起来，忙不迭地说道，“我们一定会好好伺候着大人的兄弟，不让他受委屈。”

说完这句话，他也不敢在此地久留，连忙一转身，对手下叫道：“带走！”

一听他下令，手下那些差人连忙往亚飒身上套绳索，要按惯例绑走。

对这一点，业务熟练的鲁捕头倒也没觉得有什么不对；不过当他正要迈步时，却听得身后传来一声不轻不重的冷哼声。

一听这哼声，鲁捕头浑身一颤，头也不回，立即朝手下瞪眼大叫道："瞎了你们的狗眼！苏爷的兄弟个个是好汉，你们真是小人之心，快把绳子都给我收起来！"

此后，他便同手下一起，簇拥着亚飒一溜烟地跑掉了。

看他们急急离开的架势，有街边不知情的人，看这抱头鼠窜的样子，还心说他们是被谁揍跑了吗。

见他们远去，苏渐立即转身回到门里，径直往内堂求见轩辕鸿。

苏渐的来意，自然毫无疑问。

但让他没想到的是，当他把情况一说，希望大统领能帮忙疏通一下关系时，轩辕鸿却长叹一声，看着他道："小苏啊，你兄弟的遭遇，本座很同情。但看来你还被蒙在鼓里吧？"

"什么？！"苏渐一听这话头，心中顿感不妙。

果然只听那大统领说道："其实，我本来也不信，但最近确实有人告发，说大战期间，有龙族之人伪装成平民，与亚飒接触。"

"啊？！"苏渐一听大惊，连忙说道，"大人，我绝不相信以亚飒的见识品格，真会出卖我族。"

"这是自然。"轩辕鸿点点头道，"虽说那告发者，信誓旦旦说亚飒曾出卖情报给龙族。但本座从各路传报来看，他最后应该是拒绝了龙族的策反。"

"那不就行了！"苏渐惊喜叫道，"那大统领能不能让我捎个口信，让他们把亚飒给放回来？毕竟，亚飒也是咱玄武卫的人啊。"

"小苏啊……"轩辕鸿看着他，欲言又止道，"你是真的不知道内情吗？"

"内情？"苏渐一愣。

就这一愣的工夫，突然一个念头，如闪电般在他心头划过："哎呀！我也是糊涂了！我怎么没想到这茬儿？"

心中转念时，他试探着跟大统领道："大人，难道是鲁王爷他……"

“对！”轩辕鸿赞许地点点头，“你也是关心则乱，一时没想到。没错，根据我得到的线报，在有人向鲁王爷告发亚飒通敌的同时，又有人跟王爷捅出了他女儿的私情……”

听到这里，苏渐在心惊之余，也忍不住感叹：

面前这位轩辕鸿大统领，真不愧是坊间传说的“华夏之犬”，这京华城中一丝一毫的风声，都逃不出他的嗅觉。

感叹之时，苏渐便听得轩辕鸿说道：“小苏啊，你还想不通吗？鲁王爷这次分明是公报私仇啊！不对，也不算公报私仇。别跟我说亚飒没有通敌，光他跟龙族接触却知情不报这一点，就足够他坐一辈子牢。”

“小苏，我知道你重情重义，但老夫还是有一句忠告：亚飒这次无论于公于私，都行差踏错了。而你，毕竟前途远大，就随他去吧，免得牵连了自己，那样不仅于事无补，还会白白牺牲。”

“真的，”说到这里时，威风赫赫的大统领，简直有些苦口婆心了，“小苏你真的要听我的。我轩辕鸿见过多少大风大浪？告诉你，人这一辈子啊，就像赶路，要到达远方，这一路就必须不断地离开一些人，放开一些事。”

“我懂了，多谢大统领指点。”见轩辕鸿已亮明了观点，苏渐心知再多说也无益，毕竟他很清楚，轩辕鸿绝非言辞可动之人。

于是，他拱了拱手，便准备告辞。

不过，在出门前，轩辕鸿忽然想起一事，便叫住了他。

让苏渐没想到的是，一直对他和颜悦色的大统领，这时候竟有些恼怒地冲他叫道：“小苏！差点忘了，你们怎么搞的?!”

“怎么了?”苏渐闻言，一头雾水，不知道发生了什么事。

“还怎么了?”轩辕鸿怒气冲冲地拍案叫道，“前日太庙山前大战中，你跟承天瞎出什么风头？两个人就敢往龙军大阵冲？你们两个难道不知，有多少人在你们身上寄托了希望？你给本座好好记住，下次再碰上同样的事，别给我瞎逞能，该跑就跑！”

“呃！”苏渐没想到大统领的怒火原来是这样，只得哭笑不得地认错道，“知道了，是我错了。大人，下次我会见机行事的。哎呀对了，我说呢，这几天没见到承天大哥,看来他——”

“没错!”轩辕鸿面沉似水寒声道,“我已将这家伙禁足三日,让他面壁思过。你——”

还没等他继续说,苏渐忽叫道:“哎呀,属下想起还有重要差事没做,这就跟大统领告辞了!”

说罢还没等轩辕鸿反应过来,他便已经一溜烟地跑出门去了!

“臭小子!”轩辕鸿见此情形,不由得笑骂道,“真是搞不懂,前些日面对那么多黑压压的龙族,他就敢孤身往前冲;怎么这会儿却逃得比兔子还快?真是个小兔崽子!”

“唉!”说到这里,他不由得一声长叹,“老了老了,跟不上这些年轻人的想法咯……”

正自怨自艾时,他却忽然心里一动:“咦?不对!还先别说他俩鲁莽冲动,想一想,换成我年轻的时候,就看太庙山前那阵势,我敢区区一两个人就朝如潮敌军冲锋吗?”

想到这里,玄武卫大统领忽然心潮起伏。

很快,他便朝外边高声喊道:“快来人!去我府中把你们承天大人的禁足给解了!”

当苏渐在玄武卫内堂跟轩辕鸿求情时,那亚飒已经被一路解往了京华府衙。

因为刚才苏渐的缘故,鲁贯等差役对亚飒很客气,甚至还跟他透露,今日将由鲁王亲自审讯。

这一路上,身为戴罪囚徒的亚飒,这时心情反而比苏渐更加平静,也看得更加清楚。

几番试探下,他已从鲁王的亲信捕头口中得知,“不知何故”,鲁王之女灵莺郡主,已经被鲁王爷禁足,再也不放出府外胡闹了。

听到这消息,亚飒哪还不知道缘由?一时间他心中十分难过。

不过,满心悲痛的他,却并不如何替自己未满周岁的小儿担忧。他知道,虽然儿之父、儿之母已不能照顾,但小春原在这京华城中,还有两个好叔叔。

亚飒想通了一切，也决定坦然面对这一切，但有一件事情他完全想不到：

导致这一切苦难的所谓“告发者”，却正是自己敬重无比的幽玄道人！

原来，已经发现亚飒潜能的魔族黑暗国师，在人龙之战中，已察觉到隐龙客的秘密动作。

于是，化身幽玄的恶魔国师伊尔丹，也有些心急了。他要加快进程，便故意将亚飒的隐秘之事透露给人族王朝，正式开始了对亚飒的逼反扶植计划。

在今后漫长的岁月里，亚飒完全不知道这个秘密。

他不知道，正是他一直以来敬爱有加、视为精神导师的幽玄，亲手炮制了他所有的苦难……

事件的发展，果然如算无遗策的恶魔国师所愿。

当亚飒被带上大堂时，那主审的鲁王李陌，只是看了两眼，便两眼喷火，毫不留情地用了大刑！

被超出常规的残酷折磨后，亚飒已是血肉模糊。

看到他浑身是血的惨状，鲁王这时才觉得气儿稍微顺了点。

于是他一声令下，没经过真正审问的亚飒，便被打入了死囚牢，不日就将问斩。

毫无疑问，苏渐和唐求两人，这时在外面想尽了一切办法，试图营救亚飒。

在试图营救的同时，苏渐也特意去京郊西山的碧山小筑中，继续照顾亚飒的骨血、自己的义子小春原。

这一日，正当苏渐在碧山小筑中抱着小春原、努力哄他不哭时，却忽然想起之前跟轩辕鸿的对答。

这一想，也不知道联想到什么，苏渐忽然就坐不住了。

他立即把小春原交给了雇来的奶妈，叮嘱几句后，便匆匆离开了碧山小筑。

此后他一路小心掩盖行迹，穿过了整个京华城，踏上了京城东郊人迹罕至的小路。

如此小心地隐藏着行踪，最后他潜入灵鹫山上的灵鹫学院中。

到了自己毕业的学院，苏渐谁都没找，径直去了女教习们居住的仙霞别院中。

来到仙霞别院，毫无疑问他找的人正是古玉妃。

“苏渐，你怎么来了？”见他前来，风情万种的女教习又惊又喜。

“我来了。”平日飞扬跳脱的少年，这时却一反常态。

他今日没跟美艳女教习说些玩笑话，直接就郑重无比地看着古玉妃，沉声说道：“玉妃，今日我来，是有一件很重要的事拜托你。”

“什么事？我能怎么做？”见少年如此郑重，古玉妃不由得也严肃起来，肃容问道。

“那好——你对幻系灵术很精通吧？”苏渐看着她的双眼问道。

“那当然！”古玉妃傲然说道，“若说别的，奴家恐怕不行；但这幻系之术，精研已久，在这华夏国中，可排前十！”

“我相信你！”苏渐紧锁的眉毛顿时舒展，“我也是多此一问了，否则你怎么可能进灵鹫学院教幻系灵术呢？是这样，你能否……”

即使是在女教习私密的住所中，苏渐说起此事时，也压低了声音，极为警惕。

听了他的低语，古玉妃先是惊讶无比地看着他，尔后越听，神色越凝重。

最后，当苏渐征询她意见时，美艳动人的女教习，抿了抿红唇，其他什么都没说，只看着苏渐，坚定而温柔地说道：

“苏渐，你知道吗？我现在的人生，都是你给的了。不要说帮这个忙，其实你要姐姐做什么，都可以的……”

说此话时，女子的目光热烈而多情。苏渐目光所及，仿佛都要被她的目光灼伤，下意识地转脸偏开……

现在苏渐最忧虑的，还是那位在汨原夕阳中第一次相识的好兄弟。

身为公门之人，看见眼下阵势，他哪还不知道，别说亚飒已被判杀头，就算没被判，冲鲁王这气恨架势，亚飒也活不过几天去。

判明这一点，苏渐便知道不能再等了。

于是从古玉妃处回来后，苏渐便搁下手头所有其他事情，只做一件事：

动用自己这几年来，在玄武卫内外、京华城朝野结下的所有善缘，全力营救亚飒！

虽然，这个世界并不是一个冷酷的世界，但真正到了节骨眼儿上，其实都非常现实。

对这一点，苏渐心知肚明。

所以在动用这些关系时，他并没有多说什么为兄弟冤屈、伸张正义之类美好的话，而直接跟对方言明：

只要这次帮了他，以前欠下他苏渐的所有情分，这次全部还清。

到最后，他甚至去轩辕鸿大统领那儿交了底，坦言为了换回亚飒一条活命，他愿意赔上自己的前程甚至生命。

当他这么表态后，本来已经准备事不关己高高挂起的大统领，终于动容。

只有当苏渐折腾出这么大的仗阵后，亚飒之事才终于有了起色。

大概就在三天后，亚飒终于被纳入了京城牢狱所谓的“损耗”，当晚被扔在了城北郊的填埋场中。

这一晚，正是倾盆大雨。

早得了消息的苏渐，和唐求一道，冒雨在填埋场中将混血少年从垃圾堆里拖出来。

这时候，饱经折磨的亚飒，已是奄奄一息了。

大雨倾盆而下，冲刷他满身的鲜血；亚飒的眼睛，已经肿得看不见人，只能凭声音判断是自己兄弟来救他了。

往日的亚飒，也是个英俊沉静的翩翩少年，这时候简直已经不成人形了。

借着闪电的光芒，看见亚飒如此，苏渐和唐求禁不住心中大恸。

雨夜里，苏渐看着亚飒的惨状，一时竟也有些茫然。

今时不同往日。以前自己和伙伴们都有明确的敌人，善恶泾渭分明。

但这一回，按当下的伦理法条，深究起来，却还是亚飒理亏在前；而且，这一次出手对付他的，可还是圣上的兄弟鲁王。

所以在无边的夜色冷雨里，苏渐看见亚飒这样，有心怒吼发泄，但最终出口的，却只是一声长叹。

此后亚飒便在苏渐秘密安排的住所里，疗伤休养。

因为有着很好的武学基础，亚飒的身体恢复起来很快。

但即使身子逐渐复原，一直关心他的苏渐还是发现，混血少年往日那双如栗色水晶般的眼眸，现在透露出来的眼神，却有些空洞了……

当亚飒的身子好不容易有了起色，这一日，当苏渐来看他时，他便在几番欲言又止后，开口说道："苏兄，我……我还想请你帮个忙。"

"说吧。"苏渐见他犹疑，立即道，"你我兄弟，共患过难，有什么不好直说的？"

"嗯……"亚飒脸色还有些犹豫，踌躇再三后才说道，"苏兄，我、我还想跟郡主她见一面……"

"什么？！你！"刚才还和蔼可亲的少年，脸色霎时就变得非常愤怒！

面对他眼中的怒火，亚飒自觉理亏，讷讷地低下头去。

不过也只是片刻，他便抬起头，重新坚定地说道："大哥，我跟她还有些未尽的重要话儿要说，恳请你成全！"

苏渐闻言，凝视他良久，忽然长叹一声道："唉，算了，我再帮你一回。但亚飒，你一定要答应我，这是你最后一次见她！"

"我知道，我会的。"亚飒有些萧索地答道，"小弟刚从鬼门关前走过一回，还连累兄长四处求人，我怎会还不知轻重？这番奇祸，分明就是因我与郡主二人孽缘而起啊。"

"你知道就好！"苏渐毫不客气，不留余地地说道，"亚飒你记牢，这次是你二人最后一次相见。以后你们便相忘江湖，再不相识。"

铿锵说完这句，苏渐又苦口婆心地补充道："亚飒啊，你一定要听为兄这句话，否则断头奇祸，转瞬即至！"

"知道了……谢谢苏兄。"亚飒弱弱地应答道。

虽说苏渐明知都到现在这情况了，亚飒再见郡主，绝不合适，其中蕴含的巨大风险连傻子都知道。但面对好兄弟的哀求，一向明知利害的苏渐，还是心软了。

于是，刚消停两天的苏渐，又开始出去全力运作，终于找门路跟灵莺郡主接上了头。

因为之前亚飒已被收拾得奄奄一息，所以原本被禁足的郡主，这些天也可稍稍放松，不再像以往那样完全不能出门了。

所以，苏渐最后找到了门路，顺利地将郡主约到了大家第一次相见的太白居酒铺中。

太白居是苏渐最熟悉的可靠地方。到了之后，他找了个十分僻静的角落，静静地等郡主来。

经历了一场天大风波后，往日活泼爱玩的灵莺郡主，也晓得了低调为何物。苏渐再次见到她时，郡主穿了一身素色布裙，显得极不起眼。

当然苏渐可没工夫计较这些细节。当郡主刚落座，他就轻声说道："郡主殿下，现在有一人，十分想见你。"

"我就知道是别人想见我，"还没反应过来的李怜心道，"苏渐，你现在多了不起，是和光明战神并列冲锋的大英雄呢，怎会想起来找我这个小女子——啊?!"

说到这里时，李怜心注意到苏渐凝重的神色，忽然便反应了过来。

"苏渐！"她低声惊呼道，"难道、难道他还没死?"

"没死。"苏渐冷静道，"我已经将他救出，但受了重伤，这些天顾着养伤，便没惊动你。"

"太好了！"听到这消息，李怜心也不由得喜动颜色。

见她如此，苏渐也是心中一喜，忙趁热打铁道："郡主殿下，亚飒身子是复原了，但还有些事情没放下。他现在很想见你一面，你看——"

"别说了。"刚才惊喜交加的郡主，这时却忽然打断他的话，冷冷地说道，"苏渐，你应该明白，我和他这辈子都不可能再相见了。"

"但是——"苏渐想辩驳两句，却再次被李怜心打断。

"苏渐，难道你也糊涂了？不该呀。"郡主略带嘲讽地道，"是，我和他是有一段情缘，我们俩也曾度过一段那么美好的时光。但现在一切都结束了。而且，这当然是孽缘，差点害了他的性命，就算为他好，我也不应该跟他再见面了。”

“再说了，”李怜心目光灼灼地看着少年，“苏渐，刚才我说自己是小女子，不过玩笑话而已。”

“我李怜心贵为鲁王之女，封号灵莺郡主，身份自是高贵，也多有羁绊。这其中无奈，你应知晓。

“而对苏渐你，我向来视之如兄，那便请你如兄长一样，代我传话于他，就说我二人情缘已尽，从此便相忘江湖吧。”

“这……”见她说到这个份上，苏渐一时间都不好再说什么。

踌躇再三，苏渐便抬头看着郡主，恳切道：“郡主殿下，你说的这一切，我都明白。甚至我那傻兄弟跟我提这要求时，我也很恼火，简直想揍他。”

“可是，后来他说了，这是他和你最后一次相见。他只是有些未尽的话儿想跟你说，见完之后，你们便从此陌路吧。”

“可是——”李怜心还想再说，苏渐却截住话头，目光烁烁，直视她的双眼说道：“你也说了，你二人曾有情缘，曾有那么一段美好的时光，那苏渐恳请殿下就看在这美好时光的分上，最后再去见他一次，如何？”

听得此言，李怜心陷入了犹豫。

最后，虽然还有不愿，但她还是咬着嘴唇，勉强地答应了。

见她应允，苏渐立即结了账，带她出了太白居。

“我们去哪儿相见？”到了人声嘈杂的大街上，李怜心有些茫然地问道。

“还是碧山小筑。”苏渐低声道。

“物是人非”，用这个词来形容亚飒和郡主的感情，再恰当不过。

京城西郊的碧山小筑，院中翠竹依旧青葱，映入二人眼帘时，正是日光洒落，竹影婆娑。

清风吹来，竹叶沙沙作响。有不知名的小鸟，如同往日一般在林间鸣叫，啁啁啾啾，如鸣笙簧。

景物依旧，但亚飒和李怜心再次于庭园中相见时，第一眼看到对方，竟觉得好生尴尬。

不仅尴尬，还觉得有几分陌生——要知道，他们曾经是多么亲密的一对恋人啊！

“怜心，”最后还是亚飒先开了口，“我骗了你。”

“什么？”郡主一愣。

“我跟你苏大哥说，有未尽的重要话儿要跟你讲，他才帮了我。”亚飒诚恳地说道，“可……事情都到这份儿上了，我还能说什么？我真的只是太想再见你一面啊！”

说到此时，亚飒这样大好男儿，神色竟现出几分哀婉。

“你……我知道。”见他流露这番哀怜模样，本已经打定主意硬起心肠的女子，忽然间心又软了。

“一日夫妻百日恩”，往日两人你侬我侬、耳鬓厮磨的一幕幕，又闪现在郡主的心头。

虽然理智让她远离，但感性却驱使着她的身躯，不由自主地朝面前的少年靠去。

只是，才移到一半，李怜心忽然惊觉，暗自惊道：“啊，我这是在干吗？我再这样，纵然眼前一时欢愉，终究还是害了他！”

心中转念如此，郡主立时又变得肃然。停了停，她便委婉地跟亚飒解释，请他原谅自己的无情；毕竟事已至此，她不能背叛整个家族。

无论如何，亚飒都是心智极高之人，哪怕只言片语，他都能听出话外之音，更何况李怜心此刻已经说得如此分明。

于是他也终于叹息一声，对和自己保持距离的女子道：“怜心，这是我最后一次这么叫你。天地不仁，世情如炉，过去的终究只能过去。你放心，我放下了，从此你我二人陌路相逢，只作不识。过去种种，只当大梦一场吧。”

听他如此说，李怜心虽然放下心来，却不由自主地也变得伤感。

此时亚飒又抬手指了指碧山小筑的二楼，诚声说道：“郡主殿下，不管如何，您再去看看您的孩子最后一眼吧。”

“孩子”，这是李怜心、亚飒甚至苏渐刻意回避的字眼。

但到了眼下终局之时，亚飒终究还是不能回避。他只求在永别之际，小春原的亲生母亲，能够上楼再看自己的亲儿最后一眼。

母子连心，乃是天性，这一点并不因身份贵贱而转移。一听亚飒提起自己的亲生骨肉，灵莺郡主一直努力筑起的那道情感上的高墙，仿若瞬间崩塌。

于是都不用亚飒再催，她立即转身，提着裙裾朝小楼门里匆匆跑去。

只是当她才刚走到正门口时，耳中却忽听得“砰”的一声巨响，好像有什么重物坠落在自己身后。

“哎呀好险！”郡主第一反应便是吓了一跳，拍拍胸脯，心想道，“真是好险，是什么掉了？差点就砸到我了。”

她本能地立即转过脸来，在看到地上坠物之前，首先看到的是亚飒的脸。

让她吃惊的是，刚才已复平和的亚飒，此刻竟是一脸惊恐，面孔扭曲得变了形。

“怎么了？”李怜心还没反应过来，“他怎么这么吃惊？”

但很快，当她的视线下意识地下移，便忽然“哇”的一下，猛地发出一声尖叫惨号！

原来她看见，自己那样活泼可爱、还未满周岁的小春原，这时却被猛然摔在面前的地上，看到时已然支离破碎，血肉模糊！

“……”霎时之间，李怜心仿佛觉得整个世界都在晃动，自己看到的一切景物都猩红如血。

“哇！”之前还一直矜持的郡主，这时候却忽然好像变成了疯子，披头散发，凄厉哀号着冲上前去，要弯腰捧起地上那一堆血肉。

这时候，刚刚吓呆的混血少年，却双眼含泪，快步冲上来将她拦住，用手遮住了她的视线。

也直到这时候，在院门外守候的苏渐和唐求，才反应过来院子里发生了什么。

苏渐立即叫声不好，猛蹿过来，越过了亚飒二人，想冲上楼揪出凶手。

只是饶是他身手如此敏捷，刚冲到楼下时，却只听得楼上门帘被掀动后的余音，转眼便寂然无声了。

“糟糕！”苏渐立即明白，刚才从楼上将孩子摔下之人，绝对是绝顶高手；别说等到上楼了，自己才到楼下时，他就已逃匿无踪了。

虽然如此，苏渐还是冲上楼，果然只看见被绑在椅子上一脸惊恐的奶娘，屋里什么其他人都没有了。

于是他只得无奈地下楼，朝一脸期待看向他的混血少年，摇了摇头——

如果说，亚飒之前还一直在和内心那片不断扩大的暗影争斗，但到了这一刻，他心头那一丝最后的悲悯善良之火，彻底熄灭了。

灵莺郡主这时，受不住这样沉重的打击，已经有发疯的迹象了；亚飒不知道还能做什么，只是紧紧地将她搂住。

“亚飒，这样的事情，我也很难过……”苏渐这时想安慰兄弟，说到一半却发现，他连自己都说服不了。

而这时，他忽然从亚飒的眼神中，好似看到了一些前所未见的神色。

只是一瞬间，苏渐便感到莫名的惊心动魄，自己的心魂都好像如堕冰窟！

“亚飒！”他立即清醒过来，连忙道，“其实事情没那么糟。最重要的是，希望你不要被仇恨污染了心灵——”

才来得及说到这里，亚飒一下子扔下郡主，冲过来猛地挥起一拳，一下子就将苏渐打倒！

不仅如此，亚飒紧接着又扑上来，发疯似的拳落如雨，朝苏渐身上猛力砸去！

“亚飒你疯了?!”正在一旁想着怎么安慰的唐求，见状连忙冲上来，大喝道，“别打了！亚飒你怎么打自家兄弟？你忘了是谁把你救出来的?!”

但亚飒对他这话仿佛充耳不闻，拳头依旧如雨点般朝苏渐身上砸去！

见他如此，唐求急忙抽出铜锤，举起来想将亚飒先砸到一边去。

而这时正抱着头承受亚飒攻击的苏渐，察觉到唐求举动，立即大叫道：“胖子，你别动——你让他打！看他怎么把我打死！”

听他此言，唐求一时愣住，吃惊地看着他；这时候，亚飒挥舞的拳头忽然放缓，很快就停住了手。

“呜呜！”忽然间，亚飒竟流出血泪来！

“亚飒，你……”重新站起的苏渐，看他如此，一时竟不知该说什么才好。

沉默了片刻，却是亚飒忽然跪倒，朝苏渐“砰砰砰”地磕了三个响头。

“你这是干什么?!”苏渐见状十分吃惊。

“苏渐，我不配做你的兄弟。”亚飒站起来，朝他道，“忘了我吧。我走了。”

说罢，亚飒转身离去。

“你这是什么话?!”苏渐立即冲他怒吼道，“咱们几个好兄弟，难道不是要相处一辈子?!”

“……”正转身离去的亚飒，闻言顿了顿，转过身来。

只是这片刻之间，刚才满面血泪的少年，此刻神色竟已是无悲无喜。

他这时谁都没看，只盯着苏渐。

沉默半晌，他忽然说得一句:“苏渐，认识你，我三生有幸。”

沉沉地说完这一句，他便转身离去，再也没有回头看一眼。

这一刻的离去，再无任何眷顾。

灰发少年如同发泄一般，将浑身的灵力施展到极致，很快便如风而逝。

这样的离别，迅疾得让人几乎来不及反应。

也许别人不清楚，但亚飒自己却知道，从刚才的那一刻起，什么对苏渐的情、对郡主的爱、对人族的留恋，就在自己刚才说出那一句话时，已经全部断绝了。

见事情变成这样，一直旁观的唐求，也是心绪翻滚，整个人都变得十分难受。

煎熬了片刻，正当他想开口跟苏渐说些什么时，却听得苏渐忽然幽幽地说道:“胖子，什么都不用说了。我想通了，亚飒今日如此，也许早已注定。所以我们这样的兄弟，当得还真是不称职呢。”

“可这还不是我最难过的。我现在最难过的是，我真的有个很重要的事情想告诉他，他却这么快跑得无影无踪了。”

“重要的事?”唐求一愣，想了想道，“没事的，也别难过了，反正下次见到他，再说吧。”

这一刻,无论他还是苏渐,都没意识到,就从这一刻起,他们两个会在漫长的时间里,再也见不到亚飒。

时光流转,转眼已是黄昏。

在如血的斜阳中,寂寞空庭里只余下囫囵的血肉、绝望的女子、茫然的少年。

而这半日里,真的发生了太多太多的事,以至于苏渐直到护着郡主走出碧山小筑时,才猛然明白:

原来今天一切的一切,都是个早已安排好的局啊!

否则,亚飒真的这么容易救出?

郡主真的这么容易出来?

这么长时间里,碧山小筑能一直风平浪静?

所以直到此时,苏渐才真正认识到,鲁王府有多么冷酷和强大!

事实上他们一直都在等待这一刻——

这一刻,让孽缘而生的骨肉,眼睁睁摔在二人面前,于是不仅惩罚了卑贱的混血者,更让尊贵的王女彻底死了这条心。

想通了这点,苏渐对如此残酷冷血的手段悚然而惊。

如果换成一般人,面对这样可怕无情的雷霆手段,定会吓得屁滚尿流,立即屈服,不敢做任何他想。

不过这时,苏渐却看着西天血红色的落日,默默地发下了一个誓言:

“不管你们是谁,不管你们势力有多大,做出了这种绝户事情来,我苏渐就算拼尽了性命,也要让你们付出代价!”

长街亡命

碧山小筑的风波，暂时消歇。

小人物固然有小人物的悲伤，大人物却也有大人物的苦恼。

就在碧山小筑出事后的第三天，这一日，华夏国宰相司徒威，正在自己府中书房里，来来回回地踱步，思索着一些事情。

作为人族第一大国的宰相，这司徒威可非同小可。但如果不知道他身份的人，只看他清瘦的身形脸形，还会以为他是个落魄的老书生。

但久居上位，岂比寻常？纵然独自踱步，司徒威偶尔旁视一眼，那双目中闪现的精光便极为慑人。

不过目光慑人的司徒宰相，现在却是心事重重。

众所周知，司徒威是朝中主和派的首脑。

按常理来说，刚经历如此惨烈大战，目睹龙族的暴行，司徒威那求和之心，至少也应该变得淡然许多。

但这只是普通人的想法。

对司徒威来说，目睹龙族之威，却更加坚定了他屈服和谈之心。

对他来说，二次人龙战争，让他颇有些“眼见为实”的味道。

毕竟他虽年长，却也是龙族横扫大陆后出生的人，这次还是头一回看见龙族大军横扫一切的惊天威能。

“只是龙之四族联军啊，就打成这样……”看着书房窗外树枝抽出的嫩绿新芽，司徒威心中默默地想。

现在他在心目中，已经把自己所在的人族王国，当成了窗外枝头脆弱的嫩芽。

“不行！这样下去要亡国亡种了！”司徒威有些激动地想，“作为人族首席宰相，我必须站出来！我的计划，要加紧进行了。”

心中酝酿投降计划的宰相大人，这时却是一脸悲壮。倒好像他不是在想着屈服投降，而要实践什么崇高的理想。

正当他下定决心，要让人通传萧龙雀前来议事时，却忽听得贴身长随在门外轻声禀道：“相爷，鲁王爷前来拜见您。”

“鲁王？李陌？”司徒威一愣，便道，“将他请入前厅，就说老夫马上便来。”

“是。”屋外仆从领命而去。

虽说马上就去，但司徒威又去换了套衣服，洗了把脸，还将后院屋檐下的几个盆景都浇透了水，这才慢悠悠地往前厅去。

毕竟，鲁王爷在一般官民眼里是了不得的人物，但司徒威这位国中首席权臣来说，却是根本不把他放在眼里。

如果有机会让亚飒见到正在宰相府前厅等待的鲁王，就会惊叹，为什么这么肥头大耳的王爷，能生出灵莺郡主这样秀美可人的女儿来！

可能因为养尊处优，鲁王李陌的身材，简直不是一般的肥胖，几乎像一座肥肉堆成的小山。

这么奇特的身材，还害得宰相府的仆人们费得好大一番功夫，专门调整了桌椅的格局，才勉强将鲁王爷安顿下在前厅坐下等候。

当然，那种时下流行带把手的圈儿椅，鲁王爷是无福消受了，以他这宽度，只能坐在一张长条凳上。

这样的坐法显然太屈尊，但鲁王爷已经习惯。

坐在板凳上等候时，鲁王爷东张西望，欣赏宰相府客厅中的摆设，神色十分放松。

不过当司徒威进来时，鲁王爷立即用令人吃惊的敏捷速度站起来，满脸堆笑地朝司徒威问好。

对鲁王，真不必客气。司徒威假笑了两声，便慢条斯理地在主位坐下。

坐下来后，他说的第一句话却是：“鲁王爷您，真是心宽休胖，令本相颇为羡慕。”

“哈，哪里哪里。”鲁王爷干笑一声道，“小王乃清闲王爷，自然比不得老大人日理万机，这才痴肥。像相爷您这样的清健身板，小王羡慕还来不及呢。”

“哦？王爷过谦了。”司徒威淡淡道，“圣上英明，知道量才任用，鲁王殿下不是正于大理寺中，替圣上甄别通敌罪人吗？”

“我这只是非常时的非常任用而已，”鲁王爷谦逊道，“并比不上大理寺卿。不过相爷您提到甄别通敌之罪，小王前来，倒正为此事。”

“哦？”听了这句话，司徒威顿时变得有些恼火。

他心说，自己什么身份？区区案情罪行，还要劳烦他来接见一番？因此他的脸色顿时就沉了下来。

鲁王什么场面没见过？一看司徒威脸色变化，立即道：“相爷，小王也知道，按理说这些都是小事，是烦不到相爷这里来的。”

“只是有龙族新供出来的某个卧底奸细，身份却有些特别；小王觉得为难，左思右想，觉得还是来跟相爷您商量一下为好。”

“哦？”听他这么说，司徒威倒是来了点兴趣，看着鲁王道，“身份特别……莫非是什么王公贵族？”

“不是。”鲁王摇头道。

“那算什么难事。”司徒威的脸色又冷了下来。

“真的，”鲁王一脸苦笑道，“这年头，可不只是身份高贵之人才棘手。而且相爷您想想，虽然小王驽钝，但能来找您，就说明此人和您有些关系。”

“是吗。”司徒威何等老江湖，根本不为所动，淡淡道，“王子犯法，尚与庶民同罪，就算此人和本相有什么关系，王爷您秉公办理就是了。”

嘴上打着官腔，司徒威心里却道：“和我有关系？呵呵！本相什么手脚？哪怕暗地和龙族勾连不亦热乎，也都全部小心处理，别人根本寻不到什么手尾。”

“而且这些事都做得极为小心，大多数人只知道自己那点儿事，除了萧龙雀，谁被抓我都不怕——萧龙雀？你们抓得到吗！”

想到这里，司徒威看着鲁王油光闪闪的肥脸，不由得一阵厌烦。

他之所以心生厌烦，除了烦鲁王故弄玄虚，还有一点便是基于他的立场，他一听什么和龙族的通敌治罪之事，就本能地反感。

这时他便想：“吓，你们这些庸人，哪看得到天下大势？若说通敌，我才是咱国中最大的通敌犯呢！可我为的是谁？为的是整个国家和种族的明天！你们这些庸人哪会懂！”

一时间，司徒威心中都生出一种“众人皆醉我独醒”的悲壮苍茫感。

正当司徒威感慨时，一直察言观色的鲁王爷忽然道：“相爷，小王妄自揣测，不知相爷您是不是误会了？”

“也怪我话没说全。我想说的是，此人身份特殊，但更重要的是，他是老大人您的对头啊！”

“哦?!”听到这话，司徒威终于有些动容了。

见他认真起来，鲁王爷立即十分兴奋道：“相爷，他就是——”

“慢!”还没等鲁王说出那人名字，司徒威却一摆手，打断他话道，“王爷别急。今日看来也是吉日，左右无事，我等玩个小游戏如何?”

“游戏?”鲁王爷眨巴眨巴眼睛道，“是什么游戏？这个、这个……本王体形阔大，一般的游戏都玩不得。”

“王爷莫怕，也不算游戏。”心情好起来的宰相，竟是面露笑容道，“说是游戏，只算余兴小事。你先别说出这人名字，让本相猜一猜，然后我二人各自用笔墨写在手掌上，一相对照，若是一样，岂非佳话?”

“哈哈哈，有趣有趣!”鲁王立即凑趣大笑道，“这可真是雅事。不过呢，本王可觉得，相爷您肯定写不对呢!”

“那就试试咯!”司徒威真来了兴趣，立即命人拿来两副文房四宝。

于是堂堂的华夏相爷和王爷，就依照演义话本小说中的桥段，各自背过身去，在自己手掌心写下某人的名字。

他俩这般写字时，客厅中可还有相府的幕僚和王爷的随从相陪。

看他二人如此折腾，这些不知情的看客们还都挺好奇。他们心中纷纷想道：

“王爷他们说的这人，应该身份非常尊贵吧？”

“虽然不是王侯将相，也应该是非常高贵之人。”

正所谓看热闹的不嫌事大，这些看客们全都心情激动。

他们总觉得，无论从哪方面来看，能劳动鲁王前来专门找相爷的，一定不是凡人。

“哎呀不得了不得了，竟有贵人是龙族奸细！”他们这时都反应过来，心中惊呼道，“要出大事了！这消息捅出去，还不知道让朝野怎么天翻地覆呢！”

客厅众人，意识到事情严重性后，顿时一个个伸长脖子，焦急地等待下文。

于是万众期待中，宰相率先摊开了手掌，还向众人摇了摇。

“苏？”看清司徒威掌中这个字，客厅中的幕僚们全都一脸茫然。

叽叽喳喳的交谈声，立即在客厅中响起，所有人都在急急忙忙地问身边同僚：

咱京华城中，有姓苏的达官显贵吗？没有吧？

但这时，鲁王爷一看宰相手中字，却忽然笑开了花，满脸成堆的肥肉抖个不停！

不过他只顾笑，也没说话，停了片刻便伸出手掌，朝众人一摊：

“渐。”

这时候，看全两人掌中之字的看客们，还没反应过来。

那些和宰相关系密切的幕僚，还纷纷笑道：“老大人啊，看来您是猜错了。鲁王爷你也真是，什么‘渐’不‘渐’的，没听说过，分明就是无名小辈，你却还来跟咱老大人故弄玄虚。”

正当打趣话儿此起彼伏时，客厅却不知有谁，忽然惊叫一声：

“苏渐？！”

此言一出，嘈杂大厅霎时安静，静得几乎能听见彼此的呼吸……

战后京华的第一个初春，景色好像和往年并没有什么不同。

天地不仁，人世间大开大合的鏖战，对天地中的日月经天、四季流转，毫无影响。

但今年的初春，当苏渐再走上熟悉的街道、看那些熟悉的树枝爆出了嫩绿的新芽时，心情却截然不同。

和宰相一样，他也是在二次人龙大战中，目睹了以往只是传说中的龙族暴行。

“血洗”“屠村”“焚城”，这些词语经常出现在描述人龙大战的典籍中。以前苏渐私底下还认为，这些耸人听闻的字眼，可能也只是文人们的夸张修辞。

但当他今天重新走在春日的街道上，想起几月前的大战时，才发现以前的想法有多幼稚。

作为亲历者，他简直有些战栗地发现，那些史书中的记述，为了不吓坏老百姓，很可能还进行了某种程度的弱化和美化。

当年的真相，很可能比字面看到的还要凄惨和血腥！

所以，虽然这时触目所及的初春景色，好似什么都没改变，但苏渐行走在街道上时，却知道很多事情已经不同。

比如，哪怕是像他这样的小人物，不也失去了自己的兄弟吗？曾以为不久就能看到的亚飒，直到今天都再也没有出现。

所以无论国家大事，还是个人小情，都已经物是人非了。

怀着伤感的情绪，苏渐穿过了熟悉的街巷，走近了熟悉的玄武卫所。

仿佛为了印证心中的感想，今日和往常一样来卫所点卯后，苏渐便发现，今日自己的同僚好像和往日也有些不同。

要知道因为苏渐的平易近人，不管做下多少天大的事，他对待同僚完全没有架子，所以大家也都愿意跟他亲近。

但今天他却发现，自己遇到的某些人，目光都闪闪烁烁，好像不敢跟自己对视。

不仅如此，很快他就碰到了更奇怪的事。

今天根本不是他的生日，但在这个上午，却陆续有同僚送给他生日礼物。

而这生日礼物，偏偏还非常单调，只有一种：

寿桃。

“真是怪了!”随着寿桃越收越多,苏渐心中的疑团也越来越大。

但当他拉住送寿桃的同僚,想问原因时,他们却都摇摇头,甩手匆匆离去。

“太奇怪了!”

苏渐终于坐不住了。

于是当那个大战余生的盖英卫,也一瘸一拐地来送寿桃时,苏渐一把就把他揪住。

“说!”苏渐低声威胁道,“盖英卫,你在玩什么花招?怎么今天一个个都这么奇怪!给我送寿桃?今天可不是我生日,别告诉我是我自己记错了!”

说到这里,苏渐故意目露凶光道:“盖英卫,你给我说清楚,否则我有的是招儿治你!”

“别别别,我说——我想说的是,大人您怎么变笨了?”盖英卫的脸色忽然变得很古怪,“怎么回事,属下不能说,但大人您刚才自己的话,不就已经有答案了吗?”

“啊?!”盖英卫的话,好似一道闪电,霎时耀亮了苏渐混沌的脑海。

“不是生日,那寿桃……不就只剩下‘桃’嘛……桃……逃?!”苏渐忽的悚然而惊!

“大人,快!”这时已听盖英卫焦急叫道,“要来不及了!”

苏渐一听,毫不迟疑,翻身便朝门外跑。

等他出了门,原本看着没什么人的卫所庭院里,竟顿时冒出了七八个巡城兵马司的士卒来!他们各擎刀械,呼喊着朝他扑来。

苏渐哪能让他们撵着?他立即足下生风,很快便冲出门去,让那些正准备关门捉人的巡城军士们措手不及。

见一时赶不上,那为首的巡城军校尉刘耿立即大叫道:“苏渐,有龙族俘虏说你是他们收买的奸细!你听本将一言,老老实实束手就擒吧!若没做过,到鲁王爷案前审了,还能还你一个清白!”

按理说,刘校尉这番劝降喊话,说得入情入理;而且京华城乃天子脚下，你苏渐仓促间能逃哪儿去？若真不是龙族的奸细，这时最好的做法就是束手就擒，到大理寺再分辩洗冤吧。

事实上，刘校尉能这么喊，就是打心眼儿里认为，苏渐这样的屠龙大英雄，根本不可能是龙族收买的汉奸。

但刘校尉毕竟还是小人物，知道的信息有限。他哪想得到，自己一说出"鲁王爷"三个字，那苏渐顿时跑得更欢了！

苏渐脑筋多灵？只从这三个字里，就几乎推断出全部内情：

自己因为帮助亚飒，间接也得罪了鲁王。从碧山小筑之事来看，鲁王可不是善类，现在一朝权在手，哪还不公报私仇，将他苏渐给陷害了？

所以对大理寺申冤，苏渐根本就不抱任何幻想。

事实上他现在很佩服自己那些玄武卫同僚，因为真的是"英雄所见略同"；这些玄武卫的人精们，虽然同样不知道怎么回事，却给他指出了最好的，也是唯一的出路：

逃！

这时候没命奔逃的苏渐，还不知道就在昨晚，对他的抓捕暗地里已经发生一场激烈的交锋了。

交锋的两方，自然是司徒威和轩辕鸿。

昨晚，司徒威为苏渐之事，特地拜访轩辕鸿。

不过当他刚一说明来意，轩辕鸿顿时就恼了。

当然轩辕鸿也是城府很深的人，没有立即翻脸，只是忍住怒火，让宰相说说到底怎么回事。

不用说，宰相就把鲁王炮制的那些所谓的龙兵俘虏口供，一一呈现给轩辕鸿看。

不得不说，鲁王虽然痴肥，做起事来，可和他蠢笨的身形大不相同。即使以轩辕鸿这样的公门积年老手，也根本看不出这些口供有什么破绽。

但到了轩辕鸿这种境界，怎么会只看表象？"眼见为实"这个常识，在他这里根本行不通！

所以当司徒威一本正经地呈现完口供，轩辕鸿便皮笑肉不笑道："相爷，口供嘛，都是人说出来的，也是人问出来的。你我心知肚明，都知那三木之下，想要什么样的口供没有？这样的东西，就不要拿到我轩辕鸿面前来了吧。”

对他的话，司徒威早有准备，立即不慌不忙道：“大统领此言甚是。不过口供可假，也可为真。现下圣上对通敌奸细查勘甚急，你我同殿为臣，当为国分忧。面对这样的口供，虽不尽信，也不可轻忽视之。”

“哼！”轩辕鸿终于忍不住怒火，提高声音，不客气道，“司徒，你在我面前就别玩这一套了！且不说这些口供是真是假，当日苏渐那小子奋勇杀敌，总不是假的吧？”

“杀敌不假啊，”面对轩辕鸿的怒火，司徒威毫不动气，依旧耐心地说道，“可有句话，大统领难道忘了？‘大奸若忠’，若苏渐真是汉奸，为了长期潜伏，一时卖力杀敌也是有的。”

“胡扯！这简直是颠倒黑白！”轩辕鸿没想到司徒威能说出这样的话来，顿时气得脸红脖子粗，大声叫骂。

和鲁王不同，他还真敢在宰相面前这般叫嚣。他可不是虚衔王爷，手底下握着整个玄武卫，所以一听司徒威狡辩，他心中不爽，骂也就骂了。

不过对他这点，司徒威同样早有心理准备，这时依旧不慌不忙。

“宰相肚里能撑船”嘛，被轩辕鸿这么一骂，他竟然还能面带笑容，轻声细语地说道：“大统领，随你怎么不快，但咱得说理。别说奋勇杀敌了，就算他和贵公子并肩冲向龙军大阵之事，依本相看，也大为可疑。”

“什么？！”轩辕鸿怒极反笑，冷笑道，“呵，你倒说说，怎么就可疑了？”

“当然可疑啊，”司徒威不疾不徐道，“你想想，如果不是和龙族勾结，心里早就有底，就凭苏渐这小子，哪敢和承天侄儿孤零零两个人就往千军万马冲？”

“所以依本相看，这个疑点，甚至比那些言之凿凿的俘虏口供，还要确凿啊！”

“哈哈！”轩辕鸿闻听此言，狂笑一声，一双虎目瞪视司徒威道，“这么说，是不是要把我儿也抓起来？”

一听此言，司徒威心里顿时叫道：“那敢情好！”不过嘴上却说道：“轩辕老弟，这是哪里话？别说气话、别说气话，你我多年相交，知你惜才，我也一样啊。鲁王那边也只是想把苏渐找来问问,又不是已经认定了。”

“你想想,这样也好帮苏渐洗脱嫌疑啊,否则有这些口供在,就算我们一时压过去,对他迟早也是个病,不知哪天就发作了。到时候影响了他的大好前程,就真不好了。须知,我和你一样,也非常看好他啊。”

听他这么说之后,之前大喊大叫的轩辕鸿,忽然变得平静了。

还别说,之前司徒威什么话都没能让他信服,但这一番苦口婆心,倒真让他迟疑了。

“也对啊。”轩辕鸿看着一脸诚恳的宰相,心想道,“司徒老儿说的倒还真有几分道理。苏渐这孩子分明前程远大,如果今日不弄清这些事情,迟早都是个病。”

“毕竟现在还好说,等将来他有大前程时,再爆发出来,破坏力可比现在大多了。”轩辕鸿心中这么想着,脸色也随之变得平和起来。

司徒威一直在注意观察他的表情变化,一见这模样,心中顿时道:“成了!”

果不其然,轩辕鸿虽然还板着脸,说的却是:“相爷,既这么说,审清楚也好。”

“太好了!”司徒威立即大声赞道,“就知轩辕老弟也是通情达理之人,怪不得玄武卫经营得这么好!”

对他的吹捧,轩辕鸿却似乎没听见,根本不搭茬。

当司徒威告辞离去,轩辕鸿却忽然开口,在他背后阴沉沉地说道:“相爷,你我相交多年,也知我是粗人,可没你想的那么通情达理。我是说,若审案过程中有什么手脚,造成了冤案,我轩辕鸿可不是吃素的。”

面对这赤裸裸的威胁,司徒威却不以为意,回过身来一笑,拱拱手道:“老弟放心,鲁王那人虽然痴肥,做事还是极精明的。那些龙族若起任何诬良为盗的心思,绝逃不过他的法眼。”

“如此最好。”轩辕鸿沉声说道。

大统领的心暂时放下了。只是他却不知道,那负责主审的鲁王爷,其实已和宰相联手了。

事实上司徒威刚从他这儿离开,就径直去了鲁王爷那里。

就在去王府的途中，刚才一副公正大度模样的宰相，却在马车厢里面色狰狞地想道："嘿，苏渐啊苏渐，你可真有本事！先是在红焰晶海坏我好事，要了阮天择的性命，便如断我一只手臂；现在竟又唆使小弟勾引王爷的宝贝女儿，真是哪里都有你！"

"怎么就你这么多事？怎么就你一个人正义？好好好！喜欢多事是吧，可你在这个世上的日子就快没了！"

一脸凶恶地想到这里，他的车驾也快到鲁王府前了。

听到外面随从们高声唱喏，说"鲁王府到了"时，司徒威却又阴阴一笑，心忖道："李陌啊李陌，你也是蠢货！你以为老夫不知道你的用意？一副急公好义、为我报仇的样子，其实不过是苏渐的兄弟弄大你女儿肚子而已。"

"你也是没种，想公报私仇就公报私仇呗，却还胆小，听到红焰晶海之事的一点点风声，就想来利用我。怎么，你怕轩辕鸿，难道老夫就不怕？这浑人刚才还真说了，若成'冤案'，他可真会反击的。

"现在好了，鲁王啊鲁王，你个死胖子，到时候你就是老夫最好的替罪羊——不，替罪猪了！"

到这时，宰相司徒威好像算到了一切，却忘了自己漏算了一点：

虽说轩辕鸿暂时不知内情，但他多年刀头舐血，那种站在刑事侦缉领域顶端而养成的惊人直觉，却成了此事最大的一个变数。

于是到了第二天，虽然轩辕鸿想不清到底哪儿会有问题，但总觉得心惊肉跳，不能平静。

他也是当机立断之人，一番思索后他立即授意手下亲信，用"送寿桃"的方式，向苏渐间接示警。

当然他也没想到，苏渐这小子在玄武卫中，人气竟然如此之足：刚开始只是少数轩辕鸿的亲信来传信，到后来一传十、十传百，最后竟然连盖英卫这样的角色也收到消息，前来示警。

轩辕鸿这做法，思路很简单：自己想不出答案，就让苏渐这小子自行决定吧。

所以，当他听人来传报，说巡城军出动抓捕时，苏渐毫不犹豫地就逃了,轩辕鸿顿时就头皮一麻,心中一阵后怕!

轩辕鸿心道:“苏渐这娃儿别看年轻,做事向来有谱。他也绝不是贪生怕死之辈,虽不拘小节,也从来服从王法。现在刘耿那厮已经挑明了道理利害,他却仍然翻身就逃,说明此事绝不像司徒威说的那么简单。”

想到这里,轩辕鸿骂了司徒威一句“老狐狸”,便叫来亲信的血晶徽卫,吩咐他调查最近和苏渐相关的一切动向。

当血晶徽卫应诺而去时,仿佛福至心灵,轩辕鸿心中灵光一闪,顿时叫住正在离去的血晶徽卫,让他重点调查苏渐那个几个月前不告而别的混血兄弟。

就在轩辕鸿着手安排的一个时辰前,京华长街上大乱,如同刮起一场风暴!

苏渐冲出卫所门外,立即全力奔逃;刘耿等巡城军兵士,在后面紧追不舍。

这时候,从长街的两侧,又不断冒出早就埋伏好的巡城军,他们要么在后面紧追,要么在前面阻拦,一番围追堵截,动静闹得极大。

见得这场面,别说街边民众了,连苏渐自己都很吃惊。

“怎么会搞出这么大场面?”极力逃窜时,苏渐心里纳闷道,“平时这巡城军只知鱼肉百姓,何曾见得这般出力?”

“哎呀！会不会是上次金运来赌坊之事,跟巡城军结下梁子,这次他们便公报私仇了?”

他这猜测,倒也合理,却不知道,背后的真相比这严重十倍。

对他抓捕如此升级加料,实在是司徒威特地交代了巡城兵马司的中郎将童大方,让他务必将苏渐小混蛋抓捕归案。

和苏渐想象的相反,上回结仇的“老朋友”童大方,乍听到这消息并不是欣喜若狂,而是一肚子的不踏实。

他又不是聋子瞎子,这几年苏渐闹腾出来的事情,他都听在耳里看在眼里,此时再想起当年金运来赌坊那件事,他唯一的感想就是“后怕”。

像他这种官僚出身的人,最是趋利避害,刚听到宰相这吩咐时,直觉就不太好。

但他又不敢违逆，毕竟众所周知他是宰相一党，首鼠两端绝对不行。所以当送走宰相府的传话人后，他立即找来得力干将刘耿，命他布置周全，务必要将苏渐一举成擒。

所以这一点就和司徒威大人的预想有偏差：

面对他的密令，巡城中郎将童大方，竟然没有亲自动手。

童大方没有亲自出现，不拘多少还是让苏渐找到些机会。

只是一番亡命狂奔后，那长街两侧冒出的巡城军越来越多，拦截的位置也越来越精妙，苏渐奔逃的速度不知不觉便慢了下来。

很快，那武艺不凡的刘校尉，就带人冲近了他背后。

而这时，苏渐前面乱哄哄的街道中，已有五六名巡城军冲过来，眼看就是个前后合围瓮中捉鳖之势。

“苏渐！”眼看就要得手，刘耿大叫道，“快快束手就擒吧！您毕竟是官身，要真撕破了脸，下手太重，这大白天长街上的，大家脸上须都不好看！”

刘耿这番话，还真不是因为他内心敬佩苏渐，实在是那回千军万马中，苏渐随轩辕承天纵横冲杀的神武英姿，已经深深印在了他们这些华夏武人心上。

所以没什么好说的，他“怕”啊！

但苏渐此时岂是言语可说动的？

面对刘耿的劝降，他头也不回，继续闪动身形，迅速往斜刺里插去，准备从包围圈的空隙中跑出去。

见他还想突围，刘耿也有些恼了！

一股子热血冲上脑门后，他立即大吼道：“姓苏的你既不识相，我等也不客气了！兄弟们，给我上！”

说罢，他和几个精锐亲信飞身扑上，想要和前面的巡城军前后合围，将苏渐扑倒在地！

其实这种场合，刘耿各种担心实属多余。毕竟长街逼仄，行人很多，再加上这一番鸡飞狗跳的追逐，这段长街正是乱七八糟，苏渐双拳难敌四手，其实很难逃脱的。

所以先前刘耿一直没得手，实在是他想得太多了。

不过当最后这一发狠,刘耿很快就发现了这一点。

于是他立即大喜过望,那飞扑的动作变得更加矫健,眼看就要和八九个得力属下将苏渐扑倒。

到这时候,苏渐已陷于众人合围,眼看避无可避了。

谁知就在这时,却见街旁人群中,忽然有人猛吼一声“我来了”!

众人一惊,循声看去,却见是一胖大少年,手抡铜锤,朝他们奋勇扑来!

而这锤大势沉,挥舞如风,瞧这磕着就伤、碰着就亡的势头,谁敢轻易上前?

于是变起突然,抡锤少年一副不要命的模样,一下子竟把局面给翻转过来。

不用说,这时舍命相搏的胖少年,正是唐求。

大锤挥舞,势若猛虎,唐求不仅把那些巡城军吓得哭爹喊妈,就连街边看热闹的百姓们,也一时惊得四下奔逃。

见此情形,苏渐哪还会迟疑?

人仰马翻中,他只来得及给唐求一个感激的眼神,便毫不犹豫地左扑右窜,一下子冲出包围圈,一溜烟般消失在茫茫街巷中。

“哪来的浑小子?”见弄成这局面,刘耿气得大叫道,“来人,把这死胖子给逮起来!”

一旦他发狠,如狼似虎的巡城军士立即扑上,很快就用套索将唐求肩背套住,使劲一拉,就将他扯翻在地。

将唐求制服后,气恼的巡城军们抡起了棍棒,就朝唐求劈头盖脸地打去!

棍棒加身,是极疼的;但平时挺怂的胖少年,这时候却硬挺着脖子,不仅不求饶,反而不断高声嘲笑道:“怎么巡城军的好汉,被上司克扣粮饷,没吃饱饭吗?这手软脚软的,打在小爷身上,直如同挠痒痒!”

见他如此挑衅,巡城军们气得下手更狠、打得更欢了。

只是才打得片刻,那为首的刘耿却忽然一愣,然后立即大叫道:“都住手!都给我住手!我们快去追人犯,快快快!”

被他一叫，众人也都醒悟过来，连忙收了手，转身就要朝苏渐逃窜的方向追去。

这时，刚才被打得那么狠都没喊疼的唐求，却神色骤然一紧，立即拼尽了全部的力气，伸手抱住最近那名士兵的腿。

只是这样的阻拦根本无济于事，那军士抬腿一踢，就将他踢得个滚地葫芦，滚出去好远。

鼻青脸肿地滚到街旁，一心救友的唐求，终于无计可施了。

不过也是急中生智，唐求脑中灵光一闪，顿时扯着破锣嗓子没命般大叫："京华城的爷们，你们都是孬种吗？你们不知道这些鹰犬狗腿在抓谁？是抓咱的屠龙大英雄苏渐啊！"

"什么？！"许多刚才乱哄哄没看清怎么回事儿的老百姓，一听到唐求这嗓子吼，顿时都惊得目瞪口呆。

"没听错吧？！"很多人面面相觑，还在相互询问，根本不敢相信。

这时候倒是那刘耿气急败坏叫道："死胖子！你胡咧咧啥？什么屠龙大英雄，咱上官都审过那些俘虏了，都说苏渐是奸细！"

"呵呵呵！"唐求长声冷笑，以最大音量吼道，"你们这些狗官，不信自己亲眼所见，却去听信生死仇敌。也罢也罢！你们这些丘八，不知道'亲者痛，仇者快'！"

"混蛋！"刘耿奔过来抽了他一棒子，然后回头朝下属们吼道，"还愣着干啥？等人请客？赶紧给我去追苏渐！"

"好，追！"他手下缓过神来，转身就要继续追捕。

只是这时候，刚才如鸟兽散的百姓们，却已经重新聚集，还恰好挡住了追兵的去路。

"你们要干啥？"巡城军士们一愣，立即大声呵斥道，"朝廷办差，你们谁敢阻拦？都给我一个个闪开！要不然，把你们都抓回去！"

"好，你抓吧！"让巡城军没想到的是，平时畏官如虎、胆小如鼠的老百姓，这时候却一个个梗着脖子，束手上前，一副任你抓捕的样子。那卖肉的放下了肉刀，卖菜的放下了菜篮，连出来卖点针线零活儿的老太太，都颤巍巍地搁下包袱，小脚迈着碎步往前挪。

刚才还吵吵嚷嚷的街头，在这一刻，忽然就变得寂寞无声了。

但正是这样的寂静，却比刚才的嘈杂更让巡城军卒们心慌。

见这场面，刘耿的脸色红了又白，白了又红；他想发作，但面对这无声的黑压压人群，却感到一阵心悸。

于是他满腔的怒火和惶惑，最后化成了一阵尴尬的苦笑。

第七十四章

梦数星河

刘耿作着揖，赔着笑，无比友好地跟人群说道："各位父老乡亲，我也知道苏渐他是英雄，末将一直都是崇拜他的。只是现在上官有令，要抓他回去，兄弟我也没办法啊。"

"我也知道你们都觉得他冤屈，但国有国法不是？那苏渐总应该服从王法，跟我回去。有什么冤屈，回头三司会审，一定能审明了的。"

说到这里，刘耿有些讨好地看着人群，赔笑问道："怎么样？让咱过去吧？"

这话问出来，面前乌压压的人群继续沉默一阵，然后人群中，也不知是谁，高声叫道："姓刘的，别跟老子一口一个国法王法！苏渐是龙族奸细？我呸！华夏国出奸臣啦！忠良被陷害啦！"

"不是——"刘耿闻言正想辩解，却忽听人群又有苍老声音叫道："刘二狗子！你穿了军衣吃了皇粮，就为了抓捕忠良的?!"

"是谁?!"被叫出小名的刘耿，不由得有些恼羞成怒，大叫道，"你们这些粗汉，懂个啥?！我好言相劝就是不听，那就别怪我不客气了！要是再敢阻挠王差，小心把你们都抓起来！"

一句话还没说完，人群中刚才那人立即怒叫道："你个小兔崽子！还敢教训我？我可是看你撒尿和泥长大的！"

伴随着这声叫骂，人群中猛地蹿出一人。刘耿定睛一看，顿时愣住，脱口叫道："二叔，您怎么来了？"

“我怎么不能来？你二婶今天让我上街买两瓣蒜——呸呸！我是说，”刘家二叔吹胡子瞪眼叫道，“二狗子哇，你今天要是不把二叔抓回去，就算你没卵汉！”

说罢老爷子颤巍巍地扑过来，就要揪刘耿衣袖。

而刘耿哪怕再粗莽也还是重孝道的，也不敢跟长辈动手啊！一时间他被老爷子逼得左支右绌，无比狼狈。

见得如此，义愤填膺的百姓们一哄而上，人人奋勇争先，要来撕扯巡城军卒们。

一看这局面，巡城军哪还顾得上抓人？顿时吓得屁滚尿流，落荒而逃了。

见他们逃跑，老百姓顿时爆发出一阵大笑！

转而就有人叫骂不绝，高叫“圣上被蒙蔽了，朝中出奸臣啦”。

一场精心准备、声势浩大的抓捕，就此以闹剧收场。

而唐求听得消息来之前，早就做好了铁定被抓捕坐牢的准备。

但这时他却惊讶地发现，自己竟安然无事，没人再管自己。

一时间，他有些反应不过来。停了好一会儿，他才挣扎着爬起，站在街头。

此时愤怒的人群已经散去，街道变得空荡荡。只有那一地的狼藉，喻示着刚才发生的一切。

看着清冷的街道，唐求这时心里很不是滋味。

“大哥，你保重吧。”

遍体鳞伤的少年，站在寥落的街头，朝着苏渐逃去的方向，默然说道。

此后他便捡起滚落一旁的铜锤，回家去了。

巡城军长街失手，之后想要再抓到苏渐，简直做梦！论到逃遁之事，咱玄武卫的铜徽卫小苏大人，简直可以算得上巡城军的祖宗。

要真论起来，想抓他，还得是玄武卫的血晶徽卫出手。但这主意想都不要想，根本就是做梦。

所以，长街一失，苏渐便杳如黄鹤，再也寻不着了。

面对这结果，无论司徒威还是鲁王爷，全都暴跳如雷，但都无济于事。

而且他们还不敢再去找轩辕鸿，因为以他们对玄武卫大统领的了解，肯定现在他已经察觉出不对，说不定正憋着劲儿要闹事，哪还敢主动去捋他的虎须触霉头？

于是从人龙二次大战后的第一个初春，苏渐就这样从华夏国中消失了。

没有人知道苏渐到底去了哪儿，除了一个小女孩。

作为时刻以追杀苏渐为目标的绝顶高手刺客，幽小眉很快便靠着魔族特有的方式，追上了苏渐的踪迹。

当然这一次，她并不是习惯性地“杀一杀”苏渐，而是在理解了他的处境后，义愤填膺，一心想要跟随左右保护他。

对于幽小眉的好意，苏渐不会拒绝，因为他深深知道，幽小眉和其他任何人都不同，逃亡路上有她帮忙，简直如虎添翼。

只是二人相伴随行的日子，很快就结束了。

出乎幽小眉的意料，在华夏国中兜了好大一个圈后，她的小苏哥哥最后居然去了泪原——现在那可是龙族控制的边境！

“为什么？”隐匿在残月峡的阴影里，幽小眉望着远处红赭如血的泪原，皱着眉对苏渐问道。

“最危险的地方，最安全。”苏渐淡然道，“那些陷害我的人，定然知道我冤枉，便死也想不到，我真会去龙国。”

“哥哥可真鬼！”幽小眉赞了一声，扮了个鬼脸道，“这个主意真真好，龙族那边有很多厉害的人吧？小眉正好可以大练刺杀本领了。”

说罢她便迈步往前走。

没想到还没走出一两步，她便被苏渐抓住后衣领子一把拖回。

“你不能去。”苏渐无比严肃地看着她。

“为什么？”幽小眉憋屈地问道。

“回去吧，听话。”苏渐看着幽小眉道，“否则以后就别来杀我了。”

“呜……好吧。”小妹妹哭丧着脸，无可奈何地道。

不过就在她转身要离去的那一瞬间，她却忽然又转过身来。

一向活泼的娇憨少女，这时却以一种前所未有的认真语气，仰起脸儿看着少年说道："小苏哥哥，龙境危险，你要小心了。要是遇到什么事，你一定要记得留着自己的命，因为这条命，京华城外火枫林中，还有个小眉妹妹等着要呢……"

"嗯！"苏渐郑重地点了点头，"我答应你。"

"好！"小少女脆脆地应了一声，便转过身，如一只灵巧的小兔，很快消失在残月峡的乱石丛中。

只是，幽小眉离去的速度虽快，但苏渐分明看见，从不知忧愁为何物的小少女，在身影消失前，分明抬起手，在眼睛上抹了抹。

"唉。"见此情景，苏渐叹息一声，也便转身往泪原而去。

虽说现在龙族已控制了泪原，但和日后重兵把守不同，这时候对面兽龙族也在恢复战争损伤，暂时还没布置太多的守军。

当苏渐踏上了泪原的土地，看着红黄满眼的枯草，忽然间感慨万千。

看着红色的草木，他想起了那位有着鲜红发丝的红焰女，还想起了曾让她追随的承诺。

曾经那样自信笃笃，但现在他却无比悲伤地发现，乱世之中，那些郑重许下的诺言，最后不过如荒原上一根枯草，那么容易地便随风飘逝。

乱世无情，人若飘萍，哪有多少自主？

这一刻，立于荒原之上，苏渐回望来路，只见千岩万壑，草径烟迷，于是从来磊落开朗的少年，也不由得一声长叹：

"唉……

"一片丹心，诬为寇仇。

"还我河山，终成虚愿……"

苏渐逃入龙境前后，那司徒威和鲁王李陌抓不到他，很不甘心，还连续派出受他们掌控的力量，不仅在华夏国中大肆搜捕，还去苏渐最可能隐匿的别国搜找。

他们主要的搜寻目标有三个：一是云山国与红焰晶海接壤处，二是天雪国的幽州府，三是西北新立的雪晶国。

不过这三处都不太顺利。

去云山国的人马，还没到云山边境，只在红焰晶海流域稍微流露了缉拿苏渐的意思，就被当地愤怒的红晶族群众捉住。

这些倒霉的差人，全都被“野蛮”的红晶族人扒光了所有衣物，赤裸裸地绑在红焰晶海浅滩的木架上。

虽说无论晶海之水涨得多高，他们的口鼻都保证在水面上，但日夜轮换，潮涨潮落，这大水眼看就要没顶的过程，足以让他们吓掉半条命。

如此煎熬了三天后，奄奄一息的官差们这才被放下来。

这时候，他们的身上都已经长了不少苔藓了。

最后，在以红焰女为首的红晶族人一番无法无天的恐吓后，这些官差屁滚尿流地逃回京华城。

回去后，他们还一本正经地跟宰相和鲁王禀报：

他们在云山国红焰晶海边境，勠力同心，挖地三尺地找寻，可惜都没找到苏渐。

其次是去天雪国幽州府的官差。

这里也是宰相和鲁王怀疑的重点对象，毕竟现在的幽州城主雷冰梵，不仅是苏渐的同学，据坊间传言，两人还好得跟穿一条裤子一样。

所以和其他两处不同，幽州城这里，专门派了京华巡城军的捕盗使带队。

和红晶族的蛮横截然相反，当抓捕苏渐的华夏官差到来后，雷冰梵不仅对他们以礼相待，还十分友好地派得力都尉陪他们一起寻访缉拿。

这还不算什么，最让宰相派来的官差兴奋的是，通过他们敏锐的眼神判断出，这位雷皇子表面恭恭敬敬，但许多细节遮遮掩掩，显然是在掩饰着什么。

察觉到这一点，华夏官差们大为兴奋！

他们立即一个个好像变身疯狗，在幽州城内外疯狂乱窜，铆足了劲儿要把苏渐揪出来，好立个大功！

只是，如此折腾了将近半个月，却始终徒劳无功。于是慢慢就有人犹豫着说出，“这会不会是雷皇子拖延之计？其实苏渐并不在这里？”

能被外派幽州的官差，自然都是人精。没人提醒也就罢了，这种话一经说出，那为首的京华巡城军捕盗使立即醒悟。

只是，当他气势汹汹去跟雷城主交涉此事时，之前一直恭敬有加的银发城主，这时却猛然翻脸！

当然他什么话也不说，因为好像到这时候，雷城主根本不屑再跟他们任何人说话。

于是他只提笔在纸上写了一个字：

滚！

然后就劈头盖脸地扔在捕盗使脸上。

捕盗使一向也是蛮横惯了，而且来天雪国办差，天然有一种天朝上国的优越感。

所以当雷皇子的纸片掷在脸上，他展开看清是什么字时，一股子热血顿时涌上他的脑门，当场就想拼命了！

毕竟，“匹夫一怒，流血五步”，只要他敢拼命，就算皇子又怎样？

当然，最后他没有拼命，还是乖乖地“滚”了。

原因无他，不是因为他严于律己、宽以待人，而是就当他想要拔刀冲上时，那城守府厅两侧的围栏中，几十头凶悍雪狼忽然一齐引颈怒号，顿时就把他什么火儿都给号回去了。

在天雪国幽州城吃了这么大一番羞辱，这队官差一路回返时，个个愤愤不平，叫嚷着回到京华城，一定添油加醋地禀报，必定要让宰相发兵前来踏平幽州城。

但说得热闹，等他们回到京华城后，便如同商量好一般，众口一词道：

他们在天雪国幽州城中，勠力同心，挖地三尺地找寻，可惜都没找到苏渐。

至于最后去西北大雪山雪晶国的那一路差人，暂时还没有机会回来谎报军情——

因为他们这群外乡客，在西北的茫茫雪山中，迷路了。

而按正常的脱困时间推算，如果他们中有人出发前，刚好新婚洞房，那等他回到京华城时，他的儿女已经可以打酱油了。

且不说身后这番纷攘，当苏渐遁入龙境，就开始了他一个人的征途。

有了上回龙境中的历险，这次他的经验明显丰富了很多。

当进入兽龙国后，苏渐已能很好地避开兽龙城镇和关卡的所在地。

而有些要塞实在绕不过去的，他便化装成兽人的模样，以一种粗犷豪莽的姿态，混过了兽龙的关卡。

当然，几次能成功地伪装通过，一方面是他在这方面确实有大量的训练，但更重要的原因是，兽龙国中有谁能想到，惨烈的人龙之战结束还没多久，就有人族敢潜入龙国？

就这样一路饥餐渴饮、担惊受怕，苏渐渐渐穿过了兽龙国的边境，往更东北方向的雷龙之国而去。

这样的走法，倒不是因为苏渐有什么特别的目的，而是在之前一路闯关潜行中，他忽然间有了个想法：

是不是越往龙之帝国深入，那些龙族对人族潜入之事的提防，就越加松懈？

这时候的苏渐，还肯定地认为，往东北雷霆龙王国而行，完全是因为自己的决定。但就在不久的将来，当他回过头来再想一想，便发现，这一切很可能都不是偶然。

雷龙之国，已是龙之帝国中的上龙封国。

雷龙国的西边，隔着冰龙国与人族的天雪国遥遥相望。其西南方，就是针对华夏国的桥头堡兽龙国。

雷龙之国中，拥有着天下十大晶海的“怒雷晶海”，又称雷之晶海。

怒雷晶海中出产的“怒雷之心”宝钻，现在正镶嵌在轩辕承天那把“怒雷神剑”上。

作为灵鹫学院的好学生，苏渐学过《龙族简史》，便知道雷霆龙之族化为人形后，容貌性情也跟他们天生擅长的雷灵法术一样，身材清瘦，五官犀利，性情暴烈，做事雷厉风行，看着就有一种迅雷疾电的感觉。

心中已有些了解，不过当他真正潜入雷龙之国后，苏渐便深刻地感觉到，“纸上得来终觉浅”。

因为他发现，雷龙族与雷电的相似性，更多地体现在他们的智慧和思维上。

和书上说的“性情暴躁”略有差异的是，雷龙族性格暴烈是一方面，但更重要的是，他们明显比兽族更加聪明，思维也更加敏锐。

这一点最明显的体现便是，苏渐在雷龙国的潜行，明显比在兽龙国中要吃力得多。

不过好在苏渐此行并没有什么明显的目的，不是一定要到达什么地方。

对他现在最紧迫的，是尽快远离人族领土，这样可以让龙族隔绝宰相和鲁王的追兵爪牙。只要能实现这一点，要深入龙境多远，其实并不太重要。

所以，当他发现在雷龙国通关过卡明显变难后，他便立即改变了策略，不再急着赶路，而是瞅准了一个偏僻的荒山野岭，就窝在里面，等待合适时机再转移。

漫无目的的状态，对逃亡来说，倒是非常好。

但很不幸的是，这种状态，很快就改变了——原本觉得没什么目的地的少年，很快就知晓了他宿命般的明确目标。

大概是初夏的某一天，苏渐正往北溜溜达达地行走。

就在龙国驿路旁的草木丛中潜行时，他有些郁闷地发现，驿路上的雷龙兵卒络绎往来，越来越多。

保险起见，他赶忙逃离了驿路附近，到远处的荒野中寻找合适的藏身之处，准备先躲一躲。

对这种事，他现在已经很有经验，没过多久，他就找到一处背风的山坳。

这山坳三面环山，独留了北面只有平缓低矮的土丘，加之山谷中到处长着半人多高的草木，正是不容易被人发现的荒僻之处。

不仅如此，他还发现，此地不仅地处偏僻，在南侧的半山腰上，竟还看到了一口热气腾腾的山泉池！

发现了这温泉，苏渐顿时喜出望外！

毕竟这些天来，他基本昼伏夜出，也难得有几次囫囵洗澡的机会。而现在天气又渐渐热了，可想而知当他看见这口烟雾缭绕的温泉池时，该有多高兴。

但他也不敢太得意忘形。他生怕这样的温泉池，那些雷龙族人也经常来，于是在发现池子后，他没有立即跳入，而是在附近的草木丛中潜伏着观察。

这样单调无味的察看，苏渐一直坚持到晚上。

当落日没入西山，星月照耀夜空之际，苏渐才终于敢确定，此处确实人迹罕至。

到这时，他才脱下了全身的衣物，赤着身子跳入温泉池中。

逃亡的日子，不仅筋骨疲累，心情还十分煎熬。

所以当苏渐脱光跳进温泉池，那入池时热水咬噬肌肤，一瞬间带来的舒爽，简直让他有成神升仙的错觉。

而整个下午的等待时光，他还从野树上摘来了野果。

于是泡在温热池水中，他靠在池子边，吃着甘甜的野果。

久违的畅意逍遥，终于暂时重回到他身上。

自被陷害逃亡开始起，这一两个月来，苏渐也真是身心俱疲了。

于是感受着池水的温柔冲刷，品味着鲜美清甜的野果，苏渐再抬头遥望北方天际那浩瀚无垠的星空时，心中便充满了一种莫名的感动。

不仅感动，当他想起最近遭受的种种悲屈，在刚才的舒爽畅意后，一向刚强坚韧的少年，还在这无人的野地山池中，鼻子一酸，不自觉地流下泪来。

异国的荒野，氤氲热气，缭绕左右，热乎乎的池水，温柔地漫过肌肤。

它们就好似少年久违的母爱，治愈着内心深处的伤痛。

于是少年擦擦泪水，重又昂起了头。

坚强的神情，重又浮现在他的脸上。

天地苍茫，一人如尘。

为了排解难言的寂寞，苏渐便遥望北方的星空，通过辨识天穹的星座，打发这夜晚的孤独。

“嗯，那北天正中，正是北极。

“其上有北斗，其下有勾陈。

“其左有五车，其右有天厨……”

极目点数星河，没过太久，松弛了所有神经的苏渐，便在温暖池水、灿烂星光的双重包裹下，渐渐地滑入了梦乡……

入梦不久，苏渐忽然间好像恍恍惚惚地醒了过来。

“这是在哪里？”看着身边景物，他觉得很奇怪，“刚才我不是在半山腰吗？怎么现在爬了这么高？”

原来，当他睁开双眼，却发现自己不仅身在一条险峻的山路上，扭头朝下看看，站的地方还特别高。

苏渐分明记得，刚才自己只是在一个不太高的半山坡上。但此刻低头，白云分明在脚下蒸腾缭绕；再抬头往上看，只看见山峰直插入云，根本看不到头。

“这是怎么回事？”心中疑惑，苏渐的双脚却不由自主地开始往上走了。

一路分云破雾，苏渐很快就走到了山顶上的一座七层楼台前。

“不是荒山野岭吗？怎么会有这样华丽的楼阁？”看着眼前造型古朴、巍峨耸峙的楼阁，苏渐十分惊讶。

“这楼阁有名字吗？”心中这么想着，他抬头仔细搜寻。

也不知道为什么这么巧，就在苏渐抬眼看时，原本一直云遮雾绕的楼台，忽然云开雾散，一缕金色的阳光从天空射来，无巧不巧正照在悬于三层之上的楼台匾额上：

“天宸阁。”

三个龙飞凤舞的大字，赫然跃入苏渐的眼帘。

一瞬间，只是这三个字，就仿佛触动他隐藏内心深处的某个机关，让他整个人都猛然剧震。

刹那间，眼前完整的鲜明影像一下子变得破碎，无数个景象和语言化作片片的流光，如同破碎的水晶镜片，在苏渐的灵魂深处熠熠闪着光。

一些尘封久远的信息，忽然间在苏渐的心中重新活泛。

无数位峨冠博带、道骨仙风的老者，如走马灯般在眼前闪现，一个个都在跟他郑重地说话：

“苏渐，你和厉华楚，是我天宸阁最看重的龙血者……”

“你应知道，是风暴之墙庇护了我族……”

“但龙之帝国的元老院，已在北方魔语海渊的深处，发现了永寂之矿……”

“传闻永寂之矿中提炼出的奇异物质，能平息任何大风……”

“一旦被他们大规模开采，后果不堪设想……”

“今日找你来，就是想告诉你：你为天宸阁，也为整个人族效忠的时候已经到了……”

“你的最高目标，就是深度潜伏，探明永寂之矿的底细，如果可以，将它摧毁吧……”

“为了这个目标，你拥有天宸阁勇士最高的自由度。为了完成任务，你甚至可以‘投靠’龙族，可以‘背叛’‘杀害’我族……”

“记住，此去龙境，不要相信任何人……”

一条条前所未有的信息，在苏渐的内心轮番浮动。

对苏渐来说，它们既陌生，又熟悉，让自己很有亲切感，又不由自主地感到惊心动魄。

而无数这样的信息纷至沓来，到最后几乎如同轰轰雷鸣，于是苏渐再也承受不住，猛然间手舞足蹈，大叫一声：“不要说啦！”

大吼出声后，苏渐猛地坐起。

“咦？”刚刚身在绝顶云巅、仿佛睥睨天下，这时苏渐却仿佛才睁开了眼睛。

于是云雾、楼台、人物、声响一齐消失，他发现山丘依旧，星空依旧，自己也依旧半躺在天然的温泉池边，看着星月交辉的清冷山野。

“哦，原来刚才只是做了个梦。”刚开始苏渐还没怎么清醒，迷迷糊糊地想着。

但很快，他就立即惊得跳起！

因为，刚才那个梦，不仅本身提供了许多信息，也如同一个开关，让刚刚清醒过来的少年，想起了很多已经“忘却”了的往事！

这些往事，不仅关系着少年梦寐以求的身世，很多还都是此际人族民间不得与闻的绝密情报！

比如，他忽然想起来，自己身为龙血者时，所在的无名山庄，也只不过是天宸阁下属的一个专门训练机构而已。真正作为人族联盟最高抗龙联席组织的，还得是这个“天宸阁”。

当然，天宸阁不同于各国世俗联盟，它更像是一个智囊机构。这一点，倒有点像对面龙之帝国的元老院。

这两个机构的共同特点，便是不会具体干涉什么军事政务，所谋的只是那些涉及生死存亡的战略大局。

也不知什么缘故，失忆已久的苏渐，刚才就在星光下的梦境中，重拾许多已经失落的重要记忆碎片。

从这点来看，“天宸阁”在梦境中的闪华，就像一把开启记忆的钥匙。

现在苏渐已经记起了不少事情。

原来，当年自己作为接近百分百的纯正龙血者，被天宸阁的智者们选中。

因为被寄予厚望，最初他并没有被送入常规的龙血者训练组织“无名山庄”，而是由天宸阁更高级的强者亲手训练。

当学有所成，他便被天宸阁派入龙境，进行自由度极大的深度潜伏。

所谓“自由度极大”，其无法宣诸口的潜台词就是：

为了达到驱除龙族的最高目的，苏渐在龙境期间，甚至可以暂时投靠龙族。这当中如有必要，他可以毫不犹豫地杀死人族同胞，以更好地取信侵略者。

当然，苏渐为人机灵，左右逢源，没走到这一步。

在龙族境内潜伏中，他先是作为一个龙族底层孤儿，到处流浪。没过多久，他就被一对没能生养的龙族家庭收留。

这时候的苏渐，其实暗中已经有一身惊人的武技，但为了迷惑龙族，他只是表现出在武学上颇有天赋，十分克制地逐步显露他的才能。

于是和设想的一样，没过一年，他的才华就被龙族发现。

因为他的相貌特征，“与人族极其相似”，后来便被不知情的龙族元老院重新派回了人族。

这次他带来的任务，却是“打入人族龙血者组织”。

不用说，身为天宸阁亲选勇士，苏渐要“混入”其下级组织，那还不是轻而易举？

为了彻底取信龙族，苏渐甚至都没动用天宸阁的关系，单纯靠自己一番折腾，就顺顺利利地加入了人族的龙血者组织。

当一切顺风顺水之际，却忽然传来一个可怕的消息：

龙族元老院，在北方接近魔族混乱界域的魔语海渊中，发现了能够平静一切风息的“永寂之矿”！

后来，沧雪想通过法阵等手段，来试图摧毁风暴之墙，还只是常规手段。既然是常规手段，应对的方法也可以很常规，比如实在不行，就把她杀死吧——苏渐就一直试图这么干。

但永寂之矿如果得到大规模应用，这种手段绝非普通人力能够扭转。再结合龙族本身强大的天赋力量，那风暴之墙的覆灭只是时间问题。

所以，当天宸阁通过绝密渠道，探知到这条情报的蛛丝马迹时，饶是天宸阁的长老都是饱经风浪的人精，也一时间惊得浑身冷汗。

到这时候，一切能够运用的力量，都被启用了。

毫不意外，苏渐这个已经取得龙族信任的天宸阁龙血者，立即被最优先地启用了。

经历了这一场梦，现在苏渐已经明白了，自己就是为了永寂之矿的任务，才踏上那条不归路。

正是这个任务，让自己后来落魄无比，一直到今天混得也很平庸，如同开启了另一段迥然而异的微贱人生。

不过作为最忠诚的爱国者，在那段任务期间，苏渐用尽了所有手段，在龙国努力钻营。

他自己完全没想到，最后竟然不仅和圣龙公主月歌擦出了爱情的火花，还在机缘巧合下，入了巫龙之王撒菩勒伯的法眼，成为他的得意弟子。

不过，虽然现在苏渐大致已经弄明白了失落记忆的真实脉络，但对于具体过程还完全是一头雾水。

比如，和月歌公主相好也就罢了，怎么会弄得她好像也背叛了龙族？

如果说这单纯是爱情的力量，苏渐想想也不可能。

以月歌的出身和教养，绝不会因为心爱男子的花言巧语，就背叛同族，最后还为一个敌族的少年，就跟本族开战。苏渐到现在，可还是分明记得那梦中洒落云空的漫天鲜血的。

那到底因为什么？

于是本以为解开了大部分谜团的少年，却发现真正的秘密，还如同笼罩在一团巨大的黑雾里，让他根本看不清。

想到这里时，他点了点头，心中忖道："那天宸阁，果然十分厉害。本来我这个人，根本不善于勾搭女子，却还让他们训练得诱惑到圣龙公主——哎呀，居然能改变一个人的本性，他们实在太厉害了！"

暗自惊叹一番，紧接着他便想到了那个更重大的问题。

望着眼前浩大的星空，苏渐在心中沉重地想：

"永寂之矿，如此诡异。若真的让龙族得手，我人族覆灭只在顷刻。

"而且，当年天宸阁长老们派给我的任务，这都过去好几年了，也不知道龙族的进展如何了，会不会……"

想到这里，苏渐虽然还泡在温热山泉里，却只觉得后脊梁骨一阵发寒。

"不行！"他立即叫道，"我要立即行动，去魔语海渊！"

说着话他便"哗啦"一声站起来，几乎急得现在就想走。

只是，刚抬脚走出泉池，他就愣住了。

望着黑黝黝的山谷夜色，他愣了很久，最后苦笑一声道："苏渐啊苏渐，你以为你是谁？现在你都被华夏抛弃了，已经是人人喊打的叛徒了，还要去管永寂之矿的闲事吗？

"呵，现在去做这事，就连'卖命'都算不上啊，没人付钱呢。更何况还这么凶险！

"魔语海渊呢，就算没去过，还没听说过吗？那里从魔声岛进入，沉在北方冰洋的海底，据说还是联通恶魔国度所在湮灭地带的通道呢。

"魔语海渊可不是个简简单单的独立深渊，那里秘境无数，掩藏着无数古老的凶物，我要去的永寂矿洞只是里面的一小部分。

“说不定，我费尽千辛万苦，终于能进魔语海渊，却死在去永寂矿洞的路上。

“再说了，因为自个儿当初在龙境潜伏任务的失败，根本没探听到真正有效的消息。如果现在去，绝对属于轻举妄动，贸然行事，‘九死一生’都是往轻里说了。

“而我算什么？不仅现在被奸王陷害，当初在龙境遭遇劫难后，回国后也被无名山庄抛弃，竟然只能从一个玄武卫小杂役当起！我没有功劳，也有苦劳啊！

“更重要的是，直到今天，我才梦回当年，才十分偶然地想起‘天宸阁’这三个字。难道这不是天宸阁长老们，特地消除了我的记忆？

“所以苏渐啊苏渐，你今天可不要再自作多情了！”

想到这里，苏渐整个人都被浓重的负面情绪围绕，时而皱眉，时而攥拳，一脸的愤恨不平。

说起来，不管之前如何，苏渐从小杂役做起，走到今天，从来都急公好义，快意恩仇，将一个“侠”字演绎得淋漓尽致。

但毕竟，他不是圣人。他只是个血仍未冷的少年。

所以，在遭遇到这样的剧变和不公之后，他发发这样的牢骚，甚至骂街，那都非常合理。

只是，发作了这么一会儿后，当一阵风来，苏渐却是忽然浑身一个激灵。

“啊呀！”被冷风所吹，苏渐仿佛悚然而惊，忽想道，“苏渐，你怎么糊涂了？就拿这回被诬叛国来说，一定是小人捣鬼，那鲁王至少有一份，却怎么能说被整个华夏抛弃？一时冤屈而已。”

“如果真被所有人陷害抛弃，我最后怎么能跑得了？

“而天宸阁消除了我的记忆，暂时将自己放弃，换成他们的角度考虑，也已经仁至义尽。

“说得不好听，就事论事，对于自己这么个知道许多秘密、已经惹恼龙国权臣，有可能给全族带来灭顶之灾的人，‘杀人灭口’才是唯一正确的选择。

“如果这样，哪还会有我后来在京华城混得风生水起？从这点想，我确实苛责了。

“再说了，想那么多干吗？我现在唯一要做的就是问问自己：为了整个人族，为了我那些挚爱的兄弟亲朋，我愿不愿意去冒这个险？”

自己给自己出了这个难题后，苏渐没有着急回答。他站在龙境北地的无名山坡上，遥望着远方深不可测的夜空，静静地出神。

第七十五章

蜜口毒心

此时，苍穹深邃，星辰周天罗列。

繁星闪烁，在少年凝视时，如同神采各异的眼眸，在深青色的穹顶开合明灭。

夜风从北方的谷口吹来，带来北方冰洋的气息，拂在身上时寒爽清冽，让人的思维更加清晰。

在如此的星风中，独立中宵的少年，并没有让自己等太久，最后用一句古辞给出了答案：

“亦余心之所善兮，虽九死其犹未悔……”

就在他明晰本心做出决定的那一刻，一直隐藏他胸前的星降之链，不知是否是巧合，忽然间悄悄地闪耀起温润的光华。

于是北方海渊上空的诸天星辰，在这一刻一齐闪耀，仿佛无数深情的眼，欣慰地看着少年。

对项链和星空这样的异变，苏渐并没有注意到。但这时候，他忽觉得，有一种既熟悉又陌生的感动情绪，从胸膛生发，渐渐将整个人温柔包围……

星眸如梦，月语如歌，从此少年的宿命征程，又向前迈出了重要的一步。

魔语海渊，在神州大陆北方大洋的深处。

其具体的位置，普通人很难知道；而即使知道的那少数人，想要进入魔语海渊，也千难万难。

传说魔语海渊的入口，在北方冰洋中一处名为魔声岛的奇异小岛上。

魔声岛的中央，有一片不停变幻的魔语森林；传说如果能找到森林中央的黑魔沼泽，就能发现进入魔语海渊的隧道入口。

一般人听到这里，已经不再费心了解魔语海渊本身有多少凶险恐怖了；光这复杂艰险的进入途径，就已经无声地昭示了那里暗藏的无尽危险。

按理说这样偏僻的地方，无论人族龙族都不会关注；但魔语海渊还有个特别的身份，那便是传说中神州世界和恶魔地带的南北交汇点。

所以，这样的战略要道，人龙魔三族都不可能视而不见。

据说，当三百多年前龙族对魔族的战争取得了压倒性的胜利后，前往神州侵略的龙族大军，其中有一支就通过这里进发。

不过，当二百多年前人龙大战结束后，魔语海渊的这处通道，就被圣龙皇永久地关闭了。

在这之后，魔影重重的魔语海渊，几乎被所有人给遗忘了。

但当风暴之墙挡住了龙族横扫大陆的步伐，两族陷入胶着之后，作为龙族至高决策智囊机构的元老院，却在这里偶然发现了一个奇怪的现象。

他们发现，在魔语海渊中多个秘境范围内，有一处，任何飞翔的深海妖禽，路过这里时竟然全都纷纷坠落。

至此，龙族元老院在魔语海渊中，发现了“永寂矿洞”。

当发现能够平息风之精灵的永寂矿物，龙族元老们第一反应，就是用来对付西边横断山脉终年不绝的风暴。

这想法倒是不错，但魔语海渊的地理条件实在太过恶劣。

首先太远，即使有部分能飞的龙族，其实飞行的距离也比不上寻常的飞鸟，想要靠直接飞到魔语海渊，根本不可能，还是得乖乖地乘船。

而即使到了那里，开采的过程中，还要对付那些隐藏在犄角旮旯的魔族残余。

所以这么多年来，龙族至今也只能开采到一小部分。

也不知前世是否有孽缘，就在苏渐想起来对付永寂之矿时，天才冰龙巫女沧雪，也正巧在永寂之矿上有了很大的进展。

作为一心平息风暴之墙的龙巫女，沧雪这些年来，其实一直都在潜心研究永寂之矿。

虽说她现在对静风法阵颇有研究，但她自己最清楚，这样的常规静风法阵，无法起到一锤定音的效果。别看她现在试炼时各种顺利，一旦付诸实战，敌人肯定很快就会有各种应对的办法。

所以，在研究静风法阵之时，她从来没放弃对永寂之矿的研究。

于是就在苏渐面对星河，下决心前往魔语海渊时，沧雪也正巧发现，如果能萃取永寂之矿的精华，浓缩后辅以龙族特有的古老冰火法术，便可能锻造出旷古绝今的“永寂之刃”。

如果能铸成这样的奇异神兵，以之为蓝本，再打造出无数永寂兵刃，那就真的能彻底消除风暴之墙的影响了。

到那时，无数挥舞永寂兵器的龙族战士，不用额外的负担，就能完全无碍地冲过漫天风暴，杀入人族国度，彻底结束神州分裂的现状。

这样的景象，让那些得到沧雪报告的龙族高层们，个个激动不已。

只是，这些人里面，却不包括那位巫龙执政官狂禅。

当接到沧雪的报告，表面和同僚下属们击掌欢庆后，狂禅却忧心忡忡地回到了自己的官邸里。

而狂禅以往每次回家，都是趾高气扬，所以这一天见他回来一脸阴沉，下人们全都惊奇不已。

当然惊奇归惊奇，却没有一个人敢问出口。

到最后，还是那个狂禅现在最宠爱的小妾翡蕊呲，端着狂禅最爱喝的龙渊茶，小心翼翼地来到书房中，向执政官大人小心地试探原因。

能成为喜怒无常的狂禅之爱妾，翡蕊呲自然不是一般的女人。

虽然身为巫龙执政官的爱妾，但翡蕊呲并不是巫龙国之人。

翡蕊呲实际出身于蛇龙一族，属于龙之帝国的下龙之国蛇龙国。

蛇龙族在龙族诸部中其实非常边缘化，虽然已经列在下等龙国里，但一向都被人看不起。事实上，他们能争取到一个下龙之国的名分，已经非常不容易。

所以，当龙族侵占大部分神州后，蛇龙国只被赐予了大陆东北方一片很小的冻土陆地。在那里立国，所有的蛇龙族人不仅没有不满，反而个个欢欣鼓舞。

正因为出身卑下，所以蛇龙族的性情才变得有点谄媚，待人接物绝对让人舒服。

性情如此，再加上蛇龙族的女人天生媚骨，于是整个龙之帝国的小妾市场，几乎都被蛇龙族人垄断占领。

这不，自诩平生从来无二色、一心只想娶沧雪的狂禅大人，就收了个蛇龙小妾翡蕊雌。

当然能成为巫龙执政官的女人，这个翡蕊雌也不是普通人。

翡蕊雌出自蛇龙之国的皇族三头蛇龙族，从她这个很正规的龙语名字，就能看出来身份的尊贵——虽然，“翡蕊雌”在龙族语中，是“野蛮”的意思。

所以，不同于一般的蛇龙族小妾，这翡蕊雌的见识、战技，无一不属于卓异。

于是这时候，当所有人都看着狂禅阴沉着脸不敢出声时，她却敢泡一杯浓茶，来书房中轻言巧语地问狂禅究竟为何事伤神。

面对她的询问，狂禅沉默了一阵，有心不说。但过了一会儿，看着爱妾如花似玉百般讨好的脸，最后他还是忍不住开口道：“还不是因为沧雪？”

听得“沧雪”二字，一丝怨色瞬间划过了翡蕊雌的俏靥。但很快，她又变得心花怒放，心想：“哈？怎么是沧雪？哈！沧雪这个小贱婢，竟然惹得大人不高兴了！太好了太好了！”

虽然心中叫好，但翡蕊雌表面却依旧一副巧笑嫣然的乖巧模样。

停了一下，她装模作样地惊讶问道：“哎呀，怎样啦？沧雪大人一向很好的，怎会惹得大人不高兴呢？”

“翡蕊雌！”面对这样不露痕迹的挑拨，狂禅勃然大怒，霎时吼道，“你说什么？！”

“啊？”翡蕊雌有些慌张，却也完全摸不着头脑，立即“扑通”一声跪下来，带着哭腔道，“大人大人，都是我不好。可是、可是……奴家真的不知道哪儿说错了……”

“都说过多少遍了？还记不住！”狂禅教训爱妾，就跟教训孙子似的怒吼道，“果然是卑劣的龙族！和你们一同身为龙族，真是我的耻辱！”

“我都说过多少遍了，沧雪大人是你叫的吗？你应该叫‘沧雪姐姐’！

“虽然她现在还没答应，但嫁给我还不是迟早的事？

“你们这些小妾就应该早早地这样称呼她，也算给本大人求个好彩头，能让她早点进我家的门！

“这是家训，又忘了吗？！”

“呜呜，是我错了！”面对狂禅的咆哮，翡蕊嗞带着哭腔连连叫道，“沧雪姐姐，沧雪姐姐，以后不会叫错了！”

虽然极力认错，但翡蕊嗞在心中，对沧雪的恨意却更加浓重了。

“好吧，还算你乖巧，这次就饶过你了。起来吧。”狂禅冷冷地说道。

“谢谢大人！那……”翡蕊嗞站起来后，怯怯地看着狂禅道，“那奴家就告退了。”

说罢她便转身要往外走。

“回来。”狂禅叫住了她，“你不急走，正好说点事。刚才你不是好奇我为什么不快吗？现在我就跟你说说，你也好帮我一起参详参详。”

“是。”翡蕊嗞应了一声，转过身来。

虽然她表面依旧柔弱歉抑，但内心却狂喜叫道：“哈哈哈！果然大人还是最喜欢我的，这不，重要的事情还不是要跟我商议！”

“嗯，我要好好应对，争取再一次给执政官大人留下好印象，这样他就会越来越忘记沧雪那小贱婢，变得更加爱我了！”

这么想着，翡蕊嗞便一脸平和地看着狂禅，等待他说话。

这样做派时，美艳妖丽的蛇龙小妾，倒也显得温婉恬静。

“你沧雪姐姐，竟在锻造‘永寂之刃’。”狂禅有些没头没脑地说道。

不过别看翡蕊嗞身处深闺，她却时刻关注着外面的局势，争取让自己始终能和狂禅对上话。

虽然已有耳闻，她却装着一脸懵懂的样子，疑惑地问狂禅道：“永寂之刃？这是什么？沧雪姐姐为什么要锻造它呢？”

“永寂之刃，就是用魔语海渊的永寂之矿精华，来锻造一把神兵。”狂禅解释道。

“神兵，听起来很好呀，”翡蕊咝一副天真烂漫的样子道，“永寂之刃，名字听起来就挺不错呢。啊！我想起来了，奴家真笨，上次大人跟奴家说过永寂之矿呢。”

“只是……有点奇怪哦，上回我听大人您说，沧雪姐姐不是只是想将永寂之矿，直接用在平息风暴之墙上吗？怎么现在又想锻造什么刀刃呢？”

“就是啊！”狂禅有些恼火地道，“雪儿也真是能折腾，如果她只是把永寂之矿直接用在风暴之墙不就好了？可她却忽然变了卦，变成想锻造兵刃。这个可不好，大大地不好！”

“原来，这个不好啊……”翡蕊咝一脸沉思的样子。

“嗯。翡蕊咝，我考考你，”狂禅忽然来了兴致，给这爱妾露了个笑脸，“你倒来猜猜，为什么我说这大大地不好。”

“呀！”翡蕊咝媚笑嫣然，带着几分为难地说道，“奴家只知道侍奉大人，对你们大人物的事，向来想不明白呢。”

“让你猜你就猜。”狂禅看着她，不悦道，“翡蕊咝，你也是蛇龙皇族的人，这点见识还是要有的。”

“好吧，那妾身便勉为其难。”于是翡蕊咝不再假装谦逊，想了想道，“难道大人是说，永寂之矿不适合锻造兵刃？”

“不是。”狂禅摇了摇头，“雪儿我太了解了，无论永寂之矿适不适合，她的才思旷古绝今，只要她想，绝对不会做不成。”

“那是啊，雪儿姐姐很厉害呢。”翡蕊咝违心地赞了一声，想了想又道，“难道……是锻成兵刃，对消除风暴之墙并没有好处？”

“也不是。”狂禅沉思道，“其实，雪儿先前也在钻研静风法阵，我却觉得，还不如现在锻造兵刃。毕竟法师难得，像她这样高强的法师更难得。”

“所以若制成制式兵刃，只需千龙万军带着冲向风暴之墙，到那时横断山脉风暴销声匿迹，并非不可能。至少，也能冲开一条静风通道，让飞龙大军顺利攻进。”

“这样啊……”翡蕊晗听后，面色作难道，“大人，那奴家还真的猜不出来了呢。”

“蠢！”狂禅毫不留情地叱道，“翡蕊晗，你忘了，为什么大部分龙族元老都说好，却只我一人说不好？你想想，我狂禅有何特别？”

“啊！”翡蕊晗忽然掩口惊呼，“大人，难道您是说，您的暴风之戒……”

“没错！”狂禅冷笑一声道，“你终于不蠢了。就是暴风之戒！”

说话时，他抬起右手，将中指上的暴风之戒举在眼前，用一种骄傲的眼神，看着这枚闻名大陆的晶海神器。

暴风之戒，拥有掀起风暴的绝世力量，现在却静静地套在狂禅的指间。

传说中的神器，模样非常低调。

那戒指本身明显材质不凡，却只是呈现出一种暗灰的银色。带来风暴威能的“暴风之心”宝钻，也只如同一枚方方正正的黑玉嵌在正中，最多上面有些漩涡形状的雪色条纹。

这只是暴风之戒第一眼给人带来的印象。

但如果细心观察，便能发现银灰戒身上，明显有一股奇异的光华暗暗流动。

整个戒身，就仿佛一抹熔化状态的暗银溶液，在指间流转不息。

而暴风之心宝钻仔细看时，也会让人明显感觉到，那黑色的方玉如同幽邃暗黑的夜空，漩涡形的雪白条纹如同横亘天地的风暴。

如果观察时间稍微长一点，便会发现这些雪白色的风暴纹样，竟真的在夜色宝钻中不断地流动旋转。

不仅如此，作为十大晶海神器之一，它最神奇之处，还是这雪色风漩的旋转速度，竟和佩戴者有关！

比如现在狂禅安静地坐在书房中议事，暴风之心上的雪风便只如静水缓流般慢慢旋转；刚才狂禅勃然大怒时，雪风纹样便是急速飞旋！

若这时还有灵力沛然而至，则滔天的飓风便会随暴风之心的飞旋雪风倏然飞出，形成真正横扫一切的狂暴怒风！

所以到了这时候，无论翡蕊嗞是装傻还是真愣，在狂禅亮出暴风之戒时，她也该知道狂禅为什么如此忌惮沧雪锻造永寂之刃。

很明显狂禅担心的是，一旦永寂之刃研究成型，再被大量复制锻造，则一定会克制他的暴风之戒。

从此拥有暴风威能的巫龙执政官，就将变得和普通的龙族猛将一样，再没了特殊的权威，还可能轻易地被人暗算。

要知道在龙族之中，最奉行“强者为尊”的法则；何况狂禅还是巫龙冰魔混血，那魔族的世界更是赤裸裸的“弱肉强食”。

所以狂禅相比一般的龙族，对力量的迷信不知要多多少倍！

否则他也不可能在迷恋沧雪到这种地步的情况下，首先想到的还是永寂之刃对他的危害。

不仅想到可能危害自己的权威，狂禅这时更有个说不太出口的想法：

若沧雪锻造成永寂之刃，能够克制住他，则现在已经不愿嫁他的天才龙巫女，就更不可能雌伏为他的妻子了。

翡蕊嗞何等聪明？立即就看出了狂禅没有说出的心思。

“嘿……机会来了！”早就怀恨在心的蛇龙小妾，看穿了狂禅的心事，立时精神一振，开始小心翼翼地将狂禅心中所想，非常委婉又十分到位地说出来。

这世上什么话最中听？那就是把听话人自己心中的想法说出来！

所以当翡蕊嗞巧舌如簧，从各方面添油加醋后，狂禅便更加坚定了心中的想法：

绝不能让沧雪成功锻成“永寂之刃”！

从这一点看，已经贵为巫龙执政官的龙魔混血者，却还是没有能完全去除自己的私心。

下了决心后，狂禅心情变得轻松了许多，便用戏谑的口吻问蛇龙小妾道：“翡蕊嗞，你倒说说，要阻止雪儿，该怎么做啊？”

“很容易啊，”这回翡蕊嗞立即说道，“大人您可以动用权力，说永寂之矿开采不易，但沧雪姐姐却借着研究永寂之刃的机会，随便消耗宝贵的矿藏，颇有图谋不轨的嫌疑。”

“于是大人您可以用摄政王大人钦命执政官的身份，暗中让冰龙国发文抓捕她，然后再找好时机，站出来说沧雪姐姐肯定没问题，将她救出来。

“这样一来，沧雪姐姐不仅没时间再研究永寂兵刃，还很可能因为大人您的‘英雄救美’，从此就彻底倾心呢！”

“哈?!”本来只是随口一问的巫龙执政官，这时候又惊又喜地看着小妾。

“没想到啊没想到，”他将翡蕊灿拉到怀里，抚着她的头发笑道，“翡蕊灿啊翡蕊灿，还以为你会和刚才一样蠢，跟我说找机会将她打成重伤。没想到你这小脑袋瓜，却想出如此一石二鸟的好计策来！”

“那当然啦！”翡蕊灿立即仰起脸儿，媚眼如丝地看着狂禅道，“奴家本来是很蠢的，不过侍奉大人侍奉久了，也变得有点开窍了呢……”

“好好好！”狂禅大赞道，“你只要像今天这样，继续卖力给为夫出好主意，以后我这内室中必然有你一席之地！”

“多谢大人！”翡蕊灿感激涕零地道谢。

不过这时她在心中，却用凶狠的语调暗暗说道：“谁只要一席之地？我的目标，是要做你的正妻！”

正在心中发狠，翡蕊灿却又听到狂禅漫不经心地说道：“翡蕊灿，既然你表现这么好，明天就和蟠泽一道，去监督冰龙国的抓捕行动。”

“嗯，为夫还真的不太相信，那些冰龙国的人会对雪儿真心抓捕。”

“是！”翡蕊灿闻言，大喜过望，忙不迭地点头称是。

此后狂禅转去书架边，想找本书看。这时翡蕊灿仍然立在原地，但那张千娇百媚的脸，却已扭曲成狰狞的神色。

她的目光，虽然仍旧追随着狂禅，但眼神却仿佛穿破了虚空。

“沧雪，你个贱婢，这回，你死定了！”

阴冷而凶狠的诅咒，回荡在三头蛇龙女的心中。

沧雪这时，却毫不知危险已在逼近。

正如狂禅所知，她现在正在全力锻造永寂之刃。

只是，饶她是难得一见的天才，但在利用永寂之矿锻造武器时，却遇到了瓶颈。

她发现,来自魔语海渊的奇异物质,不仅仅能将活跃的风之元素沉寂,还同样能降低火灵的活性。而永寂之矿本身的熔点又极高,需要热能极高的烈焰。

这样一来,沧雪想做的事情,就好像成了一个悖论。

若是一般人,见此也就知难而退了。但沧雪是什么人?连底蕴深厚的龙族都公认她是天才!

所以沧雪不仅没有服输,反而斗志更加昂扬。

深思熟虑后,她最后决定,还是要亲身前往魔语海渊,找到永寂矿洞的孕育来源,这样才有可能发现永寂之矿的奥秘。

遇上研究钻研之事,沧雪从来雷厉风行。一旦决定,她立即动身前往冰龙国东北方向的北方大洋。

而恰在这时候,苏渐也打定了主意,正从雷龙之国境内,同样往魔语海渊的方向进发。

为了不让龙兵发现,苏渐往北方行走时,基本昼伏夜出,而且行走的路线,全都远离城镇大邑。

现在已经到了夏天,即使是北方大地,也变得比较炎热。不过苏渐只在夜间行走,赶路时相对清凉,倒不用满头大汗。

这一日夜晚,他循着北方苍穹中的北极星方向,一路往北,紧赶慢赶。

正走时,他忽然发现前面的道路上,有个女子也在赶路。

看得出,这女子不仅一个人走夜路,手里还提着个包裹,看样子挺沉的。

“咦?怎么会有女子夜里独行?”苏渐有些惊讶。

不过很快他便释然,想到这是在龙族的地盘,风俗习惯自然和他的故国不太一样。

夜路上遇见龙族女子,苏渐倒并不太害怕。

在龙境中潜行这么多天,他早已将自己打扮成龙族人的模样;尤其现在是在雷龙国境,雷龙族人大多身形瘦削,相比其他龙族,体形倒和苏渐更加相像,更便于他伪装。

而且这时候又是夜晚,夜色与星辉正是异族潜入者的天然保护色。

所以当他发现前面的龙族女子时，毫不惊慌，反还在心中评头论足：“呀，龙族女子，身形果然好呀。这该凸的地方凸，该凹的地方凹，那句话怎么说来着？‘纤秾合度，玲珑有致’，这样的女子，就算放在美女如云的龙族，也算是绝色吧。”

刚想到这里时，他忽然心中一动，想道：“这片荒野，颇多猛兽，先前走时，还杀死一头想吃我的黑豹。”

“这女子一人夜行，实在太危险了……要不，我跟着她，暗中保护一番？”

不过很快他便哑然失笑，心说道：“苏渐啊苏渐，难道你忘了，这是在龙境呀。这女子即使不是兵将，也是敌族之人，我管她安危干吗！”

这般想时，他便放慢脚步，有心远离。但才慢了片刻，他想了想，最终还是选择继续前行，悄悄地缀在夜行女龙族人的后面。

此后，那女子走得慢，他也跟得慢，那女子走得快，他也跟得快。

如此蹑踪前行，走出三四里地，苏渐也没见发生什么事，便放下心来。

这时候，恰好风吹云流，原本遮住半边明月的云翳，飞走不见，便让夜月洒向人间的光辉更加皎洁。

今夜的月色，明洁如雪，柔柔的光辉仿佛能抚平任何焦躁的心绪。因为一路无事，苏渐的心神，也在这样温柔亲切的月光中放松下来。

一路前行，看着月华如水，照得脚下路途如同一条白色的绢带，苏渐的思绪便禁不住飘飞到童年。

他想起当年那些月华如水的夜晚，自己一个人走在乡村的土路上。那时看看脚下的路途，看看路边的溪水，年幼的自己还在心中奇怪地想：

“怎么月光照下来，黑土泥路变得如同白布，没颜色的溪水却反而被照成黑乎乎的一片？”

当年的问题，现在想来颇有些幼稚；但此时苏渐想起这些往事，倒不是为了格物致知，寻求答案，而是感慨这样幼稚的问题，是那时孤独的自己，独自夜行时曾经的所想啊。

正有些感伤地怀想孤独的童年，苏渐那一直瞥着前面女子的目光，却猛然发现了异常！

先是前面的荒野中，发出了一阵奇怪的簌簌异响，紧接着那女子便突然发出一声尖叫。

苏渐闻声一惊，连忙看去，便看到女子右前侧的草丛中，竟然猛地竖起一只长大的黑影来！

惊觉异变，苏渐立即蹿前，想要挡在那女子的前面。

谁知当他刚接近女子，差不多到她身后一丈之内，荒野中原本耸峙的黑影竟倏然矮化，迅速消失。

“怎么回事?”还没等苏渐反应过来，那身姿绰约的女子竟猛地转过身来，一双锐利的眼神直射苏渐。

“啊?!”这一四目相对，两人竟是同时发出一声惊叫，“是你?!”